Rumspringa Interdit

Rumspringa Interdit

PAR
KEIRA ANDREWS

Mentions Légales

Gay Romance Newsletter

La lettre d'information mensuelle de Keira vous tiendra informé de ses dernières sorties et des nouvelles sur le monde de la romance MM. Vous aurez également accès à des extraits exclusifs, des lectures gratuites et bien plus. Rejoignez sa liste aujourd'hui et vous serez automatiquement inscrit pour l'un de ses concours mensuels.

Inscrivez-vous ici !

www.keiraandrews.com/contact

Dédicace

À Anne-Marie, Becky et Rachel, pour le travail bêta et leur enthousiasme pour ce livre.

Isaac et David, merci. Merci aussi aux ex-Amish qui ont si généreusement partagé leurs histoires et répondu à mes questions.

Note de l'auteur

La chose la plus surprenante que j'ai apprise pendant ma recherche pour ce livre a été les variations qu'il y avait dans l'univers Amish. La communauté de Zebulon est fictive, mais basée sur les pratiques des Amish Swartzentruber, l'un des plus conservateurs sous-groupes de l'Ancien Ordre. Bien qu'il y ait beaucoup de similitudes, j'ai découvert que parmi les Swartzentruber, chaque communauté a ses propres règles. Ce qui peut être vrai pour une communauté Amish ne veut pas dire que ce soit le cas pour une autre.

Partie
Une

Chapitre Un

— *David Lantz ?*

Isaac se rendit compte qu'il avait la bouche béante et il la ferma.

Avec un froncement de sourcils qui réunit ses sourcils sombres et broussailleux, Père plaça un ruban sur sa page et ferma sa Bible dont le cuir était usé. La chaise en bois de la cuisine craqua alors qu'il se rasseyait.

À côté de lui, à table, Mère interrompit son ouvrage. Son visage était assombri à la lumière vacillante de la lampe à pétrole. Elle était à court de combustible, mais Père et Mère étaient apparemment satisfaits de plisser les yeux. Dans sa longue robe marine et son tablier noir, Isaac pensa que Mère pourrait disparaître dans la faible lumière, si ce n'était pas sous la coiffe blanche – elle se pliait précisément au centimètre – couvrant sa chevelure blond clair. Les cordons déliés pendaient par-dessus son épaule.

Isaac se déplaça son poids d'un pied nu sur l'autre, le plancher grinçant sous lui. Aucun d'entre eux ne portait de chaussures à la maison, sauf dans l'église, et en été, ils étaient souvent pieds nus autour de la ferme aussi.

L'arôme du ragoût de poulet que Mère avait servi pour le dîner flottait encore dans l'air. Alors qu'il y a quelques minutes, il était parfaitement repu, maintenant, l'estomac d'Isaac se tordait. Il tira sur son col, la transpiration picotant sa nuque.

— C'est seulement qu'il est…

L'esprit d'Isaac s'emballa, mais il ne réussit pas à trouver un terme approprié dans leur dialecte allemand pour décrire David Lantz. Même s'ils étaient autorisés à parler en anglais à la maison, les mots lui manquaient. Il se tut et joignit ses mains derrière lui pour éviter de tripoter le petit morceau de bois et le couteau pliant caché dans sa poche.

Son père, Samuel, le fixa pendant un long moment inconfortable avant de continuer sur son ton mesuré habituel, ses paroles lentes et considérées comme si elles étaient gravées dans la pierre.

— Tu veux être un charpentier, et David Lantz est le meilleur de Zebulon.

La culpabilité envahit Isaac comme de l'acide dans son estomac. Père avait arrangé ce travail, car il savait combien Isaac aimait travailler avec le bois. Père avait été généreux et voilà comment il le remerciait ?

Pourtant, la pensée de passer presque toutes ses journées avec David Lantz le faisait se sentir étonnamment mal à l'aise.

— Mais…

Isaac était prêt à tout pour une bonne raison.

— Il n'a pas encore rejoint l'église.

— Ruth, Sarah Abram n'a-t-elle pas dit que David allait commencer son instruction ce dimanche ?

Mère ne releva pas les yeux de son ouvrage.

— En effet.

David Lantz allait finalement rejoindre l'église ? Alors qu'Isaac aurait dû ressentir de la joie à cette nouvelle, sa poitrine était étrangement serrée. Il y avait toujours eu quelque chose de différent à propos de David, mais qui pourrait sûrement disparaître une fois qu'il serait baptisé et aurait pris femme. Pourquoi Isaac s'y opposerait-il ? Il aurait voulu comprendre les absurdités qui traversaient son esprit parfois.

Quand un bruit sourd retentit, Mère plissa les yeux vers la pièce principale.

— Les garçons, au lit ! cria-t-elle durement.

Isaac soupçonna que les pas qui se précipitaient à l'étage appartenaient également à sa petite sœur Katie. Une fois que tout fut de nouveau calme, Mère parla à nouveau, son aiguille prête au-dessus du morceau de tissu qu'elle cousait sur le coude usé d'Éphraïm ou Joseph ou peut-être la chemise de Nathan.

— Tu n'es pas baptisé non plus, mon Isaac.

Elle planta l'aiguille dans le tissu.

— Nous ne comprenons pas ce que tu attends. N'est-il pas temps de rejoindre l'église ? Ne veux-tu pas te laisser pousser la barbe et être un homme ? Trouver une épouse ?

Pas vraiment.

— Je n'ai que dix-huit ans ! David Lantz a déjà vingt-deux ans.

Père caressa sa longue barbe. Bien que ses sourcils soient en quelque sorte aussi noirs qu'un corbeau, ses cheveux et la barbe de son menton étaient d'une couleur grise.

— Il serait peu judicieux de ne pas faire preuve de patience et d'avoir une garantie avant de rejoindre l'église. Après tout, c'est la raison pour laquelle nous sommes baptisés en tant qu'adultes plutôt qu'enfants. Ainsi, nous pourrons faire un serment auprès de Dieu et à la communauté du fond de nos cœurs, dit-il.

— Oui, Père, marmonna Isaac.

— Nous savons que tu trouveras le chemin du paradis. Chaque homme et femme doivent faire leur choix en temps voulu, tout comme tu le feras. Le bon choix.

Isaac résista à l'envie de grogner. *Le choix.* Ce mot n'avait pas de sens à Zebulon. Bien sûr qu'il rejoindrait l'église. Que ferait-il d'autre ? À cette pensée, une onde le traversa… un mélange de crainte et d'excitation sombre qu'il gardait fermées, utilisant la clé seulement dans les petites heures noires de la nuit. Il se racla la gorge.

— Je me demande s'il est prêt à prendre un apprenti.

— Il n'y a aucune raison pour qu'il ne le fasse pas, répondit Père. Sauf si, après tout, tu souhaites continuer à travailler avec moi à la ferme.

— Non, non, répondit Isaac avec trop de hâte. Tant que vous pouvez traire le troupeau sans mon aide.

— Nous nous en sortirons.

— C'est juste que…

— David Lantz a-t-il été désagréable avec toi ? demanda Mère, un sillon sur son front et l'ouvrage abandonné sur ses genoux.

— Pas du tout. C'est seulement qu'il est…

Terrifiant.

— Je suis seulement surpris, je crois. Je ne m'attendais pas à une telle opportunité.

Mère sourit malicieusement.

— C'est bien. Tu devrais apprendre à mieux le connaître. Il pourrait être ton frère bientôt.

— Maman !

Rougissant, Isaac aurait voulu être ailleurs qu'ici. Mère le regarda, les lèvres serrées et son père haussa un sourcil broussailleux alors qu'Isaac réalisait ce qu'il avait dit. Cela avait été difficile lorsqu'ils étaient venus à Zebulon d'arrêter d'appeler ses parents « maman et papa », mais le nouvel Ordre que la communauté suivait avait décrété que ces mots étaient trop modernes et étrangers.

— Je suis désolé. Quoi qu'il en soit, je ne connais pas Mary Lantz.

Mère fit un petit bruit de bouche.

— Bien sûr que tu la connais. Nous nous connaissons tous à Zebulon. Oh, Isaac… encore si timide avec les filles. Ton père était comme ça aussi.

Elle rit, et ses doigts travaillèrent, l'aiguille en argent étincelant alors qu'elle baissait la tête pour retourner à sa tâche une fois de plus. Le poêle à bois cracha, et Isaac écouta le tic-tac de l'horloge que Mère rembobinait chaque mois. Le seul autre objet accroché sur les murs était un simple calendrier de la boutique d'alimentation. Avec, maintenant, assez de clients Amish de Zebulon, le propriétaire avait commencé à faire un calendrier sans images.

Isaac ferma les yeux pendant un moment, entrevoyant son avenir en travaillant côte à côte avec David tout en courtisant Mary, car il aurait besoin d'une femme après avoir commencé à suivre l'église. Son estomac se tordit encore une fois, et il ne savait pas quoi ressentir. Devrait-il essayer de dissuader Père ?

Avec un soupir silencieux, son esprit retourna au passage de la Bible le plus familier pour lui... répété si souvent qu'il était pratiquement gravé dans ses os. Ils étaient seulement autorisés à lire la Bible en allemand, mais il y pensait en anglais. Sa petite rébellion était pitoyable, puisque bien sûr, il ferait ce qui avait été dit.

Enfants, obéissez à vos parents selon le Seigneur, car cela est juste. Honore ton père et ta mère ; ce qui est le premier commandement.

Père retourna à sa Bible et sirota sa tasse de thé.

— Tu commenceras Lundi.

Et ce fut tout.

LE VROMBISSEMENT DU moteur était un peu plus qu'une vibration dans l'air, occultant la symphonie des cigales au-delà de la grange, mais Isaac bascula le tabouret pour la traite dans sa hâte. Éphraïm releva la tête brusquement.

— Quoi ?

Isaac était déjà sorti de la stalle de traite et se trouvait debout à la porte de la grange ouverte, essuyant son front avec la manche de sa chemise bleu marine et redressant son chapeau de paille au sommet plat. Avec un simple effleurement de doigts, il fit en sorte que la bande noire autour soit propre. Il avait défait les trois crochets à sa nuque de sa chemise sans col, alors, il les referma rapidement avant d'arranger son pantalon à bretelles et de l'épousseter.

— Attends ! Tu es parti, la dernière fois !

Éphraïm le rejoignit à la porte, les mains sur les hanches.

À seize ans, il était presque aussi grand qu'Isaac... peut-être un peu plus grand et frôlant les deux mètres avec le gâchis indiscipliné de ses boucles blondes au sommet de sa tête.

— Je suis plus vieux. Termine la traite.

Laissant un Éphraïm s'époumonant et marmonnant derrière lui, Isaac se précipita en passant devant le poulailler, les oiseaux gloussants et criards alors qu'il laissait un nuage de poussière derrière lui. Il avait tellement l'habitude d'avoir les pieds sales après sept ans à vivre à la manière des Swartzentruber qu'il le remarqua à peine. Il se baissa sous les draps agités sur la corde à linge qui reliait le lavoir et leur maison.

Isaac savait que son frère avait raison sur l'équité, mais ils n'avaient pas tant de visiteurs. Il ne pouvait pas résister… surtout quand Père était de l'autre côté de leur terre, s'occupant de la petite récolte de soja qu'il vendait aux voisins.

Les bovins Holstein pâturaient sur les collines au-delà de la grange, leur pelage de couleur noir et crème saisissant au milieu de la mer de verdure. Ils avaient dix-sept vaches et vendaient deux tonnes de lait par semaine pour une laitière biologique locale. La laiterie prenait le lait, mais leur camion ne venait jamais aussi tard. Le pouls d'Isaac s'accéléra alors qu'il apercevait le véhicule qui approchait.

Le soleil de fin d'après-midi se reflétait sur le chrome argenté d'une voiture que les Anglais appelaient SUV. Isaac n'était pas sûr de ce que ça représentait, mais cela valait le coup d'œil… aussi haut du sol qu'un chariot, cependant, élégant et brillant. Formidable. Il se demandait comment il se sentirait d'avoir ce moteur vrombissant sous lui. Le serrement de son estomac le prévint de la dangerosité de telles pensées, et il se concentra sur le couple qui sortait du véhicule.

L'homme le salua, souriant largement alors qu'il ôtait ses lunettes de soleil.

— Bonjour ! Nous avons vu l'enseigne au bout de la route. Nous espérons que nous ne sommes pas venus trop tard, mais ma femme aimerait voir les courtepointes.

Il repoussa une mouche de sa main.

— Pas trop tard du tout. Je vais chercher ma mère.

Isaac regarda la maison, sachant qu'elle serait collée à la fenêtre de la cuisine. Le rideau noir bougea, et Mère apparut à la porte quelques instants plus tard. Isaac lui cria en allemand d'amener les courtepointes.

Isaac se tourna vers le couple Anglais.

— Elle sera là dans un instant.

La femme rousse avait environ quarante ans. Elle avait des lunettes de soleil foncées perchées sur sa tête, et ses lèvres étaient rouge vif. Elle portait un short qui n'atteignait même pas ses genoux, et une chemise sans manches avec des boutons sur le devant.

— Quel endroit sympa !

— Merci, dit Isaac en souriant poliment.

Leur simple maison de deux étages en bois avait été taillée dans une couleur gris foncé pour le rez-de-chaussée et marine sur le dessus. Des rideaux noirs étaient accrochés sur toutes les fenêtres, et le toit était en étain. Ce n'était en rien *sympa*, et la grange rouge foncé, le lavoir, la petite glacière avaient tous besoin d'une bonne couche de peinture. Au moins, la dépendance était cachée à la vue par les arbres. Mère traîna un coffre à l'extérieur et Isaac se précipita pour l'aider. Katie était juste derrière avec une autre brassée de courtepointes soigneusement pliées et elle pouvait à peine voir au-dessus. À dix ans et l'unique fille qui restait, elle était déjà une artisane expérimentée. Au-dessus de sa charge, Katie regardait les visiteurs.

Isaac se tourna vers eux.

— Vous pouvez aller jeter un coup d'œil.

L'homme tapait sur son téléphone et ne se joignit pas à sa femme. Il dépassait Isaac d'une tête et avait de très larges épaules. Ses cheveux clairs étaient coupés court, et il avait une légère barbe et une moustache. Isaac essaya de penser à quelque chose d'approprié à dire. *Est-il impoli de parler avec quelqu'un quand il utilise son téléphone ? Me tiens-je trop près ?*

Bien que l'homme ne parle pas avec l'appareil, il tapait seulement sur l'écran avec ses pouces.

— Vous parlez à quelqu'un quand vous faites ça ? lâcha Isaac.

L'homme sursauta comme s'il avait oublié qu'Isaac était là. Il tapa encore un moment, puis glissa le petit téléphone dans la poche de son jean.

— Désolé, je viens d'envoyer un texto à ma mère. Elle est occupée avec les enfants pour le week-end.

— Ce n'est rien. Donc… c'est envoyer un message ? Les textos ?

— Oh, je vois… je suppose que vous n'envoyez pas de textos ici, hein ?

Il sortit son téléphone de nouveau.

— Tu veux que je te montre ?

Oui ! Isaac jeta un coup d'œil vers la maison. Mère souriait poliment alors que l'Anglaise bavardait, accroupie pour examiner les courte-pointes. Elles étaient assez loin pour qu'Isaac ne puisse pas distinguer les paroles, mais Mère croisa son regard.

— Ça va ? lui lança-t-elle en allemand.

Isaac hocha la tête et se tourna vers l'homme.

— Merci, mais je ne préfère pas.

Il haussa les épaules et remit son téléphone dans sa poche.

— Bien sûr.

Un silence gêné s'ensuivit, et Isaac pensa peut-être qu'il devrait sim-plement laisser l'homme à ses textos.

— Est-ce du néerlandais que votre mère parlait ? Comment ils l'appellent… les Néerlandais de Pennsylvanie ?

Isaac sourit.

— C'est, en fait, un dialecte allemand. Je ne sais pas comment il est venu à être appelé néerlandais.

— C'est vrai ? Merde alors !

L'homme leva sa main.

— Excuse mon langage.

— Ce n'est rien.

Le visiteur ouvrit la porte de son SUV et en sortit une bouteille d'eau en plastique.

— Ma femme a été ravie de voir qu'il y avait une communauté Amish ici. Elle aime acheter de l'artisanat authentique et ce genre de choses.

— C'est… bien.

La plupart des touristes Anglais qui étaient venus arrivaient quand

Père était à la maison, et Isaac ne pouvait se rappeler de la dernière fois qu'il avait parlé à l'un d'eux. *De quoi les Anglais parlent-ils ?*

— Euh… d'où venez-vous ?

— De Winnipeg… au Canada ?

Il lui tendit la main.

— Je suis Darren Bell, et ma femme s'appelle Michelle.

Isaac lui serra la main.

— Isaac Byler. Ravi de vous rencontrer.

— Depuis combien de temps vivez-vous tous ici, Isaac ? Je ne me souviens pas qu'il y avait des Amish par ici la dernière fois que je suis passé par là. Bien que ce soit il y a un certain temps déjà.

— Nous vivons ici depuis sept ans.

— Venez-vous de Pennsylvanie ?

Darren prit une gorgée d'eau, sa pomme d'Adam remontant et descendant alors qu'il avalait.

— Non, de l'Ohio. Un endroit appelé Red Hills.

— Ohio, hein ?

Darren appuya son coude sur son véhicule, son tee-shirt blanc s'étirant sur ses muscles.

— Pourquoi avez-vous déménagé dans le Minnesota ? Les hivers n'étaient pas assez froids pour vous ? demanda-t-il.

Isaac réalisa qu'il fixait la poitrine de Darren et l'ombre légère des poils sombres sous le coton blanc. Il détacha brusquement son regard pour le poser sur le visage de Darren, riant nerveusement.

— Ils étaient certainement assez froids pour moi. Mais nous avons voulu changer, et commencer notre propre communauté, et la terre ici est abondante et à bon prix.

C'était assez vrai.

— Quel est le nombre d'habitants ici ? Je ne connais pas le nom puisque ça ne fait pas vraiment partie de la ville.

— Zebulon. Nous sommes environ cent-quatre-vingts, répondit Isaac.

— Je suppose que vous connaissez tout le monde, hein ? J'ai grandi dans un petit coin à l'est de la Provence Manitoba, et ce n'est pas tout à fait la même vie qu'en ville.

Il rit.

— Non pas que Winnipeg soit une métropole en plein essor. Mais c'est agréable d'avoir des gens sur lesquels vous pouvez compter.

— En effet.

Pourtant, Isaac s'était souvent demandé ce que ce serait de vivre dans une ville et d'être libre de faire ce qu'il voulait sans que la communauté le découvre.

— Pourquoi avez-vous voulu commencer une nouvelle communauté ?

Puis Darren leva les mains.

— Désolé… arrête-moi si je suis trop curieux !

Il regarda sa femme et sourit d'un air piteux.

— Ça va lui prendre un certain temps.

— Ça ne me dérange pas.

Isaac pouvait imaginer Père rouspéter quand les Anglais partiraient s'ils lui avaient posé ces questions en sa présence.

— Notre évêque pensait que notre ancienne communauté était trop moderne et étrangère. Seize familles l'ont suivi ici. Deux autres sont venues ensuite, et une autre l'année dernière.

— Trop moderne ? dit Darren en riant. Vraiment ?

Isaac rit, repoussant son chapeau pour se gratter le front.

— Je sais que ça doit sembler fou pour les Anglais, dit-il.

— Je suis désolé… Ne le prends pas mal.

— Ne vous inquiétez pas.

Isaac jeta un coup d'œil derrière lui, puis baissa la voix.

— Cela avait l'air fou pour moi aussi au premier abord. Il y avait déjà beaucoup de règles dans l'Ohio, et nous en avons encore plus ici. Je ne pense pas qu'un Anglais tiendrait longtemps à Zebulon.

Darren pencha la tête sur le côté, souriant toujours.

— Donc, Michelle et moi sommes ce que vous appelez les Anglais, n'est-ce pas ? Pourquoi Anglais et non Américains ? Ou Canadiens, selon les cas.

— J'ai demandé une fois lorsque j'étais enfant, et Père a dit que c'était juste notre manière de le dire. Il le dit beaucoup.

— J'en suis sûr, déclara Darren en prenant une autre gorgée d'eau. Donc, ce n'était pas assez strict pour ton père et les autres personnes qui ont déménagé ?

Isaac regardait une goutte d'eau sur la lèvre inférieure de Darren.

— Euh…

Il fourra ses mains dans ses poches et se concentra à nouveau.

— Ouais. Ils pensaient que les Amish là où nous vivions étaient devenus trop laxistes. Ils avaient des bordures en caoutchouc sur les charrettes à la place d'acier, et certaines familles avaient même des téléphones. Pas à l'intérieur de la maison, bien sûr… mais dans de petites cabanes au bout de leurs allées. Il y avait l'eau courante, et…

Darren attendit, ses sourcils haussés.

— Les jeunes gens étaient trop libérés.

Ce qui a tout gâché pour nous tous.

— Ici, à Zebulon, nous suivons les coutumes des Amish Swartzentruber.

— Swartz… Swartzentruber ? Qu'est-ce que cela veut dire ?

— C'est un nom. Après qu'ils se soient séparés de la plus grande communauté Amish en Ohio, les évêques ont été appelés Swartzentruber. Ça colle, je suppose.

Darren croisa ses bras bronzés, la bouteille en plastique pendant au bout de ses doigts.

— Eh bien, on apprend quelque chose de nouveau tous les jours. Je croyais que tous les Amish étaient les mêmes.

— Ce n'est rien. La plupart des Anglais le pensent. Mais il y a un Ancien Ordre, un Nouvel Ordre, Swartzentruber, Beachy.

Isaac sourit.

— Bien sûr, nous pensons que *notre* Ordre est le bon. Nos règles, je veux dire.

Il ne devrait pas parler aussi franchement avec un touriste, mais quelque chose à propos de Darren déliait la langue d'Isaac.

— Et je suppose que nous pensons que vous êtes tous les mêmes, également, ajouta Isaac.

Les dents de Darren brillèrent alors qu'il souriait.

— C'est de bonne guerre.

Puis il appela sa femme.

— Ma chérie, nous ne devrions pas occuper ces gens trop longtemps. Il est presque l'heure du souper.

— Juste une minute ! répondit-elle.

— Ne vous inquiétez pas, le rassura Isaac.

Elle peut rester aussi longtemps qu'elle veut si elle achète quelque chose.

— D'accord. Où en étions-nous ?

Darren caressa sa barbe.

— Quand est-ce arrivé ? demanda-t-il. La première fois que les Swartzenhubers se sont installés à leur compte, je veux dire.

Isaac fut frappé par la pensée bizarre de la sensation de la petite barbe de Darren contre sa propre joue. Il regarda ses pieds sales et ne corrigea pas la mauvaise prononciation de Darren.

— Oh, il y a longtemps déjà. Une centaine d'années, je crois. Il y a des Swartzentrubers partout. Quelques-uns ici, au Minnesota, dans le comté de Fillmore. Nous sommes un peu différents ici d'une certaine façon. La plupart des communautés le sont. Nous aimons tous faire des choses à notre propre manière.

— Peux-tu me dire en quoi vous êtes différents ?

Isaac accrocha ses pouces sous les bretelles de son pantalon.

— Une de ces choses est que nous portons deux de ça. Certains Swartzentrubers n'en portent qu'une.

— Des bretelles ? Pourquoi pas deux ?

— Ils disent que c'est inutile.

Isaac haussa les épaules.

— Mais je pense qu'ils sont parfaits pour tenir nos pantalons. L'évêque Yoder en a convenu, heureusement.

Il regarda Darren alors que celui-ci se caressait la barbe.

— Est-ce que ça vous irrite ?

Le front de Darren se plissa.

— Qu'est-ce qui m'irrite ?

Isaac joua avec le bord de son chapeau avant d'enfouir ses mains dans ses poches.

— Avoir une barbe sur votre visage comme ça. Pas seulement en dessous.

— Oh, ça, dit Darren en haussant les épaules. Ça peut devenir un peu chaud en été, mais non, elle n'est pas irritante. Les hommes Amish n'ont-ils pas de grosses barbes ?

— Chéri !

La voix de sa femme retentit.

— Laquelle serait la mieux dans l'appartement de Maman ? Viens voir.

Darren sourit.

— Excuse-moi, le devoir m'appelle.

Isaac le regarda marcher vers l'endroit où sa femme examinait les courtepointes. Avec leurs vives couleurs et leurs motifs complexes, Isaac ne comprenait pas comment les couettes n'étaient pas trop étrangères. Mais elles étaient vendues pour une belle somme aux Anglais, et il n'allait certainement pas se plaindre. Pendant que l'attention générale était sur les tissus, le jeune homme s'approcha du véhicule. Après avoir vérifié que Mère ne regardait pas, il s'avança plus près et osa jeter un coup d'œil dans le miroir du côté. Alors qu'ils avaient grandi avec un miroir dans leur salle de bains, à Zebulon, l'évêque Yoder les avait décrétés comme des jouets du diable… des instruments mauvais qui encourageaient la vanité et l'orgueil. Isaac avait rarement vu son reflet depuis qu'il avait onze ans.

Son cœur battant la chamade, il baissa la tête. Sous le chapeau de paille, ses cheveux blonds étaient balayés sur son front dans un style purement Amish, mais ses cheveux ne devaient pas couvrir ses oreilles et il ne portait pas de barbe, car il n'avait pas encore été baptisé. Il faisait tellement chaud en été qu'Isaac gardait ses cheveux aussi courts que possible.

Ses yeux d'une couleur jaune-marron avaient de longs cils, et comme il regardait de plus près, il pouvait voir de légères taches de rousseur sur l'arête de son nez et sur le haut de ses joues. Il était bronzé du soleil d'été, et il avait l'air robuste et solide. Très beau même.

Pas aussi beau que David Lantz.

Il rougit de honte, et trébucha presque sur lui-même alors qu'il mettait une distance respectable entre lui et la voiture Anglaise. Il ne savait pas d'où la pensée lui était venue. C'était mal d'avoir autant de fierté quant à sa propre apparence, et remarquer celle de David était juste…

Le mot dont les enfants Anglais avaient l'habitude de l'appeler quand il allait en ville à Red Hills lui revint à l'esprit. Oui, c'était *étrange* de penser à David de cette manière. Dans deux jours, il allait commencer à travailler avec lui, et le voilà en train d'avoir des pensées insensées.

Isaac secoua la tête. Qu'est-ce qui n'allait pas avec lui ? C'était une telle absurdité d'être en alternance admiratif et effrayé. David Lantz allait rejoindre l'église. C'était un homme bon et honnête. Travailleur et décent. Qu'y avait-il à craindre ?

— Isaac !

La voix de sa mère retentit. Il se précipita pour aider à transporter les trois courtepointes que Michelle avait prises. Avec l'hiver qui se profilait au loin, c'était une bonne chose de se faire de l'argent supplémentaire avec ces touristes aujourd'hui. Isaac avait souhaité vendre les contre-pointes à Warren, mais l'Ordre l'avait interdit, même si les gens étaient autorisés à aller au marché avec de nombreuses autres communautés Amish. À Zebulon, l'évêque Yoder était déterminé à les éloigner du monde impur. De plus, c'était trente kilomètres, aller et retour, ce qui prendrait des heures et un dur voyage pour Roy, le cheval de selle de la charrette familiale. Warren n'était même pas une grande ville, mais Isaac avait envie d'y retourner. Cela faisait au moins trois ans qu'il n'était plus sorti des fermes de Zebulon pour seulement un jour.

Darren tira l'argent de son portefeuille et compta les billets, les donnant à Isaac. Puis il tendit la main à nouveau.

— C'était un réel plaisir de te rencontrer, Isaac.

— Nous espérons vous revoir.

— Je l'espère aussi. Une dernière question : pourquoi les hommes Amish n'ont-ils pas de moustaches ?

Isaac était très conscient que Mère n'était qu'à quelques pas de là, mais il ne voyait aucune raison de ne pas répondre.

— Trop militariste. Cela remonte loin en arrière... aux Allemands.

Michelle accrocha sa main au bras de son mari.

— N'est-ce pas intéressant ? Je suis tellement heureuse que nous nous soyons arrêtés. Hé, je peux prendre une photo ?

Elle fouilla dans son sac à main. Isaac leva la main.

— Non. Je suis désolé. Nous ne sommes pas autorisés à poser pour des photos.

À l'expression curieuse de Darren, il ajouta.

— Ce sont des images taillées. C'est contre les règles. Mais encore une fois, cela dépend de la communauté. Quelques Amish poseront pour vous.

Mais Père leur avait toujours dit de dire non, et même s'il était dans les champs, Mère était là.

Michelle sourit.

— Je suis désolée. Je n'avais pas réalisé. Donc, votre nom est Byler, n'est-ce pas ? Nous allons sûrement parler de vos magnifiques courte-pointes sur *Trip Advisor.*[1]

Isaac n'avait aucune idée de ce dont elle parlait, mais il sourit et hocha la tête, agitant la main alors qu'ils s'éloignaient. Le temps avait été un été sec, et même maintenant, à la fin de septembre, la chaleur s'attardait. Un nuage de poussière s'éleva dans le sillage de leur voiture, et quand il se tassa, le SUV avait disparu. Isaac écouta son léger gronde-

---

[1] *Trip Advisor* est un site web international d'origine américaine qui offre des avis et des conseils touristiques émanant de consommateurs (hôtels, restaurants, villes et régions, lieux de loisirs, etc.) et qui fournit également des outils de réservation de logements et de billets d'avion comparant des centaines de sites web afin de trouver les meilleurs prix.

ment jusqu'à ce qu'il n'y eut plus que le chant des cigales, et Éphraïm lui criant de revenir à la grange.

SOUPIRANT, ISAAC SE mit sur l'autre côté, poussant Nathan plus durement qu'il ne l'aurait dû avec son coude. Bien sûr, Nathan était si mince et dégingandé ces jours-ci qu'en le poussant, Isaac pensait que cela blessait probablement plus son coude que cela n'affectait Nathan. Ses cheveux bruns en bataille, Nathan grogna et marmonna, glissant une main sur son visage boutonneux.

Évidemment, il commença à ronfler dans la minute suivante. Comment Éphraïm et Joseph faisaient pour dormir dans leur lit avec Nathan faisant tant de bruit, Isaac n'en avait aucune idée. Son petit frère avait dormi silencieusement pendant des années, mais ces derniers mois avaient été une tout autre histoire. C'était comme si l'un de ces trains à marchandises qui roulaient à l'est de Zebulon avait dévié par leur chambre.

Il restait des heures avant l'aube. Il aurait voulu pouvoir allumer la lampe et terminer de tailler le cheval qu'il faisait pour Joseph à l'occasion de son huitième anniversaire, mais il voulait que ce soit une surprise. La lumière pourrait réveiller ses frères… même s'ils étaient apparemment sourds aux ronflements de Nathan.

Isaac ferma les yeux et s'exhorta sévèrement à ignorer le bruit. Il devait trouver la paix dans un esprit de fraternité, et mettre de côté sa colère. Le sommeil suivrait sûrement. Il respira profondément et compta les secondes de son expiration. À côté de lui, Nathan renifla et roula.

À un moment, il y eut seulement un silence parfait.

Suivi par un grondement familier qui s'éleva à son paroxysme avant de diminuer. Encore et encore, jusqu'à ce qu'Isaac rejette les draps et sorte du lit. Après avoir doucement fermé la porte derrière lui, il descendit sur la pointe des pieds. Il pourrait tout aussi bien aller à la dépendance puisqu'il était réveillé.

Bien que les jours aient été chauds, Isaac frissonna alors qu'il s'aventurait derrière la maison, le sol étonnement froid sous ses pieds nus. Avec seulement la lumière de la lune illuminant son chemin, il fit une pause, débattant avec lui-même pour aller chercher une lanterne. Cependant, ce n'était pas comme s'il n'avait pas traversé ce chemin mille et une fois. Il se précipita à travers les arbres. À l'intérieur de la dépendance, il rassembla sa chemise de nuit, grimaçant à la fraicheur du siège en bois. Il frémit à la pensée de combien il serait glacial pendant un long moment. Au moins, le siège était lisse et poli tant il était utilisé. À la nouvelle ferme de Noah Miller, Isaac avait pensé avoir des échardes au derrière. Avec tout le travail que la communauté mettait pour agrandir la grange des Miller, un certain soin aurait pu être bien pour le reste du bâtiment.

Une fois qu'il eut fini, Isaac chemina à travers les arbres, pas pressé de retourner à la cacophonie de Nathan. Pour empirer les choses, demain était dimanche… et c'était le jour pour aller à l'église. Il savait que c'était un horrible péché, mais Isaac ne pouvait s'empêcher d'attendre avec impatience les autres dimanches quand ils ne devaient pas aller à l'église. Il avait entendu dire que les chrétiens chez les Anglais devaient aller à la messe chaque dimanche, donc, il devrait être reconnaissant d'y assister seulement toutes les deux semaines. Pourtant, l'idée d'être assis sur un banc dur, entassé dans la maison des Hooley tandis que l'évêque Yoder et les prêcheurs chantaient ne l'inspirait pas vraiment. Il ne savait pas quand ce serait au tour de sa famille d'accueillir la messe dans leur maison à nouveau, mais il espérait que ce ne serait pas avant un certain temps.

Et bien sûr, la soirée du dimanche après l'église était réservée au chant, et Isaac pouvait imaginer le regard avide de Mary Lantz et son doux sourire. C'était une belle fille, et elle ferait certainement une bonne épouse. Cependant, Isaac ne ressentait qu'un sentiment de vide déconcertant quand il essayait d'imaginer un avenir avec la sœur de David Lantz.

À la pensée de David, une onde de chaleur le traversa. Au moins, à l'ombre des arbres feuillus, personne ne pouvait le voir rougir jusqu'au bout de ses oreilles. À compter de lundi, il allait voir David Lantz chaque jour. Il passerait des heures avec lui… et avec ses yeux bleu clair qui brillaient d'une lueur qu'Isaac ne pouvait identifier. Quelque chose qui le faisait se sentir coupable de le voir.

Pourtant, Isaac ne pouvait penser à aucun moment durant ces dernières années où David Lantz avait transgressé l'Ordre. Il avait à peine connu David à Red Hills, et après le terrible événement qui les avait conduits à créer Zebulon, pour ce qu'en savait Isaac, David avait vécu comme il se devait. S'il ne l'avait pas fait, les chuchotements auraient sûrement atteint les oreilles d'Isaac. Garder un secret à Zebulon n'était pas facile.

Toutefois, c'était étrange que David ait attendu aussi longtemps pour rejoindre l'église. Peut-être que l'une des filles avait finalement attiré son regard lors des soirées de chant. Isaac déglutit difficilement, sa gorge s'asséchant, soudain. Il s'était attendu à ce que David courtise Katie Miller ou Rebecca Yoder ou Sarah Raber, il y a longtemps. Cependant, il n'était guère sorti avec l'une d'entre elles. Cela allait sûrement changer dans les semaines à venir.

Isaac s'appuya contre le tronc d'arganier. L'écorce était rude à travers sa chemise de nuit, mais ça ne le dérangeait pas. Comme c'était un samedi, il avait eu un bain cette soirée, et il glissa sa main sous le col pour caresser agréablement sa peau fine.

Le souvenir du Frolic[2] à la ferme des Kauffman lui revint à l'esprit. Construire une grange était le genre de travail que préférait Isaac, lorsque la communauté se rassemblait pour aider à une tâche. Il n'aimait pas vraiment l'abattage des porcs chez les Rabers ou la récolte de maïs chez les Otto, mais la construction des granges était amusante. Chez les Kauffman, durant cette journée de printemps, il s'était trouvé près du toit de la structure de la grange à planter des clous à côté de David

---

[2] Rassemblement de volontaires dans les communautés Amish pour venir en aide à l'un de ses membres. Par exemple : la construction d'une grange.

Lantz.

Le temps était froid et nuageux, mais les gouttes de sueur glissaient le long du dos d'Isaac. Il enfourcha une poutre épaisse près de David, chacun d'eux travaillant en silence sur la structure, bien qu'Isaac se morde les lèvres pour s'empêcher de dire des absurdités. Pourquoi il était nerveux, il n'en avait aucune idée. C'était probablement à cause de la distance du sol.

Il leva les yeux sous le bord de son chapeau de paille. À quelques pas l'un de l'autre, de l'autre côté, la tête de David s'inclina alors qu'il martelait le bois, son chapeau couvrant ses cheveux noirs épais et le ras bord obscurcissant son visage pendant qu'il se penchait sur son travail.

Le regard d'Isaac le parcourut. Le tissu noir du pantalon de David était tendu sur ses cuisses puissantes, et ses avant-bras étaient musclés, là où il avait roulé les manches de sa chemise grise. Un duvet noir parsemait ses bras, et Isaac fut saisi par l'étrange envie de caresser de sa main la peau nue de David. Son souffle se bloqua.

En un instant, la tête de David se releva, ses yeux bleus lumineux fixés sur Isaac. Il était proprement rasé comme il ne suivait pas encore l'église, et ses lèvres étaient pleines et...

— J'étais juste...

Isaac s'interrompit, puis agita son bras dans le vague, arrachant son regard de la bouche de David. Son estomac se noua alors qu'il perdait presque dangereusement l'équilibre, tenant toujours le marteau et les clous. Il glapit, mais David l'attrapait déjà, serrant l'épaule d'Isaac d'une main et son genou de l'autre. Les nerfs à vif, le jeune homme essaya de sourire. Les callosités des doigts de David se pressèrent contre la base de son cou.

Isaac réussit à sortir un mot de sa bouche.

— Merci.

David ne le lâcha pas.

— Garde les clous dans ta poche, et sors-en un à la fois. De cette façon, tu peux te laisser tomber si tu veux et il est peu probable que tu frappes quelqu'un en bas.

— D'accord. Bonne idée.

Il hocha vigoureusement la tête.

David le tenait toujours et Isaac avait l'impression que son épaule et son genou le brûlaient, même si cela ne faisait pas mal du tout.

— Comment fais-tu pour être si rapide ? dit Isaac en montrant le marteau de David soigneusement accroché à la ceinture de son pantalon, là où il avait eu ses mains quelques instants plus tôt.

Les lèvres de David s'étirèrent en un sourire et une fossette apparut sur sa joue.

— Avec de la pratique. Tu es sûr que tu vas bien ?

Il frotta le genou d'Isaac.

Un éclair de désir traversa le corps d'Isaac, et il pria pour ne pas s'humilier en devenant dur et que son pantalon forme une tente. Seigneur, qu'est-ce qui n'allait pas chez lui ? Il inspira profondément, arrachant son regard loin de ces yeux pâles alors qu'il se déplaçait sur la poutre et se mettait hors de portée de David.

— Je vais bien !

Il rit comme un âne qui brayait. Après de longues inspirations, il le regarda de nouveau.

David le fixait toujours, mais il y avait quelque chose de nouveau dans son regard… une étrange et merveilleuse lueur qui fit qu'Isaac eut insupportablement chaud partout. Il ne pouvait pas détourner les yeux, et le moment tendu se prolongea, le silence entre eux, les bruits des travaux, et tous les hommes autour d'eux disparaissant dans l'air humide du printemps.

Isaac lécha ses lèvres sèches, et David baissa la tête de nouveau, son visage caché et sa poitrine se relevant et s'abaissant rapidement. Il arracha le marteau de son pantalon et ne dit plus un autre mot alors qu'il reprenait son travail.

Isaac se rendit compte qu'il serrait les clous de sa main gauche, si fort qu'il avait presque coupé sa paume. Ses doigts tremblèrent tandis qu'il les rangeait tous dans sa poche sauf un.

Le jeune homme bougea inconfortablement, et sa main se déplaça vers le bas pour frotter son sexe dur à travers la chemise, juste une fois avant de l'enlever. C'était pourquoi il essayait d'éviter David Lantz. C'était un péché qui menaçait de fleurir dans l'âme d'Isaac, et il devait l'enfouir au plus profond de lui-même. Il devait éteindre cette étincelle avant qu'elle ne s'allume et ne flambe hors de son contrôle.

Au loin, le sifflet du train perça le silence. Bien qu'il puisse à peine voir quoi que ce soit au-delà des arbres, Isaac ferma les yeux et imagina la ligne sans fin des wagons fonçant le long de la piste, transportant des marchandises inconnues vers les endroits lointains de Zebulon. Peut-être que le train traverserait un tunnel dans les montagnes et arriverait au bord de l'océan, en passant par des habitations et même des villes sur son chemin.

Comme il s'imaginait être au-dessus de ce train insouciant, son corps vrombissant comme s'il pouvait sentir la puissance de la locomotive bourdonnant à travers lui. Des images du tonnerre de métal et des terres lointaines fusionnèrent avec celles de David Lantz aux yeux bleus et à l'unique fossette.

Isaac ne pouvait lutter contre la montée terrifiante et désespérée du désir qui l'envahissait. Il releva sa chemise de nuit au niveau de sa taille.

Tirant sur son prépuce, Isaac caressa violemment son sexe, ses lèvres serrées pour faire taire ses gémissements. Même loin de la maison, au milieu des arbres, en pleine nuit, il devait être prudent. Nul ne connaissait son secret.

L'air frais de la nuit frôla la peau nue du jeune homme. Il frissonna, mais son excitation grandit à la dépravation d'être à moitié nu à l'air libre, se toucher comme il savait qu'il ne devrait pas. Il n'était pas loin de la dépendance, et si quelqu'un se levait pour l'utiliser, il le découvrirait sûrement. Mais il ne pouvait pas s'arrêter.

Ses orteils étaient recroquevillés dans l'herbe alors qu'il fléchissait ses cuisses et balançait ses hanches, appuyant le haut de son dos contre l'arbre et se cambrant dans l'étreinte serrée de sa main. Dans son esprit, il était nu dans l'air frais de la nuit, volant au-dessus du train, le vent fouettant ses cheveux de son front.

David était là, les yeux brillants, regardant en lui. Puis ce fut la main de David qui le touchait, son souffle chaud sur le visage d'Isaac alors qu'il se penchait très près, les lèvres douces puis féroces réclamant les siennes…

Le sifflet du train se fit entendre à nouveau, plus près cette fois, et le cri d'Isaac fit écho avec lui tandis qu'il jouissait sur sa main, l'extase le balayant et le laissant frémissant et désordonné. Il ouvrit les yeux, bougeant la tête dans toutes les directions pour s'assurer qu'il était toujours seul. Sa poitrine se soulevant, il baissa sa chemise de nuit, et se précipita vers la dépendance. Il déchira un papier de toilette et se nettoya du mieux qu'il put, les mains tremblantes.

Quand il fut de retour au lit, avec les ronflements de son frère, Isaac pria pour le pardon et l'aube.

1. *Trip Advisor* est un site web international d'origine américaine qui offre des avis et des conseils touristiques émanant de consommateurs (hôtels, restaurants, villes et régions, lieux de loisirs, etc.) et qui fournit également des outils de réservation de logements et de billets d'avion comparant des centaines de sites web afin de trouver les meilleurs prix.

2. Rassemblement de volontaires dans les communautés Amish pour venir en aide à l'un de ses membres. Par exemple : la construction d'une grange.

Chapitre Deux

LE LONG BANC en bois gémit alors qu'Isaac prenait son siège à côté de Mervin et cachait son chapeau noir en dessous. Il faisait déjà chaud avec toutes les personnes supplémentaires dans la maison des Hooley, et Isaac aurait voulu faire disparaître instantanément les prochaines trois ou quatre heures en un claquement de doigts. Au moins, il y avait plus d'enfants que d'adultes à Zebulon, et ils ne prenaient pas autant de place.

Il supposa que ce serait mal de demander au Seigneur d'écourter le service aujourd'hui, et dit une rapide prière de pardon ensuite d'avoir pu même le penser.

Alors que tout le monde se serrait l'un contre l'autre, Isaac se demanda – pas pour la première fois – pourquoi ils ne pouvaient tout simplement pas construire une église de la manière dont les Anglais le faisaient. Il savait que la tradition d'accueillir la messe dans les maisons des membres de la communauté remontait à la persécution des premiers Amish en Europe, qui devait cacher leurs services religieux. Mais en Amérique, ils étaient libres de prier celui qu'ils voulaient. Pour Isaac, c'était une tradition qui ne servait à rien. Bien sûr, il garda ça pour lui-même.

Au moins, il avait eu la chance d'être né à quelques semaines seulement d'intervalle de son meilleur ami. Ils s'asseyaient toujours ensemble à l'église, avec tous les hommes prenant des sièges sur les bancs dans l'ordre strict de l'âge, des aînés aux plus jeunes. Mervin vibrait d'une certaine excitation, mais quand Isaac haussa un sourcil, Mervin lui lança un clin d'œil qui signifiait *plus tard*. Ses yeux verts brillaient sous sa tignasse de cheveux blond roux.

En attendant, il donna à Isaac une poussée joueuse de son épaule large. Mervin Miller était petit et trapu, et étonnamment pâle après toutes les heures qu'il avait passées dans les champs.

— Quand vas-tu lui demander de sortir avec toi ? murmura-t-il.

Isaac suivit le regard de Mervin où Mary Lantz était assise avec ses amies sur l'un des bancs réservés aux femmes de l'autre côté de la pièce, près de la porte arrière d'où les femmes étaient entrées. Ses yeux croisèrent ceux de Mary, et elle recula vivement, se penchant pour murmurer à l'oreille de sa sœur. Leurs cheveux couleur de blé étaient en parfait accord sous leurs coiffes noires. Anna était plus jeune d'une année que sa sœur, et elles se ressemblaient presque comme des jumelles.

À Zebulon, les filles portaient des coiffes noires, et les femmes mariées, blanches. Pourtant, les jeunes filles qui terminaient l'école portaient des coiffes blanches à la maison durant la semaine. Jamais en dehors de la ferme, et jamais les dimanches, également. Elles portaient toutes des coiffes noires quand elles étaient en charrette. Lorsqu'ils étaient à Red Hills, les femmes les portaient rarement, et leurs robes étaient plus légères et un peu plus courtes.

À Zebulon, les robes devaient atteindre les pieds, et Katie s'était plainte ce matin de l'épaisseur des chaussettes noires qu'elle devait porter avec ses chaussures à l'église, même en été, et pourtant, elle n'avait jamais rien connu d'autre. Aucun élastique ou caoutchouc n'était permis, et elles utilisaient des lacets noirs autour de leurs jambes pour empêcher les chaussettes de s'affaisser. Et évidemment, les femmes et les filles avaient des manches longues sur leurs robes toute l'année, même quand il faisait si chaud que des vagues d'air s'élevaient de la route.

Souvent, l'Ordre ne semblait pas suivre une logique qu'Isaac comprenait, mais bien sûr, ce n'était pas à lui de poser les questions. Il avait demandé à Père une fois pourquoi les bandes sur leurs chapeaux devaient être précisément de quatorze centimètres, et pourquoi celles des hommes mariés ne mesuraient que dix centimètres, tandis que pour les évêques et les prêcheurs, leurs bandes faisaient onze et demi. Naturellement, la réponse avait été que c'était décrété par l'Ordre. C'était leurs coutumes.

— Tu devrais demander à son frère de lui poser la question. Ça va marcher, je le sais.

— Shhh, siffla Isaac.

David Lantz était assis sur le banc en face d'eux sur la droite, mais avec cinq hommes les séparant. Isaac regarda le profil de David, le bout de son nez à peine visible. Autour de lui, les hommes portaient leurs cheveux à leurs oreilles, les mèches formant de petites ailes où ils bouclaient sous leurs chapeaux. Mais puisque David ne suivait pas l'église, il avait été autorisé à garder les cheveux un peu plus courts comme Isaac le faisait. David regardait droit devant lui, et ne semblait pas avoir entendu la remarque bruyante de Mervin.

— Tu veux entendre un truc ?

Isaac détacha son regard de David et fixa ses bottes éraflées. Après un été à être pieds nus la plupart du temps, ses orteils étaient chauds et confinés. Mais quand l'hiver serait là, il devrait porter à nouveau des bottes, tous les jours. Au moins, ils ne portaient pas leurs lourds chapeaux à feutre à l'intérieur. Il aurait voulu pouvoir porter leurs chapeaux de paille par cette chaleur, cependant, à Zebulon, ils n'étaient pas permis les jours d'église.

— Ai-je le choix ?

— Ha-ha ! J'ai parlé à Jacob.

— Le Jacob d'Eli ?

Mervin renifla.

— Pourquoi parlerais-je avec lui ? Non, le Jacob des maïs.

— Ah.

Jacob Stoltzfus avait récemment planté des rangées de maïs sur sa ferme à la périphérie de Zebulon.

— Qu'avait-il à dire ?

Mervin leva les yeux au ciel.

— Comment fais-tu pour être si bête ? Je lui ai dis de demander à

Sadie si elle voulait bien sortir avec moi !

Il sourit.

— Et elle a dit oui ! Je la ramène chez elle après le chant de ce soir.

— Mais nous étions censés aller au lac, ce soir !

Au regard perçant de Josiah Yoder à proximité – il était appelé le Porc Josiah, depuis qu'il élevait des cochons – Isaac baissa la voix.

— Tu m'as dit que tu allais me montrer ce truc que tu fais quand tu sautes de la pierre.

— Nous pouvons aller au lac n'importe quand.

Mervin regarda Sadie Stoltzfus à travers la pièce et soupira.

— C'est la plus jolie fille de Zebulon. Isaac, tu ne veux pas d'une fille pour toi ? Nous avons dix-huit ans maintenant. Mark va rejoindre l'église et se marier bientôt avec Katie Josiah, ce printemps. Qu'est-ce que tu attends ?

Isaac haussa les épaules, ne disant rien de peur que sa voix ne tremble. C'était une très bonne question, et il aurait voulu connaître la réponse. Mervin avait raison… le temps de devenir des hommes était venu. Mervin était déjà sorti avec Rebecca Hooley, mais ils ne s'étaient pas entendus. S'il le faisait avec Sadie, alors il pourrait la courtiser bientôt.

Isaac regarda Mary Lantz à nouveau. Elle était assez jolie… plus que jolie, avec son sourire aimable et ses grands yeux bleus qui étaient plus foncés que ceux de son frère. Il n'y avait aucun problème avec Mary. Toutefois, Isaac commençait à penser qu'il y avait un sérieux problème avec lui.

Il fut sauvé du reste de ses réflexions par l'un des hommes qui commença le service avec une hymne. Alors que la congrégation rejoignait le chant lent, l'évêque de Zebulon, deux ministres et un diacre se levèrent et se dirigèrent silencieusement vers l'escalier jusqu'à l'Obrote, une pièce séparée où ils pouvaient s'entretenir. En ce jour, Isaac supposait que l'Obrote était la plus grande chambre des Hooley. Les cinq personnes qui prenaient des instructions pour rejoindre l'église suivirent. David Lantz fut le dernier, et il ferma la porte au pied des marches, son expression vide.

Isaac rejoignit le chant en entonnant une chanson allemande lugubre, soulagé que ce soit le plus court des hymnes… seulement dix minutes. Bien sûr, cela n'avait pas d'importance, puisqu'ils chanteraient autant de cantiques que nécessaire pendant que les prêcheurs discutaient. Le prochain hymne durait près de vingt minutes et les candidats revinrent avant la fin. David reprit sa place, la mâchoire serrée.

Ils continuèrent à chanter tandis que les dirigeants de l'église s'entretenaient en privé. Isaac se remémora ce que son frère Aaron lui avait murmuré quand il avait demandé ce qui se passait à l'Obrote.

— *Ce n'est rien, vraiment. On s'assoit pieusement, et ils nous avertissent sur nos péchés. Nous écoutons leur baratin sur la manière dont l'église est merveilleuse, et comment nous n'allons pas regretter nos choix.*

Il rit doucement.

— *Au moins, quand je serai baptisé, je ne serai plus obligé d'aller là-bas et prétendre écouter ce qu'ils ont à dire.*

Les paroles de l'hymne moururent sur la bouche d'Isaac alors qu'il reprenait son souffle, le besoin de voir Aaron de nouveau était comme une enclume lui frappant la poitrine. Il glissa sa main dans sa poche, sentant la poignée lisse du couteau plié. Il avait été à côté de son oreiller quand il s'était réveillé cet horrible matin, et Isaac n'avait pas eu besoin de lire le petit papier soigneusement froissé sur le côté d'Aaron pour savoir que son frère était parti.

Il ferma les yeux contre les souvenirs des sanglots choqués de Mère – il ne l'avait jamais vue si défaite, pas avant ni depuis – et le désespoir silencieux de Père. On aurait dit la fin du monde. Après quelques semaines sans nouvelles d'Aaron et sans une chance de l'aider à changer d'avis, l'évêque l'avait excommunié et l'avait ajouté à la liste des bannis. Il devait bien sûr être évité. *Meidung.*[3]

Isaac frissonna en y pensant. Autant il rêvait de ce qui se trouvait au-delà des frontières de Zebulon, autant l'idée d'être jeté seul dans le monde extérieur était inimaginable. Il voulait détester son frère d'être

---

[3] L'exclusion.

parti comme ça – de s'être enfui dans la nuit et sans même dire au revoir –, mais il avait surmonté la perte et le besoin.

Les prêcheurs revinrent quinze minutes plus tard. Daniel Lapp prononça le court sermon, mais quarante minutes n'étaient pas ce qu'Isaac aurait appelé « court ». Un gentil vieil homme, au moins, le prêcheur Lapp avait une voix agréable. Ce fut un soulagement lorsque ce fut le temps de se mettre à genoux pour la prière. Bien que le parquet soit dur sous ses genoux, il accordait un repos mérité à son postérieur.

Jeremiah Stoltzfus lut l'Écriture comme à son habitude. De taille forte, le diacre Stoltzfus avait été forgeron avant de tirer à la courte paille. Il faisait partie de l'une des douze familles Stoltzfus de Zebulon, et celui qu'Isaac préférait le moins. Il lisait l'Écriture sur un ton monotone, des poils noirs touffus sortant de ses oreilles, et sa barbe pendant sur le haut de sa poitrine.

Pendant que le diacre débitait son long discours, Isaac repensa au dimanche, il y a de cela quelques années, lorsqu'ils l'avaient choisi. Le diacre précédent était mort de vieillesse, et maintenant, chaque membre baptisé de l'église donnait leur candidature pour son remplacement. Des hommes avec trois votes ou plus étaient candidats. Isaac s'était toujours demandé comment Jeremiah Stoltzfus avait eu ses nominations, sans parler des trois votes ou plus.

L'évêque Yoder et les prêcheurs s'étaient éloignés puis étaient revenus avec une pile de sept recueils de chansons, chacun d'entre eux lié avec une ficelle blanche. Sept hommes. Quelques jeunes candidats avaient visiblement tremblé. Ce jour-là, le service religieux s'était passé dans la ferme de John Otto, et alors que la maison était grande et aérée, Isaac se souvint qu'il s'était senti insupportablement oppressé. Tandis que Mervin faisait habituellement une blague ou deux en murmurant durant le service, ce jour-là, il s'était assis figé comme une statue à côté d'Isaac, ses pâles mains tachetées jointes sur ses genoux.

Un par un, les candidats avaient choisi un recueil de chansons et l'avaient ouvert. Pour les hommes sans papier à l'intérieur du livre, ils avaient soupiré de soulagement, certains pleurants de joie. Être prêcheur ou diacre signifiait un service à vie sans salaire, et la fin de leur vie d'homme telle qu'il l'avait connue. Selon l'expérience d'Isaac, certains avaient été heureux de rejoindre ces rangs. Isaac frémit à la pensée que cela pourrait lui arriver un jour, mais tous les hommes baptisés savaient que c'était une possibilité.

Jeremiah Stoltzfus avait été l'avant-dernier. Quand il avait sorti le papier de son recueil, il n'avait fait aucun bruit, son expression impassible. Il avait accepté son sort calmement, et Isaac se rappela que le diacre Stoltzfus était un homme qui saurait profiter de la puissance de sa nouvelle position.

En tant que diacre, il appliquait l'Ordre et collectait les aumônes pour ceux dans le besoin dans la communauté, bien qu'il soit si hostile et brusque qu'Isaac soupçonnait que les membres donnaient généreusement parce qu'ils étaient impatients d'être loin de son regard de fouine. Ce n'était pas une agréable chose d'avoir un diacre à la porte pour une quelconque raison, mais si vous aviez enfreint l'un des règlements de l'Ordre, Isaac avait entendu dire que c'était une expérience absolument terrifiante.

Au moins, le diacre Stoltzfus n'avait jamais dévié de sa lecture attribuée pour offrir un sermon impromptu lui étant propre, comme Isaac se rappelait que leur ancien diacre faisait à Red Hills. Pour ça, au moins, il était reconnaissant.

La plupart des enfants étaient endormis au moment où l'évêque Yoder prononça le sermon principal. Les yeux d'Isaac se fermaient, et il se pinça. Il espérait que le sermon ne durerait pas deux heures comme cela avait été le cas, il y a deux dimanches de cela. À Red Hills, il y avait quatre prêcheurs qui se relayaient pour délivrer les sermons, mais cette communauté était beaucoup plus grande. L'évêque Yoder aimait sermonner, à presque tous les services, il se tenait devant eux et divaguait. Les prêcheurs n'utilisaient jamais de notes, et parlaient toujours allemand à l'église.

— Pour Joseph qui était un homme humble, tout comme nous sommes tous humbles à Zebulon. Nous croyons en Dieu, suivons l'Ordre et nous ne préoccupons point de ce que pensent les étrangers. Pour vivre une vie sainte dans une véritable communauté solidaire avec nos frères et sœurs. Nous rejetons toutes les tentations étrangères.

Grand et mince, l'évêque Yoder avait les cheveux presque blancs. Son visage était aussi étroit et pincé que son corps, mais sa voix retentissait. Il débitait son long discours encore et encore à propos de la Bible et des règles de l'Ordre. Isaac pensait que ça n'allait jamais finir. Les petites fenêtres de la maison étaient ouvertes et une petite brise de septembre précieuse trouva son chemin jusqu'à l'endroit où Isaac se trouvait parmi la foule d'hommes.

— Et quand nous sommes arrivés sur cette terre prospère et l'avons appelée Zebulon, nous nous sommes dédiés à la vraie foi.

Isaac se redressa. L'évêque Yoder finissait toujours ses sermons avec un message sur combien ils avaient été intelligents et craignant Dieu lorsqu'ils avaient quitté Red Hills, donc, c'était presque terminé.

— Nous ne devons jamais oublier que c'est le péché et le monde étranger qui nous ont conduits ici. Rappelez-vous comment nous nous sommes échappés de justesse pour nos enfants, qui sont, ici, fermement sur le chemin de la droiture. À Zebulon, la sainteté règne sur les excès sauvages et ruineux du passé. Nos jeunes gens reconnaissent la voix du salut et n'ont pas besoin de goûter aux fléaux du monde impur des Anglais. Ils sont plus sages que leurs âges et remplissent nos cœurs de reconnaissance.

Excès. À Zebulon – comme c'était la coutume des Swartzentruber –, ils ne prononçaient jamais le mot *rumspringa*[4], et les jeunes enfants ne savaient même ce que c'était. La pensée d'Aaron traversa l'esprit d'Isaac, spontanément.

Il était venu à la maison pour chasser avec les autres garçons à Red Hills, son haleine sentant les cigarettes et l'alcool. La manière dont Père et Mère l'avaient réprimandé en secouant la tête à propos de l'âme

---

[4] Le Rumspringa est un rite de passage de la communauté anabaptiste Amish. Il correspond à une période durant laquelle les adolescents Amish sont temporairement libérés de leur Église et de ses règles, afin de découvrir le monde moderne.

d'Aaron.

— *Au moins, il sort avec Rebecca Marvin d'une manière appropriée. Il rejoindra l'église bientôt et laissera ces idioties derrière.*

Isaac essaya d'imaginer leur réaction s'il osait être pris maintenant avec une cigarette étrangère ou pire. Même si aucun des parents à Red Hills n'avait jamais encouragé tout ça, il l'avait sinistrement toléré, punissant les jeunes gens lorsqu'ils allaient trop loin, et faisant tout ce qu'ils pouvaient pour les convaincre de rejoindre l'église. Mais à Zebulon ? Il frémit à la pensée des conséquences d'être libre et de vivre sans règles.

Dans le silence qui suivit le sermon de l'évêque, Isaac retint son souffle. Heureusement, ils dirent tous une dernière prière et s'échappèrent.

Dehors, les femmes servirent le déjeuner, et ils mangèrent à tour de rôle sur les longues tables. Quand Isaac et Mervin dirent leur grâce et prirent leurs sièges à côté l'un de l'autre, une autre personne s'assit à côté d'Isaac. Quand celui-ci regarda, il se figea. C'était David. Le jeune homme prit une bouchée de salade de chou pour ne pas devoir dire quoi que ce soit.

Il était douloureusement conscient de la façon dont leurs épaules et leurs bras s'effleuraient, et il garda ses genoux épinglés ensemble sous la table pour éviter de toucher la cuisse de David. Il aurait souhaité savoir ce qu'il y avait à propos de David qui le déstabilisait.

Alors qu'il fourrait une cuillérée même soupe de maïs, et de porc, l'attention d'Isaac fut attirée sur l'homme plus âgé de l'autre côté de David, Noah Lapp.

— Tes cheveux sont coupés trop court, mais regarde la longueur de tes favoris. Trop étranger.

David avala sa soupe.

— Merci pour vos conseils, dit-il sur un ton doux.

— Pourquoi ne te laisses-tu pas pousser la barbe ? Ton baptême approche. Ne veux-tu pas être un bon homme Amish ?

— Bien sûr, répondit David.

Il ne donna aucune raison pour expliquer pourquoi il se rasait encore.

— Pourquoi ne conduis-tu pas l'une des jeunes filles à la maison, lors de la soirée de chant ? Tu dois rejoindre l'église et tu dois trouver une femme.

Noah but sa soupe.

David ouvrit sa bouche, mais après un moment, il la ferma de nouveau et inspira longuement.

— Oui, vous avez raison. Merci pour vos conseils. Je vous promets de faire mieux.

— Bien, bien.

Noah le regarda d'un air critique.

— Tu seras au chant, ce soir ?

— Bien sûr.

— Ton chariot semble un peu haut, remarqua Noah Lapp.

— Je l'ai depuis quatre ans et personne ne s'est plaint.

David prit une autre gorgée de soupe, la cuillère serrée dans sa main.

— Le chariot doit être de 43 centimètres, comme cela est décrété dans l'Ordre, dit-il.

— Hum, vraiment ? Peut-être devrions-nous le mesurer après le déjeuner.

David sourit, ses lèvres pressées ensemble.

— Bien sûr, répondit-il. Merci pour vos conseils.

Mervin et Isaac échangèrent un regard peiné. Ce sermon était de routine pour quiconque allant rejoindre l'église, et ils savaient tous qu'ils devaient sourire légèrement et le supporter. Tout signe de rébellion ou de ressentiment pourrait signifier un retard à l'adhésion… et plus de surveillance. Les prêcheurs étaient assez mauvais, mais la plus grande partie de la communauté participait, critiquant les petites choses avec ce qu'Isaac pensait être de la joie secrète.

— Quand rejoindrez-vous l'église, les garçons ? Cela devrait être bientôt, n'est-ce pas ? demanda Noah.

Isaac sentit son estomac se nouer lorsqu'il se rendit compte que

Noah leur parlait à lui et à Mervin. Il se racla la gorge.

— Bientôt.

— Oui, très bientôt, ajouta Mervin.

Noah hocha la tête avant de parler à David de nouveau.

— Tu as pris si longtemps à l'adhésion que les jeunes gens pourraient se poser des questions. Nous devons tous nous aider mutuellement pour trouver le droit chemin et honorer Dieu.

Il pouvait sentir la tension émaner de David alors que Noah Lapp continuait, et bientôt, d'autres, assis à la table, le rejoignirent. Pendant ce temps, David souriait et hochait la tête tout en gardant son regard fixé sur son déjeuner. Quand Isaac eut fini de manger et se leva, David se tourna vers lui.

— À demain, dit-il.

Isaac sourit timidement, et David sourit en retour, faisant apparaître sa fossette sur sa joue.

Bien qu'il vienne de boire trois tasses d'eau, la gorge d'Isaac s'asyécha et il la remplit à nouveau à la carafe, avalant ensuite le liquide frais avant de se précipiter pour rattraper Mervin.

SON POULS BATTANT rapidement, Isaac regarda l'engin fait de métal et de plastique dans la main de Mervin, son intention de trouver un bon copeau de bâton étant oubliée.

— Est-ce un *téléphone* ?

— C'est un Tactile, dit Mervin avec une fierté évidente.

Isaac regarda attentivement.

— Qu'est-ce que ça veut dire ?

Mervin haussa les épaules.

— Je ne sais pas. Mais c'est ce que Leroy a dit dans sa lettre. C'est un Tactile et si je le mets au soleil, la batterie se recharge.

Isaac regarda autour de lui. Ils étaient toujours seuls dans les bois, près des Hooley. Ils devaient bientôt être de retour pour le souper et le chant, mais il aurait voulu qu'il y ait un moyen de rester cachés dans l'ombre des arbres avec le cadeau du cousin de Mervin de Red Hills.

— Que faut-il faire ?

— Regarde.

De sa poche, Mervin sortit un long cordon blanc avec deux boutons ronds et pendants.

— Mets ça dans tes oreilles.

Isaac en mit un, mais il ressortit.

— Non, ça, c'est pour ton autre oreille. Tu vois comme il y a G pour la gauche et un D pour la droite ?

Une fois qu'Isaac réussit à coincer comme il faut les petites choses dans ses oreilles, il hocha la tête.

— Maintenant quoi ?

— Écoute.

Mervin tapa le fond de verre du rectangle, et il s'alluma tout en images et en couleurs. L'instant d'après, Isaac sursauta alors que de la musique emplissait ses oreilles. Cette musique était plus rapide que les chansons qu'ils avaient chantées ce soir, mais de manière beaucoup plus bruyante, et bien sûr, il y avait des instruments. Les battements bourdonnaient à travers son corps. Une femme chantait sur des applaudissements, et Isaac regarda l'écran, sa mâchoire se décrochant. Ça disait *Lady Gaga*. Elle avait des boucles blondes, du maquillage sombre autour de ses yeux, et elle portait un costume moulant qui couvrait à peine sa poitrine, on pouvait même voir à travers. Il ne savait pas quoi faire de la musique, et quand ce fut fini, il sortit les boutons de ses oreilles.

— Whaou !

Mervin sourit.

— N'est-ce pas génial ? Leroy a mis un tas de chansons là-dedans, et il y a des films aussi !

Isaac regarda le dispositif.

— Comment te l'a-t-il donné ?

— Il me l'a posté. Enveloppé dans du plastique et ça correspondait à l'enveloppe !

— Et si tes parents l'avaient ouverte ?

— Impossible, se moqua Mervin. C'est de mon devoir de me rendre à la poste.

— Savent-ils seulement que Leroy t'écrit quelquefois ?

— Bien sûr que non ! Mec, Leroy est si chanceux que ses parents soient restés là-bas. Il fera sa rumspringa, aura sa voiture et tout. Il dit qu'ils le harcèlent à ce sujet tous les jours, mais au moins, ils ne l'empêchent pas de sortir et de voir du monde.

Isaac pouvait à peine imaginer la liberté.

— Mais tu sais pourquoi ils ne le permettent pas ici.

Mervin claqua la langue.

— Donc, quelques gamins ont fait des choses stupides, et maintenant, nous devons tous souffrir ?

— Mais… c'est mieux pour nous. Nous ne devrions pas essayer toutes ces choses étrangères. Elles sont impures.

Il indiqua l'engin.

— C'est impur. Leroy n'aurait pas dû te l'envoyer.

— Oh, alors tu ne veux pas voir un film ? dit Mervin en haussant ses sourcils, qui disparurent sous sa frange.

— Eh bien…

Riant, Mervin claqua l'épaule d'Isaac.

— Toujours à essayer d'être un bon garçon ! Ne t'inquiète pas, je ne vais pas le dire. Allez, je vais te montrer…

— Mervin !

Une voix de jeune fille retentit à travers les arbres.

— Merde ! marmonna-t-il alors qu'il rangeait le Tactile dans sa poche avec le cordon blanc.

Il bondit sur ses pieds. Isaac lui emboîta le pas, en sortant son couteau de poche et en ramassant la branche tombée la plus proche. Mervin et lui s'appuyèrent nonchalamment contre un arbre juste à temps, lorsque la petite sœur de Mervin apparut.

Esther mit ses mains sur ses hanches.

— Que faites-vous ici ?

— Tailler du bois, répondit Isaac en levant la branche.

— Nous partons bientôt. Il est temps pour vous tous d'aller souper. Alors, dépêchez-vous !

Après ça, elle tourna les talons, sa longue robe fluide autour de ses chevilles tandis qu'elle courait.

Par « tous », Isaac savait qu'elle voulait dire les jeunes gens. Mervin et lui se précipitèrent chez les Hooley, et prirent leurs sièges à la longue table à l'intérieur de la maison. Mary était assise en face de lui, sur le côté des filles, et Isaac garda résolument les yeux sur son assiette. David était à quelques sièges de lui.

Le chant commença à huit heures précises. Isaac appréciait ces chansons beaucoup plus que les chants austères de l'église. Bien qu'ils chantent toujours au sujet de Dieu, et de son adoration, les airs étaient animés et amusants. Entre les chansons, ils discutaient les uns avec les autres, et naturellement, Mary lui parla.

— Aimes-tu le poulet ?

Isaac hocha la tête. Au moins, c'était une question facile. Qui n'aimait pas le poulet ?

— Je fais de la soupe de poulet, et des biscuits pour le déjeuner, demain. Et de la tarte à la mélasse sucrée.

Elle sourit largement et replaça une mèche de cheveux derrière son oreille. L'estomac d'Isaac se serra. D'une certaine manière, dans son inquiétude à propos de son travail avec David, il avait oublié le fait qu'il verrait Mary, tous les jours. Il se força à sourire.

— Je suis sûr que ça va être délicieux.

— Ta Katie a dit que tu aimes la tarte à la mélasse sucrée.

— C'est vrai. Merci. Je… euh…

Il était plus poli de faire la conversation et de demander à Mary quelque chose, mais son esprit était complètement vide.

Heureusement, Mark commença une autre chanson, et Isaac en fut épargné.

Lorsqu'ils sortirent dehors quelques heures plus tard, Isaac marchait d'un pas si rapide qu'il faillit ne pas entendre David l'appeler. Il pivota sur lui-même alors que David disait quelque chose à Mary, et se dirigeait vers lui. Bien que David soit plus grand que lui de quelques centimètres, il n'y avait aucune raison de se sentir intimidé, pourtant, il l'était. Il aurait voulu savoir pourquoi il le rendait si nerveux.

— Salut, David.

Isaac rit nerveusement… encore ce stupide braillement.

David le regarda d'un air sérieux.

— Je pense que ma sœur attend que tu lui demandes de la conduire à la maison.

— Oh !

C'était le premier pas pour courtiser une femme. La panique lui serra la poitrine.

— Euh… je n'ai pas encore mon propre chariot. Nous ne pouvons nous le permettre. Il ne me reste que le vieux, et il n'est pas assez agréable pour elle. Il est cahoteux et inconfortable. Il tombe en morceaux.

David le regarda un long moment avant d'acquiescer.

— Très bien.

— Dis à Mary que je suis désolé. Ce n'est pas que je ne l'aime pas. C'est une fille adorable, elle mérite juste quelque chose de mieux.

David le regarda encore de cette manière déconcertante.

— Je lui dirai que tu as refusé. Rendez-vous demain matin.

— Euh… oui.

Isaac avait l'impression qu'il allait exploser. David pressa l'avant-bras du jeune homme.

— Ne t'inquiète pas. Je ne mords pas.

Puis il s'éloigna.

Isaac resserra le harnais noir autour de sa jument, Silver, et grimpa sur le seul siège de la charrette, mettant les rênes sur le cheval. C'était un vieux cheval de trait qui ne pouvait plus tirer une charrue, mais elle pouvait encore faire ça.

Le chariot était d'un mètre cinquante de hauteur, et peint en noir à l'intérieur comme à l'extérieur. Il n'y avait pas de coussin sur le siège, tout comme il n'y avait pas de coussin dans leur maison. Dans un chariot plus récent, ça n'aurait pas été mal, mais les ressorts dans celui-ci étaient depuis longtemps usés. Le toit en toile cirée noir fuyait quand il pleuvait des cordes.

Ce n'était sûrement pas assez agréable pour conduire une fille, mais Isaac avait le sentiment que cette excuse ne durerait pas longtemps. Peut-être qu'il devait simplement demander à Mary de sortir avec lui et en finir. Ce n'était pas comme s'il appréciait une autre fille, alors qu'attendait-il ?

Les roues en bois cerclées de fer claquaient, et les fesses d'Isaac avaient déjà mal tandis qu'il descendait la route à la vitesse maximale de Silver, le contact de la main de David encore chaud sur sa peau.

3. L'exclusion.

4. Le Rumspringa est un rite de passage de la communauté anabaptiste Amish. Il correspond à une période durant laquelle les adolescents Amish sont temporairement libérés de leur Église et de ses règles, afin de découvrir le monde moderne.

Chapitre Trois

IL FAISAIT ENCORE nuit quand Isaac et ses frères et sœur se réveillèrent pour les prières du matin et les tâches à accomplir.

Joseph, Nathan et Katie étaient encore à l'école, et quand le soleil se lèverait, ils se dirigeraient au bas de la route vers l'école qui était constituée d'une seule pièce, à quelques kilomètres de là. Mère regardait toujours par la fenêtre de la cuisine, un œil sur l'eau bouillante sur le poêle à bois pour laver la vaisselle du petit-déjeuner.

Dans la grange, Éphraïm grommela tandis qu'Isaac sellait Silver, illuminé par une lampe à pétrole, caressant sa tête et murmurant des paroles. Sa couleur était plus grise qu'argentée, mais sa crinière brillait légèrement. Il lui donna un morceau de sucre, et elle lécha sa paume.

— Ce n'est pas juste. Maintenant, je dois faire toutes tes corvées tout seul.

Isaac essaya de le rassurer, mais il se sentirait probablement pareil s'il avait été à la place d'Éphraïm.

— Père fera certaines d'entre elles, et Nathan a huit ans maintenant. C'est sa dernière année à l'école.

— Il ne terminera pas avant l'été ! C'est dans presque un an !

Éphraïm claqua son tabouret et se pencha pour traire une vache.

— C'est injuste que tu t'amuses.

— M'amuser ? Je vais travailler aussi durement que toi.

— Oui, mais tu t'amuses toujours à faire tes sculptures. Tu aimes travailler avec le bois. En attendant, je vais être coincé ici, sur cette stupide ferme.

Bien qu'il ne l'ait pas élevée, la voix de Père les fit sursauter.

— Ceci est notre maison et notre moyen de subsistance, Éphraïm.

Il se tenait dans l'ombre projetée par la lampe, et derrière lui, la porte de la grange était ouverte, et des éclairs zébraient le ciel.

— Ce n'est pas une chose stupide.

Éphraïm bondit sur ses pieds, sa bouche s'ouvrant et se fermant avant de baisser la tête, son chapeau de paille cachant son visage rouge.

— Vous savez qu'il aime les bovins et travailler à la ferme, intervint Isaac. Il ne le pensait pas, Père. Il est juste un peu grincheux, ce matin. Les ronflements de Nathan nous ont tenus éveillés.

À vrai dire, Nathan avait heureusement dormi sur le ventre, la plus grande partie de la nuit et les avait épargnés.

Père entra dans le cercle de lumière de la lampe, souriant doucement.

— Éphraïm, je comprends comment c'est à ton âge, mais tu dois attendre ton tour. Tu as seize ans... pas encore un jeune homme. Toujours en apprentissage. Lorsque tu auras dix-sept ans, tu pourras assister aux chants et voler de tes propres ailes. Isaac est notre fils aîné, et il doit être le premier à tracer son chemin.

Notre fils aîné. Un souvenir d'Aaron traversa l'esprit d'Isaac. Il avait couru à travers un champ de blé, presque hors de vue, et les poumons d'Isaac l'avaient brûlé alors qu'il courait, des tiges de blé frappant son visage tandis qu'il essayait en vain de maintenir le rythme, ses petites jambes augmentant sa vitesse. Il pouvait encore entendre la voix d'Aaron dans le vent. « *Tu ne peux pas m'attraper !* »

Souhaitant pouvoir verrouiller ses pensées périlleuses dans un bocal, le couvercle fermé, Isaac bannit le souvenir. Pourtant, il glissa sa main dans sa poche pour que ses doigts frôlent la poignée familière du couteau. Il donna un coup de pied dans le foin.

— Oui, Père, dit Éphraïm, la tête toujours baissée.

— Je devrais y aller, dit Isaac en conduisant Silver hors de sa stalle vers l'endroit où le vieux chariot l'attendait.

Père le suivit et le regarda, se caressant la barbe.

— Il est grand temps que tu aies ton propre chariot. Un nouveau.

Le sourire plein d'espoir de Mary Lantz traversa l'esprit d'Isaac.

— Non, non ! Pas encore, nous ne pouvons pas nous le permettre.

C'était certainement la vérité, avec l'hiver qui approchait.

— Ça ne me dérange pas. Vraiment.

Père soupira.

— Au printemps, alors.

Isaac grimpa dans le chariot, et redressa son chapeau. C'était étrange, cette sensation de quitter la ferme au lieu de commencer ses tâches habituelles. Avec toute son inquiétude par rapport à David, il avait en quelque sorte oublié le fait qu'il ne serait plus à la maison aussi souvent. L'euphorie l'envahit.

Bien sûr, il pourrait toujours retourner au travail de la ferme si finalement la menuiserie n'était pas pour lui. S'il y avait une chose qui était sûre dans la vie, c'était qu'il y avait toujours quelque chose à faire dans la ferme.

— Éphraïm, je t'aiderai avec les corvées du soir après le dîner.

— Merci, marmonna Éphraïm de la porte de la grange.

Père prit tout à coup la main d'Isaac et la serra. Le jeune homme se figea, retenant son souffle. Il ne pouvait pas se rappeler de la dernière fois où son Père avait fait montre d'une telle démonstration. Éphraïm se tenait tout près, et le regardait avec de grands yeux.

— Sois gentil, Isaac. Et travaille bien, je prie pour que tu trouves le bonheur dans cette vocation.

Isaac déglutit difficilement, son cœur battant alors qu'il saisissait la chaleur inconnue de la main de Père.

— Merci. Je pense que je le ferai. Père…

Il lutta pour trouver les mots.

— Oui ? dit son père en attendant patiemment.

— Je devais avoir l'air ingrat lorsque vous m'avez parlé de ce nouveau travail. Je suis désolé.

— Ah, Isaac, dit-il en souriant. C'est naturel de sentir une certaine hésitation quand nous commençons un nouveau chapitre dans la vie. Je l'avoue, je voudrais vous garder ici avec moi pendant de nombreuses années si je le pouvais.

Il jeta un regard à Éphraïm qui était tout près.

— Mais ne vous inquiétez pas, les garçons, poursuivit-il. Je vais vous aider à trouver votre propre voie vers l'âge adulte. Et à l'église, bien sûr. Le plus grand désir de mon cœur est de voir mes enfants heureux et en bonne santé.

Même Aaron ?

— Je sais, Père. Nous vous sommes reconnaissants. Dieu nous a bénis lorsqu'Il vous a choisi Mère et vous comme parents.

C'était la vérité… une qu'Isaac réalisait, avec honte, n'avoir jamais dite à haute voix.

— Ce n'est pas une stupide ferme, ajouta Éphraïm.

Père resta silencieux un moment avant de prendre une profonde inspiration.

— Merci, mes fils. Nous sommes tous bénis par le Seigneur.

Ils murmurèrent leur accord, et Isaac donna un léger coup à Silver. Il avait dépassé la maison lorsque la voix d'Éphraïm retentit.

— Isaac !

Il fit ralentir Silver et se pencha pour voir Éphraïm toujours debout à la porte de la grange.

— Tu vas me manquer !

Isaac déglutit difficilement, l'affection le submergeant.

— Toi aussi ! cria-t-il. Je serai à la maison avant que tu ne te rendes compte !

Il fit avancer Silver, déterminé à ne pas regarder en arrière.

LA FERME DES Lantz était à cinq kilomètres sur la route goudronnée du comté. Silver trottina, faisant résonner ses sabots, et Isaac écouta si des véhicules approchaient, heureux que le soleil soit levé. Il était nerveux dans le noir avec seulement une lanterne et un peu de ruban gris réflectif à l'arrière du chariot pour alerter les voitures de sa présence sur la route.

Les triangles de signalisation orange qu'ils mettaient sur leurs chariots à Red Hills étaient trop étrangers aussi pour les Amish Swartzentruber, et Isaac savait qu'il devrait avoir foi en Dieu pour le garder en sécurité. Pourtant, dans l'obscurité de la nuit du Minnesota, plus d'une fois, il avait pensé à donner à Dieu un coup de main.

Heureusement, il n'y avait que quelques voitures qui traversaient Zebulon. L'évêque Yoder avait cherché dans beaucoup d'États et même en Ontario pour un endroit idéal qui accueillerait leur communauté. Dans le nord du Minnesota, il avait finalement trouvé un emplacement suffisamment éloigné du reste du monde.

Alors qu'il conduisait, sans raison, Isaac repensa à la dernière fois où il avait mangé chez McDonald avant que tout ne change. Il se souvenait encore de la saveur de la sauce du Big Mac sur sa langue. Cela avait été un régal pour l'anniversaire d'Éphraïm, et il s'était garé derrière le restaurant dans un emplacement parfait pour les charrettes. Ils n'avaient pas été la seule famille mangeant des frites salées, ce jour-là. Mais à Zebulon, ils avaient été dissuadés d'aller au restaurant. L'Ordre ne l'interdisait pas, mais ils faisaient de leur mieux pour vivre de la terre et des animaux qu'ils élevaient. Mère conduisait le chariot sur cinq kilomètres pour aller chaque mardi matin à l'épicerie puisqu'ils ne pouvaient survivre autrement. Toutefois, Isaac n'avait pas mis les pieds dans un restaurant depuis son jeune âge, en Ohio.

De petits oiseaux battaient de l'aile dans l'estomac d'Isaac tandis qu'il conduisait dans l'allée poussiéreuse des Lantz. En hiver, ce serait boueux, un désordre de glace, et Isaac souhaita avoir les allées de gravier qu'ils avaient pris pour acquis à Red Hills. Pas d'argent pour cela à Zebulon. Alors qu'il approchait de la maison, il vit une silhouette devant la porte de la grange et son cœur se mit à battre la chamade.

— Arrête ça ! Il n'y a pas de quoi être nerveux, siffla-t-il.

Il n'y avait aucun signe de Mary ou d'Anna, mais Madame Lantz sortit de la maison et agita la main. La maison des Lantz était très similaire à celle des Byler, avec le même toit de tôle, la peinture sombre et les rideaux.

— Bonjour, Isaac ! le salua-t-elle en allemand, en essuyant ses mains sur son tablier noir.

Sa robe sombre lui arrivait jusqu'à ses pieds nus, et sa coiffe blanche était lumineuse. Elle avait les traits sombres de David, bien que son défunt mari ait donné aux filles des cheveux blonds.

— Bienvenue.

Isaac tira sur la poignée de frein à côté du siège, et il poussa contre la roue droite alors qu'il arrêtait Silver.

— Merci, Madame, répondit-il en allemand.

Comme la plupart des gens à Zebulon, il glissait de l'anglais à l'allemand, et vice-versa avec facilité, bien que les enfants et les jeunes gens parlent presque toujours l'anglais entre eux. Ce n'était pas officiel – parler l'allemand avec les adultes à l'église, et l'anglais pour le reste du temps –, mais cela marchait bien.

Les trois jeunes sœurs de David agitèrent aussi leurs mains alors qu'elles passaient devant leur mère et continuaient sur le chemin de l'école dans leurs longues robes sombres, et coiffes noires, des seaux métalliques se balançant dans leurs mains. L'école était à trois kilomètres sur un coin des terres d'Eli Miller.

Isaac leur rendit leur salut, se demandant comment c'était pour David de vivre avec sa mère et cinq filles, et pas d'autres garçons du tout. Il se rendit compte alors que David devait sûrement avoir sa propre chambre, et une vague de jalousie le traversa. Avoir son propre lit était à lui seul un luxe.

La pensée d'un grand lit et de David dans sa chemise de nuit dansa dans l'esprit d'Isaac, accompagnée par une montée d'excitation. Oui, il était jaloux, en effet, et c'était un péché. Isaac se secoua intérieurement. David était son employeur, et ce ne serait pas bon d'être envieux.

Des meuglements et hennissements, ainsi que le bruit des poules et des corbeaux emplirent l'air en ce début de matinée comme il approchait de la grange. David le fit entrer à l'intérieur avec un sourire pendant qu'Isaac détachait Silver. Le jeune homme resta bouche bée tandis qu'il regardait l'intérieur. Il y avait des stalles pour les chevaux, mais le reste de la grange avait été transformé. Les outils à main accrochés à des clous sur l'un des murs, et une énorme table de travail dominait l'espace. Des rouleaux de papier et plusieurs règles reposaient sur la large surface. Des tas de bois brut étaient empilés sur les autres murs.

— Fais comme chez toi, Isaac.

David indiqua un côté de la table, tenant une cruche d'eau et des tasses, avec une miche de pain, si frais que l'odeur des pommes embaumait encore l'air au milieu de la sciure de bois.

— Si tu as soif ou faim, pas besoin de demander. Sers-toi, continua David.

— Merci, répondit Isaac en regardant les champs. Vous ne cultivez plus du tout ?

David déroula l'un des morceaux de papier épais.

— Pas depuis la mort de mon père. Je crains de ne pas avoir la main. Je m'en sors mieux en étant charpentier. Nous avons vendu la plus grande partie des hectares aux Otto. Ce qui reste est un jardin, et des terres pour les animaux. Ma mère et mes sœurs s'en occupent très bien.

— Oh oui, je m'en souviens maintenant.

Il s'agita inconfortablement. Cela faisait plus de quatre ans que Monsieur Lantz était mort derrière la charrue. Isaac se souvint de Mervin courant à perdre haleine sur l'allée, rapportant les nouvelles, disant que le temps que David arrive à la plus proche maison Anglaise pour appeler à l'aide, il avait été beaucoup trop tard. Un état d'urgence était le seul cas où ils pouvaient demander quelque chose aux Anglais à Zebulon, ou bien être dans une voiture.

— Tu es doué avec une hache ? demanda David.

— Bien sûr.

Cela avait-il l'air vaniteux ?

— Seulement parce que j'ai aidé avec le bois de chauffage pour le poêle, ces dernières années. Je pense que je m'en sors. Peut-être. Je ne sais pas.

David leva les yeux du plan.

— Isaac, tout va bien. Tu ne dois pas être nerveux.

Il sourit.

— Je ne mords pas, tu te souviens ? Sois toi-même. On m'a dit que tu étais un travailleur acharné, et aussi longtemps que cela est vrai, nous nous entendrons très bien.

— D'accord. OK, dit Isaac en acquiesçant. Je le suis. Un travailleur acharné, je veux dire. Je ne vais pas te décevoir.

David ramassa une règle.

— Je suis sûr que tu ne le feras pas. Il y a un arbre abattu dehors. Coupe-le en grandes parties comme les autres, là-bas.

Il indiqua de la tête les piles de bois contre les murs. Isaac se précipita à l'extérieur pour le faire, désireux de prouver sa valeur et de commencer officiellement sa vie en tant que charpentier, même s'il ne faisait que couper du bois. Bien qu'il ait l'habitude d'aller à la grange pieds nus, à la maison, il remarqua que David portait des bottes, alors Isaac garda les siennes également. La dernière chose qu'il voulait était de faire tomber l'un des outils sur ses orteils.

À onze heures et demie, son excitation était retombée. L'arbre semblait sans fin, et Isaac souleva son chapeau pour faire glisser sa manche sur son front, clignant des yeux dans le soleil. David lui avait apporté une tasse d'eau au milieu de la matinée et lui avait proposé de l'aider lui-même, mais Isaac n'avait pas voulu paraître faible ou paresseux pour son premier jour. Et à présent, Madame Lantz les appelait pour le déjeuner, et il se sentait chancelant.

À la table de la cuisine, il oscilla un peu alors qu'il baissait la tête pour dire les grâces, et sentit la main forte de David sur son poignet. Pendant qu'il récitait une prière dans son esprit, il n'osa pas respirer. Ils levèrent tous la tête à l'unisson et prirent leurs sièges, David à côté de lui, et les femmes en face. Isaac avala trois tasses d'eau, Mary la remplissant à chaque fois.

Il sourit en s'excusant.

— J'avais un peu chaud, là-bas.

David balaya l'excuse gentiment.

— Maintenant, tu vas te servir de l'eau dans la grange comme je l'ai suggéré ?

— Oui, marmonna Isaac d'un air penaud.

— Peut-être que tu devrais boire un peu de vinaigre si tu te sens mal. Ça marche à tous les coups, déclara Madame Lantz, commençant à se lever.

— Non !

Isaac se racla la gorge.

— Vraiment, je me sens beaucoup mieux maintenant. Je vous remercie.

Il grimaça intérieurement à la pensée d'avaler du vinaigre. C'était l'un des remèdes favoris de sa mère.

— Très bien. S'il te plaît, fais comme chez toi, Isaac, dit Madame Lantz en faisant passer un plat de biscuits tandis qu'Anna faisait le tour de la table pour remplir les bols avec de la soupe de poulet.

Il n'y avait aucune raison pour qu'il ne se sente pas comme chez lui ; la maison était semblable à la sienne dans presque tous les sens, à l'intérieur aussi, des murs blancs et des meubles sombres et inconfortables, au poêle à bois dans le coin de la cuisine. Alors que les trois petites filles Lantz étaient à l'école, à dix-sept et dix-huit ans, Anna et Mary étaient à la maison toute la journée pour aider leur mère jusqu'à leur mariage.

Isaac se rendit compte qu'il ne les avait jamais vues avec leurs coiffes blanches avant, seulement le week-end ou à l'extérieur dans leurs coiffes noires. Avec les blanches, elles paraissaient plus âgées en quelque sorte. Il supposait qu'elles seraient mariées d'ici peu. Il regarda Mary alors qu'elle lui versait plus d'eau. *Va-t-elle être ma femme ?* Il ressentit une autre vague de vertige et regarda son bol.

— C'est bon pour David d'avoir un autre homme dans la maison.

Anna donna à David un petit coup amical comme elle se tenait derrière lui et remplissait son bol.

— Il n'a guère d'amis. Trop occupé à travailler.

— David a des amis ! insista Madame Lantz. Personne n'a dit de mal sur notre David.

C'était vrai… quoique la communauté chuchotait certainement à propos de son adhésion à l'église et de combien ça lui prenait de temps à se décider. Isaac n'avait jamais vraiment entendu quelque chose de mauvais sur lui. Pourtant, Anna avait raison, David ne semblait pas avoir d'amis proches. Il était discret.

— Toutes ces nuits où il sort pêcher… bien sûr qu'il a des amis, ajouta Madame Lantz.

Anna ne dit rien, et s'assit à sa place, soudain absorbée par les bretelles de sa coiffe.

— Tout va bien, Mère. Vous n'avez pas besoin de me défendre, dit David.

— Pourtant, je pense que c'est bon d'avoir Isaac, ici. Ne le penses-tu pas, Mary ? dit Anna, son sourire innocent paraissant trop forcé.

Les joues rouges, Mary regarda son bol et hocha la tête alors qu'elle prenait une gorgée. Isaac essaya désespérément de trouver quelque chose à dire.

— Tu as de la chance d'avoir ta propre chambre, David. Je dois partager la mienne avec mes frères et…

Il s'interrompit, la honte rougissant sa peau.

— Je ne voulais pas dire que c'était chanceux de… je suis désolé.

Le sourire de Madame Lantz était tendu.

— Ce n'est rien.

Anna haussa les épaules.

— Il ne restera pas ici de toute façon. Il aura sa propre ferme, ou bien il partira dans le monde extérieur.

— *Anna* !

David lui lança un regard noir. Elle laissa tomber sa cuillère avec fracas.

— Quoi ? C'est la vérité. Pourquoi ne parlerions-nous pas de lui ? C'est comme si nous l'avions excommunié après qu'il soit mort. Nous parlons de Père, n'est-ce pas ?

— Père n'a pas déshonoré notre famille, la communauté et le Seigneur, dit Madame Lantz calmement, son regard rivé sur la table.

Mary posa une main sur le bras de sa mère.

— Joshua a fait une erreur ! insista Anna. Il n'était pas mauvais.

Isaac regarda d'un Lantz à l'autre, souhaitant avec ferveur que les planches se fendent en deux et l'engloutissent.

— Il s'est libéré de l'église, Anna, déclara David fermement. Il n'y avait aucune crainte de Dieu en lui. C'était plus qu'une erreur. Rachel et Martha sont aussi mortes à cause de lui.

— Je sais, mais… s'interrompit Anna alors que ses yeux s'emplissaient de larmes. C'était un bon frère, et je l'aimais.

Isaac retint son souffle. Il n'avait jamais entendu quelqu'un parler aussi librement à propos de *l'amour*. Ce n'était seulement pas leur manière de faire. Clignant rapidement les yeux, Anna baissa la tête en silence.

— Je suis désolée, Mère. Je n'aurais pas dû dire quoi que ce soit.

Madame Lantz garda sa voix ferme.

— Je remercie le Seigneur que quelque chose de bon en soit résulté. Maintenant, nous sommes à Zebulon, et il n'y aura aucun rumspringa qui mettra en danger mes enfants. Nous avons tous pardonné à Joshua dans nos cœurs. Au moins, il ne fait plus partie de ce monde impur. Le Seigneur avait décidé que c'était son heure.

C'était la manière des Amish de pardonner les péchés de ceux qui les avaient faits, mais Isaac ne croyait pas tout à fait que le pardon soit parvenu dans les cœurs de la famille Lantz.

Madame Lantz continua.

— Et maintenant, notre David va être baptisé, enfin. J'aurais seulement souhaité que Père soit là pour en témoigner. À quel point il serait heureux de voir son fils rejoindre l'église et céder à Dieu. Car là est le seul chemin.

Isaac jeta un coup d'œil à David, qui saisit sa cuillère si fortement que ses doigts devinrent blancs.

— Isaac, nous nous excusons pour l'explosion d'Anna, reprit Madame Lantz, après quelques instants de silence. Ce n'est pas ainsi que nous accueillons nos invités, je te l'assure. Cela ne se reproduira pas. N'est-ce pas, Anna ?

— Non, murmura-t-elle.

— Il est inutile de vous excuser. C'était mon étourderie qui a tout déclenché, dit Isaac.

Il saisit un biscuit chaud et prit une bouchée avant de sourire maladroitement.

— Mary, ils sont délicieux.

— Tu le penses ? demanda-t-elle tandis que son visage s'illuminait. C'est une recette spéciale.

Isaac posa de nombreuses questions sur le déjeuner auxquelles il pouvait penser, et au moment où les assiettes étaient enlevées, le nuage sombre avait disparu.

— Devrais-je apporter l'eau du puits pour les assiettes ? demanda-t-il.

Madame Lantz agita la main.

— Bien sûr que non. Les filles vont le faire.

Mary avait le seau à la main, tandis qu'Anna empilait déjà les plats dans l'évier sec. Mary lui sourit.

— Mais merci pour l'offre.

Isaac prit rapidement son chapeau sur la patère à la porte de la cuisine et suivit David à l'extérieur, certain qu'il pouvait sentir le regard plein d'envie de Mary sur lui. Il ne pouvait qu'imaginer ce que Mervin dirait, et les bruits de baisers qu'il ferait. Isaac accéléra le pas et marcha aux côtés de David, laissant Mary derrière.

EN FIN DE journée, non seulement Isaac transpirait abondamment, mais il était recouvert d'une fine sciure. Il posa son papier de verre pour s'essuyer la bouche avec sa manche, grimaçant aux grains sur sa langue.

Avec tout le travail de ferme qu'il avait fait toute sa vie, les mains d'Isaac étaient rugueuses, mais il pouvait voir pourquoi celles de David étaient particulièrement calleuses.

— Je suis désolé pour ce qui est arrivé au déjeuner.

Isaac cligna des yeux quand il leva la tête. Ils n'avaient pas parlé pendant des heures, et le regard de David était toujours posé sur le long morceau de bois qu'il mesurait soigneusement pour un nouveau banc d'église pour Eli Kauffman.

— Mais je suis celui qui doit s'excuser.

— Ce n'était pas de ta faute, dit David en faisant une entaille dans le bois.

— C'était irréfléchi.

Isaac plia le papier de verre et joua avec les bords.

— Surtout depuis que je sais ce que c'est que de perdre un frère.

Les mains de David se figèrent, et il croisa le regard d'Isaac. Il ne dit rien.

— Ce n'est pas exactement la même chose, cela dit, ajouta rapidement Isaac. Mon Aaron n'est pas… il a été pris par le monde extérieur.

— Il pourrait tout aussi bien être mort, pourtant.

Quelque chose de triste passa sur le visage de David, réduisant la lumière dans ses yeux.

— Voilà comment je l'imagine du moins.

Isaac déglutit difficilement.

— Oui. Il est perdu à jamais, à moins qu'il ne retourne à l'église. Je ne pense pas que cela arrivera un jour. Il ne pouvait pas supporter les restrictions de notre ancienne église. Je ne peux pas l'imaginer accepter nos coutumes ici, à Zebulon.

— Non, en effet.

David fit courir ses doigts le long du bois.

— Où penses-tu qu'il soit ? demanda-t-il.

Isaac regarda le mouvement de main de David.

— Je ne sais pas. Il parlait parfois de l'océan.

Isaac n'ajouta pas qu'il aspirait aussi à voir l'immensité de la mer.

Pour sentir le sable entre ses orteils, et l'eau se précipiter à ses pieds. Il serra le papier de verre, les lourds grains égratignant sa peau.

— Je me demande s'il sait même où nous sommes maintenant. Probablement pas.

Je me demande s'il pense à nous.

— As-tu des nouvelles de tes sœurs à Red Hills ?

Isaac assouplit son emprise.

— Oui. L'évêque Yoder le dissuade puisque leurs maris avaient décidé de ne pas déménager, ici, mais ce n'est pas interdit. Ma mère écrit à Abigail et Hannah chaque mois. Ta sœur Emma est toujours là-bas également, n'est-ce pas ?

— Oui, elle vient d'avoir son sixième enfant. Une fille. Elle écrit toutes les deux semaines.

Il sourit vivement.

— Mère ne répond pas elle-même, mais Mary lui répond, et Mère dicte pratiquement chaque mot tout en regardant par-dessus son épaule.

Il attendit que David en dise plus, mais après quelques instants, celui-ci reprit son travail. Isaac retourna poncer le bois rugueux sur une nouvelle commode. Il était agréablement surpris de trouver qu'il pouvait se perdre dans le plaisir du travail, même si ce n'était que du ponçage, et être à l'aise en présence de David.

Quelques moments plus tard, David parla.

— Ça suffit pour aujourd'hui.

Isaac sursauta au son de sa voix, et réalisa que le soleil se couchait.

— On se revoit demain ? demanda Isaac.

Il se sentit soudain mal à l'aise. Que faire si David n'était pas heureux de son travail ? Il aurait dû faire plus d'efforts. Peut-être que s'il avait…

— Bien sûr, répondit David, sa fossette apparaissant sur sa joue droite. Tu as fait du bon travail, Isaac. Ne t'inquiète pas trop.

— Merci, je vais essayer.

Il épousseta sa chemise, fronçant les sourcils à la sciure de bois sur sa peau.

— Tu peux prendre une douche ici si tu veux.

— *Douche* ? demanda Isaac, bouche bée. Mais comment ?

Les yeux brillants, David laissa tomber son chapeau sur la table de travail et se dirigea vers le passage au-delà des stalles.

— Je vais te monter, dit-il.

Isaac laissa son propre chapeau également et le suivit, son pouls battant comme un cheval au trot. Ils ne se baignaient habituellement qu'une fois par semaine, les samedis soirs, en remplissant une cuvette dans la cuisine à tour de rôle. Isaac était toujours heureux d'y aller avant Katie et ses plus jeunes frères, alors au moins, l'eau était assez propre.

Dans le coin, tout au fond de la grange, se trouvait une stalle en bois, celle-ci était étroite avec une porte et des murs plus hauts qu'un homme debout. D'un geste théâtral, David tira le manche en bois et entra à l'intérieur. Isaac y jeta un coup d'œil.

Le sol était fait de planches lisses inclinées vers un trou rond dans le coin. Sur le mur, il y avait une alcôve taillée, où une barre de savon jaune reposait. Au-dessus, il y avait un grand tonneau en bois, construit dans l'une des poutres épaisses de la grange avec un tube saillant au-dessus de leurs têtes. Une corde y était suspendue.

Isaac regardait, bouche bée.

— Mais comment ?

David le fit entrer dans la stalle et pointa du doigt vers le haut.

— Il y a un autre tuyau attaché à l'arrière du baril conduisant à un système de drainage que j'ai construit sur le toit. Le baril se remplit, et même en été, il semble toujours y'en avoir assez. Tire sur la corde et tu auras de l'eau qui coule.

Riant, Isaac pivota sur lui-même alors qu'il levait les yeux vers l'appareil. Il y avait assez de place pour tous les deux dans la cabine, bien qu'il frôle David de son bras.

— Ça doit geler en hiver, non ?

— En effet, mais j'ai un secret dans la grange. J'ai piégé une lampe sous le baril. Je l'allume avant la douche, et il y a de l'eau chaude qui coule dans le tube en peu de temps.

Isaac en reste bouche bée.

— C'est une idée de génie ! Tu devrais en construire pour tout le monde ! Nous avions tous une plomberie adéquate à Red Hills, et ceci est presque aussi bien.

L'expression de David s'assombrit.

— Je doute que l'évêque Yoder approuve. Ma mère ne laisse pas les filles l'utiliser. Elle ne m'en a pas empêché au moins. Même si elle me dit à chaque fois que c'est une menace pour mon salut.

Isaac fit courir ses doigts sur la longueur de la corde qui pendait.

— Mais ça ne transgresse pas l'Ordre, n'est-ce pas ? Il n'y a pas d'électricité. Et ce n'est pas à l'intérieur de la maison.

— Ça n'enfreint pas les règles explicitement, mais Mère pense que c'est trop étranger. Et bien sûr, si tu le penses aussi, tu n'es pas obligé de l'utiliser.

Il posa sa main sur le bras d'Isaac. La porte de la cabine s'était refermée, et ils étaient dans le noir.

— Promets-moi juste de ne rien dire à personne. Ils n'aimeraient pas ça.

— Bien sûr que non, répondit Isaac.

Il était figé, sa peau le picotait là où David le touchait.

— Je voudrais l'utiliser si ça ne te dérange pas.

— C'est ce que je pensais.

David le relâcha et se retourna.

En haut, dans le coin près de la porte, il y avait un disjoncteur avec une lampe à l'intérieur. Il tourna le bouton, et le sifflement familier du kérosène ainsi qu'une lumière dorée emplirent la douche. David lui indiqua une série de crochets métalliques sur le mur, à l'extérieur de la stalle.

— Secoue tes vêtements et accroche-les là.

Il hocha la tête vers la corde.

— Pas besoin de tirer trop fort, continua-t-il. L'eau pourrait être un peu froide, sauf si tu attends qu'elle se réchauffe. Mais ça devrait aller jusqu'en octobre.

— Ça va. Merci.

Isaac attendit que les pas de David s'éloignent pour retirer les bretelles de son pantalon et de déboutonner les trois boutons du col de sa chemise. Malgré la chaleur persistante de la journée, la chair de poule se répandit sur sa peau alors qu'il secouait sa chemise et se penchait pour délacer ses bottes de cuir, rangeant ses chaussettes à l'intérieur.

Il déboutonna ensuite le rabat à l'avant de son pantalon et l'enleva. Isaac savait que les hommes Anglais portaient des sous-vêtements, mais cela lui semblait étrange. Faisant en sorte que son couteau soit caché en toute sécurité dans sa poche, il accrocha ses vêtements sur une patère à côté d'une serviette.

Il ferma la stalle et regarda le baril au-dessus de lui. Être complètement nu dans la grange de David Lantz le rendait nerveux, même s'il avait fermé la porte. C'était stupide, puisqu'il avait l'habitude de se baigner dans la cuisine. Évidemment, chacun savait qu'il devait rester à l'écart alors qu'ils se nettoyaient à tout de rôle, mais ce n'était pas comme s'il n'avait pas été nu devant ses frères un million de fois dans leur chambre, à s'habiller et se déshabiller.

Il prit la corde, faisant courir ses doigts sur la fibre brute. Son premier tir ne fut pas fort, mais au deuxième, un flux d'eau s'écoula. Il cria à cause du froid, et lâcha la corde, arrêtant l'écoulement. Isaac fit mousser ses mains avec le savon de citronnelle et frotta ses cheveux et son corps rapidement. Le sol humide était lisse sous ses pieds, et il ne pouvait imaginer combien de temps cela avait pris à David pour le poncer. Il s'était probablement mis sur ses genoux et mains pour affiner les bords, une fois que la stalle était finie.

Les testicules d'Isaac le picotèrent, et il ravala un gémissement alors qu'il les savonnait. Son sang se précipita vers son aine, et l'envie de se toucher fut écrasante. Sa respiration s'accélérant, il enveloppa sa paume autour de sa queue, juste pour un instant. Il savait que c'était mal, mais...

— Comment ça se passe ?

Isaac enleva brusquement sa main. David était juste derrière la porte, et Isaac ne l'avait même pas entendu approcher.

— Très bien, couina-t-il.

— Je t'ai apporté une serviette propre. Elle est accrochée dehors.

Les pas de David s'éloignèrent encore une fois.

— Merci ! lança Isaac.

La dernière chose dont il avait besoin était de se couvrir de honte dans la grange de David Lantz, alors Isaac tira durement sur la corde. Le flux d'eau fraîche l'aspergea et il s'imagina être assis dans l'église à écouter les prêcheurs jusqu'à ce que son corps se calme. Quand il ouvrit la porte, il était seul, et il s'essuya rapidement avec la serviette puis se rhabilla.

À la table de travail, David était penché sur l'une de ses créations, écrivant quelques notes avec un crayon. Il leva les yeux.

— Comment était-ce ?

— Génial. Fantastique !

Isaac se força à sourire. Que le Seigneur lui vienne en aide, que penserait David s'il savait ce qu'Isaac avait été tenté de faire ?

— Merci, ajouta-t-il.

— Je ferai en sorte qu'il y ait une serviette pour toi, tous les jours.

David laissa tomber son crayon et passa sa main dans ses cheveux foncés avec un bâillement.

— Je vais me laver moi-même.

À la pensée d'un David nu là où Isaac s'était douché, il inspira profondément et se dirigea vers la porte.

— À demain ! lança-t-il précipitamment.

Silver l'attendait dans un petit enclos, grignotant joyeusement l'herbe. Il l'attela, caressa sa tête, et lui gratta le cou à l'endroit où elle aimait. Ils cheminèrent sur la route, le vieux chariot grinçant en passant sur chaque ornière. Isaac était presque à la maison lorsqu'il réalisa qu'il avait oublié son chapeau, mais la manière dont le vent fouettait ses cheveux humides le fit penser à un train volant sur les pistes et il poussa Silver plus vite.

Chapitre Quatre

— EH BIEN ?

Isaac leva les yeux de son bol et avala la soupe de haricots de sa cuillère.

— Eh bien quoi ?

Mère et Père rirent, et Éphraïm leva les yeux au ciel. Nathan lui donna un coup de coude.

— Tu travailles avec David Lantz depuis quelques jours maintenant, et tu as à peine dit un mot à ce sujet !

— Oh ! fit Isaac en remuant sa cuillère d'avant en arrière dans sa soupe.

Il était étrangement embarrassé, et la pensée de David faisait naître des palpitations dans son ventre.

— Ça va. Je n'ai pas à me plaindre.

— Isaac.

Le sourire de Père avait disparu. Il y avait de la soupe sur son menton, et il arracha une serviette en papier à partir de la porte en bois simple qu'Isaac avait sculptée pour Mère, le Noël dernier. Père essuya sa bouche et se tamponna la barbe.

— N'es-tu pas heureux ? demanda-t-il.

— Non, non. Je le suis ! s'exclama Isaac en souriant. Vraiment. C'est juste que c'est un changement. Cela va prendre un certain temps pour m'y habituer.

Mère fronça les sourcils.

— Te sens-tu bien ? Je vais te faire du thé à la sauge avant d'aller te coucher.

— Je vais bien. Vraiment.

— Nous savons que tu avais des réticences à travailler pour David, dit Mère. Y a-t-il des problèmes ?

— Non. Je vous promets que tout va bien. Il est très gentil et patient.

Isaac ressentait un tel rayonnement quand il pensait à David.

— C'est un charpentier vraiment remarquable. Je peux apprendre beaucoup. Il m'enseigne les différents types de bois, et ceux avec lesquels on travaille le plus, en fonction de ce que nous voulons en faire. Jusqu'ici, j'ai utilisé n'importe quel bois que je trouvais.

— Et tu as toujours été si doué avec, dit Mère, rayonnante. La cuillère que tu m'as faite quand tu étais petit est parfaite.

Elle indiqua la marmite de soupe sur la cuisinière, la poignée de la cuillère dépassait.

— Tu as un don, mon Isaac.

Il haussa les épaules, secrètement heureux.

— J'ai encore beaucoup à apprendre. Mais maintenant, je peux y consacrer du temps. Et Père, David me donne mon salaire chaque samedi.

Père prit une bouchée de pain.

— Ce sera parfait. Laisse l'enveloppe dans le tiroir du haut du bureau. Nous allons mettre une partie de côté pour toi, chaque semaine.

Clignant des yeux, Isaac regarda ses parents.

— Vraiment ? Mais jusqu'à ce que j'aie vingt-et-un ans, vous êtes supposés tout prendre.

— En effet, et lorsque tu auras vingt-et-un ans, tu garderas tout ton salaire, et payeras pour le gîte et le couvert, répondit Mère. Mais tu seras bientôt marié, après cela, et si nous mettons de côté une partie chaque semaine, tu auras quelques économies pour commencer.

— Nous savons que ce n'est pas habituel à Zebulon, mais les jeunes couples de notre communauté ont du mal à s'en sortir, dit Père en prenant une gorgée d'eau. Tu devrais déjà avoir ton propre chariot. Nous allons prier le Seigneur pour une récolte fructueuse, cette année, et que nos vaches restent en bonne santé et que leur lait soit abondant. Nous ne pouvons pas te donner autant que nous souhaiterions, mais nous voulons un meilleur départ dans la vie pour toi, Isaac. Pour vous tous, ajouta-t-il.

Isaac réagit.

— Je ne sais pas quoi dire.

Les mots de sa mère firent écho dans son esprit.

« Mais tu seras bientôt marié, après cela... »

— Un « Merci » irait probablement, suggéra Nathan.

Alors que tout le monde riait, y compris Père, Isaac se joignit à leur rire, repoussant ses pensées.

— Bien sûr. Je vous remercie.

Mère et Père hochèrent la tête. Isaac eut peur de se mettre à pleurer, là, à la table du dîner.

— Je vous remercie, répéta-t-il. Et comment les choses se passent-elles ici ?

Il réalisa alors, en rougissant, qu'il n'avait même pas pensé à cela, et encore moins demandé. Son esprit avait été obnubilé par les pensées de David Lantz toute la semaine. Il supposait que c'était logique, puisqu'il s'agissait du plus grand changement dans sa vie en cinq ans, depuis qu'il avait terminé l'école.

— Très bien, Isaac, répondit Père en hochant la tête. Éphraïm travaille très dur.

Celui-ci haussa les épaules, mais un sourire étirait ses lèvres.

— Peut-être qu'il s'avère qu'Isaac n'en faisait jamais assez, se moqua-t-il.

Isaac passa la main derrière Nathan pour pincer la hanche d'Éphraïm.

— Je t'ai appris tout ce que tu sais.

— L'as-tu fait maintenant ? Et qui t'a enseigné ? demanda Père en ricanant.

Riant, Isaac remua sa soupe.

— Aaron.

Il haleta. *Ai-je dit ça à haute voix ?*

À en juger par les yeux écarquillés qui le regardaient, il l'avait fait. Il déglutit.

— Je ne voulais pas dire... Je suis désolé.

Il osa jeter un coup d'œil à son père. La douleur alourdit le visage de ce dernier, elle avait l'air d'étirer tous ses traits vers sa barbe. Silencieusement, il cassa un morceau de pain et mâcha. La colère aurait été préférable. Isaac savait qu'il devait juste arrêter de parler, mais les mots sortirent de sa bouche.

— Je ne voulais pas le dire de cette manière. Vous nous avez tout enseigné. Il...

Isaac ne redit pas le nom d'Aaron.

— Je suis désolée, répéta-t-il.

Pourquoi l'avait-il dit de toute façon ? Pourquoi pensait-il à Aaron si souvent, ces derniers temps ? Isaac avait l'impression que son cerveau avait été déséquilibré durant les jours où il avait travaillé avec David... que tout était décalé.

Mère tenait sa cuillère si fortement qu'elle avait l'air sur le point de se casser.

— Bien sûr que ton père t'a bien appris.

— Qui est Aaron ? demanda le petit Joseph, le front plissé.

C'était comme un coup dans l'estomac d'Isaac, la réalisation que Joseph ne connaissait même pas l'existence d'Aaron. Katie les regardait tous avec de grands yeux emplis de larmes. Elle avait été un bébé à l'époque. Isaac et Éphraïm n'avaient-ils jamais parlé d'Aaron avec eux ? Il n'était même pas sûr que Nathan connaissait son nom, mais à en juger par la tension de sa posture, Isaac supposa que si.

— Personne, répondit Père.

Et ce fut tout.

LE LENDEMAIN MATIN, il était presque arrivé chez les Lantz quand Silver trébucha. Le cœur serré, il sauta de son chariot.

— Tu vas bien, ma fille ?

Il lui caressa le cou, louchant vers ses sabots.

— Merde, murmura-t-il.

Il jeta son chapeau de paille sur le siège avant du chariot avant de se pencher. Faisant courir sa main le long de sa jambe, Isaac s'accroupit et leva le sabot de Silver. Le fer était arraché, et elle grogna quand il inspecta les parois du sabot.

— Chut… je sais, je suis désolé.

Il jeta un regard en arrière à la flaque d'eau boueuse et profonde qu'il aurait dû éviter.

— Isaac ! cria une petite voix.

Il releva les yeux pour trouver la plus jeune sœur de David, Sarah, courant hors de la maison, sa longue robe sombre tourbillonnant autour de ses pieds nus. Elle avait sept ans, supposait-il, et avait les cheveux foncés et les yeux bleus de David. Elle n'avait pas encore mis sa coiffe. Elle s'arrêta devant lui.

— Je t'ai vu de la fenêtre, et je voulais te dire bonjour.

Son sourire s'estompa.

— Quelque chose ne va pas avec Silver ?

Hochant la tête, Isaac détacha rapidement Silver du chariot.

— Sa jambe avant a perdu un fer. Elle s'est prise dans la boue et ses jambes arrière ont probablement marché dessus.

Les yeux de Sarah s'élargirent.

— Est-ce mauvais ?

Isaac gratta le museau de Silver.

— Habituellement, non, mais son sabot est endommagé.

En un instant, les yeux de Sarah s'emplirent de larmes.

— Vas-tu lui tirer dessus ?

— Quoi ? s'exclama Isaac en cillant. Non, bien sûr que non !

— Vraiment ?

Les larmes se déversèrent sur sa joue.

— Hé, hé…

Isaac tomba à genoux et lui attrapa le bras.

— Elle va aller très bien, la rassura-t-il gentiment. Je te le promets.

Sarah jeta les bras autour de lui et enfouit son visage dans son cou alors qu'elle pleurait.

Même pour une fille de son âge, elle était minuscule. Isaac la serra dans ses bras, ne sachant quoi faire d'autre. Il n'avait pas été étreint depuis son enfance, mais cela l'avait toujours fait se sentir bien.

Elle marmonna quelque chose qu'il ne comprit pas.

— Hum ? Qu'est-ce qu'il y a ? Tu peux me le dire.

Elle pencha légèrement la tête en arrière et leva son visage rougi.

— Wayne Hershberger m'a dit que si un cheval se blesse, ils lui tirent dessus parce que les chevaux ne pouvaient pas être soignés.

— Cela se fait seulement quand la jambe d'un cheval est brisée, ou bien s'il est vraiment, vraiment malade. Silver a seulement besoin de voir Monsieur Schrock pour la remettre sur pieds.

Sarah se mordit la lèvre.

— Est-ce que tu le dis seulement pour que je me sente mieux ?

Il sourit et tapota son nez.

— Non. Je te l'ai promis, tu te souviens ?

— Et tu es comme David, n'est-ce pas ? Une fois que tu fais une promesse, tu dois toujours la tenir ? demanda-t-elle.

Elle s'essuya le nez sur sa manche.

— Mère pense que notre voisin Monsieur Otto doit nous redonner notre terre puisqu'il n'a pas encore payé, mais David dit qu'il a donné sa parole, récita-t-elle comme les lignes d'un livre qu'elle avait mémorisé.

Isaac haussa un sourcil.

— J'ai le sentiment que tu n'étais pas censée écouter cette conversation.

Elle se mordit les lèvres à nouveau.

— Probablement pas. Mais tu le promets, n'est-ce pas ? Silver va bien ?

— Je te le promets.

Sarah acquiesça.

— D'accord.

Il la poussa gentiment.

— Tu ferais mieux d'aller terminer ton petit-déjeuner.

— Au revoir ! dit-elle en repartant vers la maison.

Puis :

— Salut, David ! lança-t-elle encore une fois, en courant.

Isaac se remit sur ses pieds et trouva David debout avec une expression étrange sur son visage qui était à moitié dans l'ombre sous le bord de son chapeau de paille alors que le soleil se levait.

— Désolé, elle était bouleversée. Suis-je en retard ? C'est que…

— Tu n'es pas en retard, répondit David en souriant doucement. Merci d'avoir fait ça. La calmer. Tu es bon avec elle. Parfois, les enfants ont juste besoin d'un câlin.

Il donna un coup de pied à une pierre.

— Mère ne le fait plus vraiment, surtout après que nous nous soyons installés à Zebulon.

— C'est pareil avec mes parents. Non pas qu'ils soient du genre à nous donner un câlin. Ils ne nous couvent pas. Trop d'affirmations amènent à la vanité, comme le dit l'évêque. Mais parfois avec les petits, c'est ce dont ils ont besoin. Pour… les rassurer, je suppose.

— Je le pense aussi, affirma David en le regardant attentivement.

Isaac se déplaça d'un pied sur l'autre, ne sachant pas quoi dire.

— Tes genoux sont boueux.

— Oh !

Isaac essuya son pantalon et réussit seulement à se salir les mains.

— Je ne l'ai pas remarqué. Je suis désolé, je peux…

— Ne sois pas désolé.

Isaac se tourna vers Silver en se grattant la tête.

— Je dois l'emmener au maréchal-ferrant Samuel, dit-il.

Quand il se retourna, David le regardait toujours avec une expression douce qui envoya un éclair de chaleur à travers le corps d'Isaac. Il se racla la gorge.

— Tu sais, Samuel Schrock.

David cligna des yeux.

— Oui, bien sûr, dit-il rapidement.

Comme s'il se réveillait tout à coup, il s'approcha de Silver et s'accroupit.

— Elle a perdu un fer ?

— Les parois de son sabot sont coupées aussi, mais cela n'a pas l'air trop mauvais. Pourtant, je ne veux pas attendre. C'est de ma faute… je ne faisais pas attention.

— Non, j'aurais dû réparer ce trou au printemps, dit David en secouant la tête et tapotant Silver. Désolée, ma fille. Tu auras un sucre supplémentaire plus tard.

Comme si elle comprenait, Silver se blottit contre David et Isaac se mit à rire.

— Une bonne chose que tu sois un homme de parole, parce que Silver te fera respecter ta promesse.

David rit.

— Qu'est-ce que Sarah te disait exactement ?

— Elle chantait seulement tes louanges.

Isaac fit un geste de la main.

— Elle écoutait quand je parlais à Mère à propos de la terre, n'est-ce pas ?

Isaac fit courir ses doigts sur ses lèvres, scellant sa bouche.

David sourit.

— Très bien, nous ferions mieux de régler le problème de Silver. J'ai trouvé un nouveau manche de râpe pour Samuel. Je vais t'accompagner.

— Tu es sûr ? Je peux la prendre.

Pourtant, l'idée d'une promenade matinale avec David le rendait étrangement heureux.

— Je ne veux pas nous retarder, continua-t-il.

— C'est bon. En outre, c'est de ma faute si Silver a perdu son fer. Je vais chercher le manche.

Il se précipita vers la grange. Alors qu'Isaac hissait le chariot hors de l'allée, il fit signe à Sarah et ses sœurs quand elles prirent le chemin de l'école. Mary lui adressa un large sourire en direction du lavoir, et une culpabilité familière l'envahit. Lorsque David revint, Isaac saisit son chapeau et ils s'engagèrent sur la route avec Silver.

— Je peux rester tard ce soir pour rattraper le temps perdu, suggéra Isaac.

— Suis-je un tel tyran ? Isaac, tu travailles chaque jour. Arrête de t'inquiéter autant. Tu es le meilleur apprenti que je pourrais demander.

Isaac noua les rênes de Silver sur son poignet, essayant de ne pas sourire.

— Merci, déclara-t-il.

— Tu es toujours à l'heure, tu apprends vite, et tu as du talent. De plus, tu as une qualité très importante.

Le jeune homme sourit timidement.

— Qu'est-ce que c'est ? demanda-t-il.

— Tu gardes les secrets des petites filles.

— Toujours, dit Isaac en riant.

— Mais sérieusement, Isaac.

David serra son épaule avant de poursuivre.

— C'est agréable de travailler avec toi.

C'était comme s'il pouvait sentir la chaleur du contact de David à travers sa chemise. Cela devait être le soleil qui montait plus haut dans le ciel.

— Je… toi aussi. Merci de m'avoir pris. J'en apprends tellement.

Alors que David abaissait sa main, ses doigts effleurèrent le bras d'Isaac.

— C'est bon d'avoir un ami aussi.

Il se mit à rire.

— Anna a raison sur ça. Je n'en ai pas beaucoup, ces jours-ci. Elle a raison sur beaucoup de choses, juste pour que tu le saches.

— Ouais, j'ai remarqué. Dit-elle toujours ce qu'elle pense ?

David sourit.

— Ouais. Neuf fois sur dix.

— Au moins, vous savez toujours à quoi vous en tenir, dit Isaac en caressant Silver. Je suppose que tu n'as pas beaucoup de temps pour les amis avec tout le travail que tu as à faire. Je ne peux pas m'imaginer être le seul homme à la maison.

— Tu t'y habitues, je suppose. Comme à tout.

David regarda l'horizon.

— Au début, tu penses que tu ne seras jamais capable de continuer, poursuivit-il. Que sortir du lit, chaque matin, est impossible. Mais tu le fais, et après un certain temps, cela devient tout simplement ta vie.

— Voilà ce que ce doit être quand on suit l'église et que l'on se marie, lâcha Isaac.

David s'arrêta dans son élan, et fixa le jeune homme. Ses lèvres s'entrouvrirent comme pour dire quelque chose, mais il ferma la bouche.

— Non pas que je ne le veuille pas ! s'exclama Isaac, son cœur martelant. C'est seulement que cela semble si différent de ma vie de maintenant. Je ne peux pas vraiment imaginer comment cela sera. Mais je vais m'y habituer. Ce sera bien. Ce sera formidable.

Il rit âprement.

— Je dis des bêtises, finit-il, en s'avançant et dirigeant Silver.

— Ce ne sont pas des bêtises.

Isaac s'arrêta et regarda en arrière. David lui fit un sourire.

— C'est parfaitement logique.

— Oh !

Isaac essaya de penser à quelque chose d'autre à dire. David commença à marcher à nouveau, et ils continuèrent leur avancée, prenant un chemin de terre qui était un raccourci vers la ferme des Schrock. Ils restèrent silencieux pendant quelques minutes.

— Penses-tu que c'est stupide ? demanda David.

Le pouls d'Isaac chantonnait toujours.

— Quoi ?

— De ne pas reprendre une partie des terres de Josiah Otto.

David ramassa une pierre du sol et la jeta devant lui.

— Il a payé la moitié à l'avance, mais il est en retard sur les autres paiements. Mère pense que nous devrions reprendre une partie et la cultiver nous-mêmes, ou embaucher quelques garçons pour le faire. Toutefois, je lui ai donné ma parole que la terre serait à lui.

Isaac réfléchit.

— Mais il n'a pas tenu sa parole concernant une partie de l'arrangement. Personne ne te reprochera d'être à bout de patience.

— Mais je sais à quel point il travaille dur… je le vois là-bas, tous les jours. Il paiera ce qu'il me doit dès qu'il le pourra. Si je reviens sur notre arrangement maintenant, que fera-t-il ? Il a un nouveau-né, et quatre autres déjà. Je me suis engagé et je me dois d'honorer ma parole. Lui accorder du temps, au moins. Il insiste pour payer des intérêts. Nous l'avons écrit sur un bout de papier.

— Cela me semble juste. Nous sommes censés nous aider les uns les autres, après tout.

— Ce n'est pas que Mère ne veuille pas les aider, ajouta David à la hâte. C'est juste que l'argent manque, et elle est inquiète.

Il soupira longuement.

— Je suis désolé, je ne devrais pas t'embêter avec ça.

— Cela ne me dérange pas.

— Tu sais écouter.

Isaac se sentit étrangement heureux.

— Eh bien, nous sommes des amis, non ? dit-il en éloignant une mouche de sa joue. C'est ce que font les amis.

— C'est vrai, répondit David en lui adressant un petit sourire. Tu as…

Il lui indiqua sa joue.

— … de la boue, termina-t-il.

Isaac essuya son visage.

— L'ai-je enlevé ?

Riant, David s'arrêta.

— Là.

Il sortit la langue pour humidifier son pouce, et le posa sur la joue d'Isaac. Celui-ci retint son souffle. David se tenait si près maintenant, ses yeux fixés sur le visage du jeune homme. Il essuya le coin de la bouche d'Isaac avec son pouce, et celui-ci eut l'impression qu'il y avait des colibris dans son ventre.

Leurs yeux se croisèrent, et David se rejeta en arrière comme s'il s'était brûlé. Il fourra ses mains dans ses poches.

— Je l'ai eu.

— Merci, répondit Isaac, la voix brisée.

Il se racla la gorge alors qu'ils se remettaient à marcher.

— David ? dit-il, après une minute.

— Hum ?

David regardait droit devant lui. Isaac sourit alors qu'il frottait le cou de Silver.

— Je ne pense pas que c'est stupide. D'aider Josiah Otto. Pas même un peu.

La fossette apparut sur la joue de David, ses dents blanches brillant.

— Merci, Isaac.

Il ramassa une autre pierre du sol, la jetant à l'horizon, ses bras se balançant.

— Mais comment se lèvent-ils et s'éloignent-ils ?

Mervin leva les yeux au ciel.

— Ils font semblant.

— Oui, mais si nous sommes écrasés par un chariot, nous finirons morts ou dans un hôpital Anglais, et sans parler de ceux qui vont aussi vite.

Isaac fixa l'écran, incapable d'éloigner ses yeux tandis qu'une autre voiture basculait dans un crissement de caoutchouc et de métal, ce qui le fit grimacer. Mervin lui donna un coup de coude.

— Chut !

Ils étaient l'un à côté de l'autre, appuyés contre un arganier, duquel les feuilles jaunes commençaient à tomber alors qu'octobre s'installait. Mervin avait l'un des boutons blancs dans son oreille gauche, et Isaac avait l'autre à sa droite. Ils avaient retiré leurs lourds chapeaux afin qu'ils puissent garder leurs têtes rapprochées tandis qu'ils regardaient avec avidité l'écran du Tactile. Isaac regarda autour d'eux, s'assurant qu'ils étaient seuls. Son couteau et le morceau de bois qu'il avait l'intention de sculpter étaient abandonnés sur ses genoux.

Alors qu'une autre voiture explosait et que des flammes léchaient le ciel, Isaac frissonna. Il resserra son manteau noir autour de lui, mais il savait que ce n'était pas la brise fraîche qui était à blâmer.

— Beaucoup de personnes meurent dans ce film.

— C'est comme ça que ça se passe à l'extérieur, je suppose.

Le soleil était caché derrière les nuages gris, mais Isaac pouvait dire que l'après-midi déclinait.

— Nous devrions y retourner. Il va bientôt faire nuit, et il ne restera pas longtemps avant le chant.

— C'est presque fini.

Quand Isaac ouvrit la bouche pour rappeler à Mervin que Sadie Stoltzfus l'attendait, il y eut un bruit derrière eux. Il se tourna pour trouver David debout, portant son chapeau et son manteau avec une expression étrange… pas vraiment en colère, pas content, non plus, cependant.

Isaac bondit sur ses pieds, le bouton blanc sortant de son oreille. Il était conscient des mouvements frénétiques de Mervin pour cacher le Tactile, mais bien sûr, il était trop tard.

Mervin buta sur les mots.

— Nous n'étions pas… c'est juste… ne le dis pas. *S'il te plaît.*

Isaac secoua la tête.

— Il ne le fera pas.

Après seulement deux semaines à apprendre à connaître David, il ne savait pas pourquoi il en était certain, mais il l'était. David l'observa pendant un moment, mais ensuite, ses lèvres se contractèrent en un petit sourire.

— Non, je ne vais pas le dire.

Mervin expira bruyamment.

— Merci.

Son visage pâle était rouge vif.

— Nous ne voulons pas causer d'ennuis. Nous voulions seulement regarder.

— Je comprends. Je suis moi-même curieux.

— Même maintenant ? lâcha Isaac. Je veux dire… tu vas rejoindre l'église. J'ai pensé que…

Il ramassa son couteau, le plia et le mit dans sa poche.

— Je pensais que tu ne le serais plus.

David haussa les épaules.

— Je pense que c'est humain d'être curieux, peu importe l'âge que nous avons.

Il indiqua ensuite le sol.

— N'oubliez pas vos chapeaux.

Alors qu'ils marchaient à travers les arbres avec Isaac au milieu, Mervin commença à parler.

— Est-ce que tu vas conduire une fille à la maison, ce soir, David ?

— Peut-être.

David arracha une feuille basse et la roula entre ses longs doigts. Avec ses yeux fixés sur la main de David, Isaac trébucha sur une racine exposée, et David tendit la main pour le stabiliser. Le sourire d'Isaac était tremblant. *Qu'est-ce qui ne va pas avec moi ?*

— Le père de Sadie ne me laisse la reconduire à la maison qu'une fois par mois. Je dois attendre deux semaines ! J'aurais voulu que nous soyons stables maintenant. Nous pouvons nous écrire des lettres, au moins.

Mervin donna un coup de pied dans la boue.

— Mais ce n'est pas juste. Une fois par mois ? Elle dit que son père m'aime bien, mais son oncle pense qu'il n'est pas bon de précipiter les choses.

Isaac grimaça.

— Au moins, le diacre Stoltzfus est seulement son oncle. Peux-tu imaginer l'avoir comme beau-père ?

— Il n'était pas si mauvais avant. Il avait l'habitude de sourire, au moins. Mais après…

Mervin s'interrompit en regardant David.

— Désolé, dit-il.

David haussa les épaules.

— Ne le sois pas. Ce n'est pas comme si nous ne savions pas ce qui s'est passé. Je ne peux blâmer le diacre Stoltzfus pour le deuil de sa fille. Martha méritait mieux. Rachel aussi.

Il écrasa la feuille de sa main, éparpillant les débris.

— Joshua aussi, ajouta Isaac doucement.

David croisa son regard et haussa un sourcil.

— Je pense que tu es la seule personne à part la famille qui le pense vraiment.

Isaac secoua la tête.

— Peut-être juste la seule personne à le dire.

David s'était arrêté, le regardant fixement.

— Dans les deux cas, je te remercie.

Un étrange frisson le traversa, et Isaac sourit.

— C'est la vérité. Joshua a fait des erreurs, mais il n'a jamais voulu de mal à personne. Non pas que je le connaissais vraiment, mais c'est ton frère, et tu es… eh bien, je ne peux pas imaginer qu'il ait eu l'intention de faire tout ça.

— Non, en effet.

David ouvrit la bouche puis la referma.

— Il était très curieux. C'était stupide ce qu'il a fait.

— Il ne savait ce qui se passerait. C'était un accident.

— Accident ? Je suis désolé, mais consommer de la drogue n'était pas un accident, déclara Mervin. Boire est une chose, mais prendre de la poudre ? Cela dépasse les bornes. Et Martha et Rachel n'en auraient jamais pris si cela n'avait pas été pour lui.

Il croisa les bras avant de continuer.

— Ils ne seraient jamais morts de cette manière.

Isaac serra les dents.

— Joshua s'est noyé aussi. Qui peut dire comment ça s'est passé ?

— Si ce n'était pas pour lui, elles n'auraient jamais tout foutu en l'air en premier lieu, et…

— Tu ne le sais pas ! l'interrompit Isaac sèchement.

Chaque critique sur Joshua était comme une attaque sur David, qui n'avait jamais rien fait pour le mériter. Ce n'était pas juste.

La voix de Mervin s'éleva.

— Tu plaisantes ? Mes sœurs connaissaient Rachel et Martha. Elles étaient de gentilles jeunes filles. Impossible qu'elles aient pris du cristal ou peu importe, si Joshua Lantz ne leur en avait pas parlé. Et nous n'aurions pas eu à quitter Red Hills.

— Il a raison, dit calmement David.

Isaac cligna des yeux.

— Mais…

— Ce n'est rien, Isaac. J'apprécie vraiment.

Mervin donna un coup de pied à une pierre.

— Je suis désolé, David. Rien de tout cela n'est ta faute. Et bien sûr, nous pardonnons à Joshua.

Bien sûr. Parfois, le pardon n'était rien de plus que des mots vides. Isaac voulait dire beaucoup plus, mais il mit ses mains dans ses poches.

David commença à avancer de nouveau.

— Que disais-tu à propos de Sadie ? Dis-nous en plus, déclara-t-il.

Mervin haussa les épaules.

— Juste que c'est la bonne. Je n'aurais pas à perdre mon temps avec qui que ce soit d'autre.

Isaac le regarda, éberlué.

— La bonne ? Vraiment ?

— Bien sûr ! soupira Mervin rêveusement, toutes les tensions apparemment oubliées pour le moment. Elle a les plus beaux yeux que j'ai jamais vus, et sa peau est douce. Je veux juste la toucher partout.

David se mit à rire.

— Partout, hein ?

— Après que nous soyons mariés, bien sûr ! insista Mervin. Bon, peut-être un peu avant si elle me laisse faire. Mais je vais définitivement l'épouser. Je veux que ce soit pour le printemps ou l'été.

Isaac ne pouvait pas en croire ses oreilles.

— Si tôt ? Tu n'as que dix-neuf ans.

— Pourquoi attendre ?

— C'est seulement que… la plupart des garçons attendent un an ou deux ans de plus.

Isaac fit un signe de tête, indiquant la poche de Mervin.

— Tu ne pourras plus en profiter lorsque tu rejoindras l'église.

Mervin fronça les sourcils.

— Tu penses que je ne le sais pas ?

Ils continuèrent en silence. Enfin, Mervin parla à nouveau sur un ton joyeux et forcé.

— David, je pense que Grace Johns serait heureuse si tu proposais de la raccompagner chez elle, après le chant ce soir.

— Vraiment ? demanda David, platement.

— Évidemment ! Tu ne peux pas être si aveugle. Elle a toujours voulu que tu lui demandes. Tu n'es sorti avec aucune des filles depuis un bail ! Nous avons tous pensé avec Isaac que Fannie Yoder aurait eu des enfants maintenant. Pourquoi l'as-tu laissée partir ? Bien que Jacob Raber t'en remercie, j'en suis sûr.

Isaac donna un coup de coude à Mervin.

— Il a dû prendre soin de sa mère et ses sœurs, tu t'en souviens ?

Mervin prit une profonde inspiration.

— Bien sûr. Je suis désolé.

— Ce n'est pas grave, dit David en tirant une autre feuille puis la roulant, les bords secs s'effritant sous ses doigts. Je ne pensais pas qu'il était juste de faire attendre Fannie. Elle et Jacob semblent très heureux.

— Penses-tu que ta mère va se marier bientôt ? demanda Mervin. Tu ne peux pas rester à la maison pour toujours. Ou alors tu peux juste construire une autre maison à côté de la grange pour ta femme et toi.

Isaac souhaitait vraiment que Mervin change de sujet. De l'acide formait des bulles dans son ventre, et il accéléra le rythme. Il avait visiblement très faim.

— Mère a profondément souffert. Je ne suis pas sûr qu'elle se remarie. Quoi qu'il en soit, je suis content à la maison pour le moment.

La feuille qu'il faisait rouler entre ses doigts se cassa, et David l'émietta dans son poing. Ils approchaient de la maison où ils avaient enduré le service de l'église, le matin, et Isaac soupira alors que Mary lui adressait un large sourire. Cela faisait deux semaines qu'il la voyait pour le déjeuner tous les jours, et bien que son opinion sur elle n'ait pas changé – elle était bonne et gentille – ses sentiments ambivalents, non plus.

Le visage de Mervin s'éclaira.

— Voilà Sadie ! À plus tard !

Il marchait si vite qu'il aurait aussi bien pu courir. Au moins, maintenant, Isaac se sentait plus à l'aise en compagnie de David. Il aperçut Grace qui lui jetait des regards, tout en chuchotant avec ses amis.

— Veux-tu aller parler à Grace ? demanda Isaac, car il avait l'impression qu'il devait le faire.

David le regarda également.

— Non. Veux-tu aller parler à ma sœur ?

Isaac ne savait pas quelle était la bonne réponse, alors il dit la vérité.

— Pas vraiment.

Puis il ajouta rapidement.

— Non pas qu'il y ait quelque chose qui cloche avec elle.

— Je sais. Ne t'inquiète pas.

David regarda autour de lui avant de regarder fermement Isaac et de baisser la voix.

— Merci pour ce que tu as dit. Sur mon frère.

Isaac haussa les épaules, rougissant sous l'attention de David.

— C'était juste… Ce n'était pas grand-chose.

— Ça l'était pour moi. Je n'ai pas été en mesure d'en parler beaucoup. Tu as vu ce qui s'est passé avec ma mère lorsque nous avons parlé de Joshua. Cela fait des années, mais c'est comme si c'était interdit.

— Je sais ce que tu veux dire. Je ne sais même pas ce qui s'est passé.

David soupira.

— Apparemment, ils étaient descendus à la rivière pour faire la fête, et il semblerait qu'ils avaient décidé de nager.

— J'ai entendu…, commença Isaac.

Puis il continua.

— J'ai entendu dire que ton frère était nu lorsqu'ils l'avaient trouvé. Et que les filles étaient seulement en sous-vêtements.

La mâchoire serrée, David acquiesça.

— C'était une honte.

— Si cela avait été mon frère…

Il s'interrompit à la pensée de son frère Aaron traîné hors de la rivière, bouffi et pâle.

— Personne ne mérite ça. Quelle que soit la situation.

David déglutit avec difficulté.

— Parfois, je me sens coupable quand je me rappelle des bons souvenirs avec lui. Mais j'ai du ressentiment aussi. Je ne blâme pas Mervin. Et je pense à Rachel et Martha et comment je me sentirais si j'avais une fille et que quelque chose comme ça arrivait ? Ou si c'était une de mes sœurs. J'aurais probablement détesté Joshua.

Isaac ricana.

— Mais personne ne le déteste. Nous ne sommes pas autorisés à être en colère. Tout est pardonné, tu te rappelles ?

Les lèvres de David s'étirèrent en un sourire contrit.

— Je croyais que j'étais le seul à ne pas le croire.

— Non. Tu n'es pas le seul.

Le pouls d'Isaac s'agita.

— Tu peux me parler de tout ce que tu veux. Je ne sais pas quoi dire, mais je sais écouter.

— Merci, Isaac. Tu sais que tu peux me parler de tout, n'est-ce pas ?

David jeta un regard autour d'eux avant de continuer.

— De tout ce que tu veux, même si tu penses que tu ne devrais pas en parler. Je ne le dirais pas.

Isaac et Mervin avaient toujours gardé les secrets enfantins de l'un et l'autre, mais avec David, c'était différent en quelque sorte. Cela envoyait des picotements sur sa peau.

— D'accord, acquiesça-t-il.

Sous le bord de son chapeau noir, les yeux bleu pâle de David étincelaient.

— Hé, tu veux aller à la pêche, la semaine prochaine ?

— Bien sûr, répondit Isaac, alors que ses paumes fourmillaient. Quand ?

— Samedi soir.

— Très bien.

La cloche du souper sonna, et avant qu'Isaac ne dise autre chose, David s'éloigna. Isaac le suivit, souhaitant que le samedi ne fût pas dans une semaine entière.

<h1 style="text-align:center">Chapitre Cinq</h1>

— MAIS IL n'y a pas d'église demain.

Père avala sa bouchée et essuya sa lèvre avec sa serviette.

— Cela ne signifie pas que tu peux rester au lit, toute la matinée. Combien de temps dois-tu rester dehors ?

Isaac haussa les épaules.

— Pas trop tard. Nous allons juste pêcher après le travail.

— Ne seras-tu pas fatigué ce soir ? Tu devrais rentrer et lire. Ton père est toujours reposé après une soirée tranquille, dit Mère.

À côté d'Isaac, Éphraïm prit la parole.

— La pêche n'est pas un dur labeur. Peut-être que je pourrais aller avec eux, et…

— Non, le coupa Père, fermement. Hier soir, tu es allé à la chasse avec quelques garçons, et tu as travaillé cette matinée comme si les champs étaient pleins de mélasse.

Alors qu'Éphraïm grommelait, Isaac sentit le soulagement l'envahir. Non pas qu'il ne voulait pas de son frère pour une nuit de pêche, mais ce ne serait pas pareil avec tous les trois. Il ne savait pas pourquoi.

— Il n'y a pas de travail, demain. Il faut seulement prendre soin des animaux, et je promets de m'en occuper correctement.

— Tu vas manquer ton bain, ce soir, remarqua Mère.

Il avait gardé le secret concernant la douche de la grange de David, comme il l'avait promis.

— Je me laverai lorsque je rentrerai à la maison.

Les frères et sœur d'Isaac regardaient tous leur père en attente du verdict. Père regarda Mère avant d'acquiescer lentement. C'était réglé, et Isaac retint l'envie de pousser des cris de victoire. Alors qu'il se précipitait hors de la cuisine après le petit-déjeuner, Mère lança de l'évier.

— Amène-moi quelques bons poissons, Isaac ! Je vais faire un ragoût.

— D'accord !

— Ça, c'est mon bon garçon.

C'était une journée de travail comme une autre, et quand Isaac arriva chez les Lantz, David l'accueillit avec un bref sourire avant de retourner à son dessin avec un crayon à la main. Isaac fut étrangement déçu, même s'il ne savait pas ce qu'il s'était attendu que David dise. Ils allaient seulement pêcher, après tout. Pourtant, Isaac était excité. Il se mit à la tâche de mesurer et de scier les poutres pour la nouvelle *Dawdy haus*[5] d'Elijah Raber. Ce dernier avait repris la gestion de l'exploitation, et maintenant, ses parents allaient vivre le restant de leurs jours dans la petite maison attenante à la maison principale par une cuisine commune.

Tandis qu'il travaillait, Isaac se demanda si un jour avant longtemps il allait construire une *Dawdy Haus* pour ses propres parents. Ce serait probablement à l'un des garçons cadets de le faire, puisque Isaac aurait déménagé pour sa propre terre d'ici là. Il aurait une femme et des enfants. Pourtant, quand il essayait d'imaginer l'avenir, son esprit restait désespérément vide.

Isaac mesurait toujours deux fois, parfois trois avant de scier le bois. Il essaya de se perdre dans sa tâche, mais aujourd'hui, les heures trainaient, et le déjeuner fut particulièrement douloureux. Il s'excusa dès qu'il le put, sentant le regard de Mary sur lui alors qu'il se dirigeait vers la dépendance. Il ne voulait pas être impoli, mais il avait hâte que le

---

[5] La *Dawdy Haus* est habituellement une petite maison, attachée à la maison principale ou à proximité. C'est là où les fermiers se retirent lorsqu'ils vendent leurs fermes à l'un de leurs enfants. Une large famille Amish peut avoir jusqu'à deux ou trois maisons Dawdy, où les parents, grands-parents, et même arrière grands-parents peuvent habiter et continuer à participer en tant que membres importants de la famille.

temps passe rapidement pour qu'il puisse se retrouver seul avec David.

C'est seulement de la pêche au lac. Pourquoi serait-ce si spécial ?

Lorsqu'Isaac prit sa douche, il était sur le point d'exploser. Il se lava rapidement, prenant soin de ne pas s'attarder sur ses parties intimes. Il était heureux que l'eau soit si froide. Lorsqu'il revint par le passage vers la pièce principale, David attendait, ses cheveux encore humides de sa propre douche, un peu plus tôt. David fit sauter le dernier morceau de biscuit dans sa bouche. Madame Lantz avait insisté pour leur préparer une collation en fin d'après-midi, et l'estomac d'Isaac était agréablement plein.

— Prêt ? demanda David.

Il indiqua leurs chapeaux accrochés sur le mur d'un signe de tête.

— Tu peux prendre ton chapeau sur le chemin du retour. Pas besoin de sortir dans les bois avec le soleil qui descend. Ne t'inquiète pas, personne ne nous verra.

Le cœur battant, Isaac hocha la tête et le suivit à l'extérieur. Pourtant, David ne se dirigea pas vers le chariot, mais plutôt vers la clôture où un grand cheval sellé était attaché. Quand Isaac hésita, David regarda en arrière.

— Il y a un raccourci à travers les champs et dans les bois.

Il tapota le cou du cheval.

— Kaffi aime galoper. Il est étrange pour un cheval de trait.

Le nom devait venir de la couleur du café noir de la crinière du cheval.

— Tu es sûr qu'il peut nous prendre tous les deux ?

— Absolument, répondit David en grimpant sur la clôture et balançant sa jambe sur l'animal. Allez, c'est facile, nous n'irons pas trop vite.

— N'avons-nous pas besoin de cannes à pêche ?

— J'ai une cachette dans un vieux rondin à côté du lac. Je les garde là-bas. Monte.

Isaac avait monté avec une selle auparavant, mais pas depuis longtemps, et jamais à cru. La clôture ne trembla pas alors qu'il se hissait, cependant, il fit une pause, regardant le dos large du cheval.

— Tout va bien, le rassura David en souriant. Il suffit de me tenir et de monter.

Retenant son souffle, Isaac saisit l'épaule de David pour se stabiliser alors qu'il passait sa jambe par-dessus. Kaffi fit un pas de côté tandis qu'Isaac s'installait, et il appuya ses doigts sur la hanche de David avec sa main gauche. Il serra ses cuisses autour du cheval, l'anticipation l'envahissant.

Avec un claquement de langue et un petit coup de talons de David, Kaffi s'avança dans le champ, suivant le chemin étroit entre les jardins. Isaac se concentra pour respirer de façon constante et garder son équilibre. Il devrait lâcher David, maintenant qu'il se maitrisait, mais Isaac s'accrocha à lui de toute façon. La pression sur ses parties intimes, avec seulement un pantalon entre eux et les muscles du dos du cheval, provoqua de petits frissons le long de sa colonne vertébrale.

Isaac pouvait dire qu'ils avaient passé les terres des Otto, maintenant cultivées, les récoltes croissantes et promettant d'être abondantes. Ils ne voyaient pas de travailleurs, mais le soleil disparaissait déjà derrière l'horizon. Il respirait l'odeur familière du champ, de la terre et de l'herbe… et du fumier, maintenant disparu lors de la récolte, mais toujours présent.

David avait clairement pris ce chemin à travers les bois à de nombreuses reprises, et il n'hésita pas une seule fois lorsqu'ils furent dans la forêt. Il se dirigeait constamment vers l'est, s'orientant de manière angulaire, et là, Kaffi était adroit au milieu des racines et des broussailles herbeuses sur le terrain alors que le crépuscule laissait place à l'obscurité. Tandis que la lune se levait, sa lumière fantomatique filtrant à travers les feuilles d'automne clairsemées, David arrêta Kaffi. Le cheval baissa la tête pour grignoter un buisson bas, et pendant un instant, le bruissement fut le seul bruit. David regarda Isaac par-dessus son épaule avec des yeux si graves qu'Isaac retint son souffle.

— Que penserais-tu si nous n'allions pas à la pêche, ce soir ?

— Hein ?

Isaac se rendit compte qu'il tenait toujours David, alors qu'ils ne bougeaient plus. Il laissa tomber ses mains de sa taille, formant des poings pour s'empêcher de gigoter.

David le regardait fermement.

— La vérité, est que je ne veux pas aller à la pêche du tout.

Ils étaient assis si près que le souffle de David chatouillait le visage d'Isaac.

— Que veux-tu faire ? chuchota-t-il.

Le regard de David dériva un peu plus bas.

— Je veux…

Le cœur battant la chamade, Isaac lécha ses lèvres sèches. Soudain, David se retourna, vibrant d'une certaine tension. Kaffi s'agita, reniflant, avant de revenir aux arbustes. Le jeune homme pouvait à peine respirer alors qu'il regardait l'arrière de la tête de David, souhaitant regarder à l'intérieur.

— David ?

Celui-ci ne se retourna pas, et sa voix était faible.

— Puis-je te faire confiance ?

Isaac déglutit.

— Oui, répondit-il.

Il avait une folle envie de toucher la nuque de David, et de caresser les fines mèches noires là.

— Je te connais à peine, mais je sens que je peux le faire. Je veux dire, je te connais depuis que tu es né, mais… pas vraiment.

Il aurait voulu voir l'expression de David et donner un certain sens à cette étrange conversation. Timidement, Isaac posa sa main sur le dos de David, sentant les muscles rigides sous sa paume à travers le tissu fin. Il déglutit.

— Tu peux me faire confiance.

— Si je t'emmène quelque part, me promets-tu de ne rien en dire ? À personne ?

— Je te le promets, répondit Isaac.

Incapable de résister, il caressa le dos de David de la façon dont il le ferait à un cheval ombrageux. Avec un frisson, David appuya ses talons sur Kaffi, lui intimant l'ordre d'avancer plus vite qu'avant. Isaac enroula ses bras autour de la taille de David et resserra ses cuisses, le sang se précipitant dans ses oreilles alors qu'ils galopaient dans un champ sous la lune argentée. Ses hanches étaient pressées directement contre ses fesses maintenant.

Frissonnant, Isaac entrevit ce qu'il put du visage de David, se demandant quelles pensées faisaient rage dans son esprit, et où il les emmenait avec une telle urgence. Il devrait demander, mais au lieu de cela, Isaac s'accrocha simplement à lui.

Une petite maison de ferme blanche, avec des fenêtres d'un jaune brillant, se trouvait là, à côté d'une petite grange et d'une dépendance. Un pick-up Anglais était garé à l'extérieur, et tandis qu'ils galopaient, une lampe s'alluma.

Isaac haleta.

— Nous trépassons ! Ils savent que nous sommes ici !

Pourtant, David se contenta de ricaner puis il arrêta Kaffi.

— C'est un détecteur de mouvements. Ne t'inquiète pas, nous sommes les bienvenus ici. Descends.

Isaac se rendit compte qu'il tenait toujours David par la taille, et il le relâcha rapidement pour se laisser glisser du cheval, David faisant de même. Alors que celui-ci attachait fermement Kaffi à un piquet de clôture, Isaac regarda autour de lui avec inquiétude.

— Qui habite ici ?

— Une amie. Tout va bien, Isaac, dit David en souriant tandis qu'il se dirigeait vers la maison avec la lumière qui brillait. Allez, viens.

N'ayant pas d'autre choix, Isaac le suivit. À l'intérieur, il se tint sur le seuil alors que David appuyait sur l'interrupteur – comme si c'était *rien* – et la lumière inonda la salle de travail. Clignant des yeux à la lumière dure de l'électricité, Isaac regarda.

— C'est…

— Mon autre atelier, dit David, rebondissant un peu sur ses pieds, alors que son regard enthousiaste allait d'Isaac à la pièce.

C'était une version plus petite de l'atelier dans la grange Lantz, mais ici, il y avait des outils avec des cordes suspendues, un petit réfrigérateur blanc, bourdonnant dans le coin, et bien sûr, des lampes allumées au-dessus. Isaac entra, ne sachant plus où donner de la tête. Dans les croquis au crayon cloués à une planche sur le mur, il reconnut le travail de David. Il ouvrit puis ferma sa bouche comme l'un des poissons qu'ils étaient supposés attraper.

— Je…

— Hé ho ! lança une voix de femme.

Isaac pivota, et elle s'arrêta juste à la porte.

— Oh ! Bonsoir.

Elle regarda David.

— Je suis désolée. Je ne savais pas que tu avais de la compagnie.

Le sourire de David était tremblant.

— June, c'est Isaac. Isaac, c'est mon amie June.

Celle-ci fit quelques pas et tendit sa main.

— Ravie de te rencontrer, Isaac.

Pendant un instant, le jeune homme ne put que la regarder. Puis il lui serra la main de la manière dont il le faisait avec un homme. Apparemment, June ne semblait pas trouver ça étrange du tout. Elle sourit, ses yeux verts se plissant sur son visage rond. Elle avait dans la soixantaine. Ses cheveux blonds tombaient sur ses épaules, en partie retenus par une sorte d'attache en plastique. Elle portait un jean et une légère chemise à carreaux, sous une veste ouverte, et des baskets de couleurs vives aux pieds. Après qu'elle ait relâché la main d'Isaac, elle ouvrit les bras à David. Le jeune homme les regarda, abasourdi, alors que David étreignait la femme Anglaise, se pressant contre elle étroitement, comme si c'était habituel.

Il y avait quelque chose de familier chez June, et il fallut quelques instants à Isaac avant qu'il ne se souvienne d'où il l'avait vue auparavant. Les funérailles de Monsieur Lantz n'avaient pas été très importantes, du peu qu'il s'en souvenait dans sa jeunesse, mais la sœur aînée de David et une ribambelle de cousins avaient fait le voyage depuis l'Ohio. L'évêque Yoder les avait accueillis, malgré les sentiments amers qui avaient surgis après la division de leur communauté, espérant sûrement qu'ils trouveraient en Zebulon un meilleur endroit pour venir y vivre. Mais ils étaient rentrés chez eux finalement.

Le service s'était déroulé dans la grange. Il n'y avait eu qu'une personne non-Amish là... la femme Anglaise, dont la maison était la plus proche de la ferme des Lantz, avec un téléphone. Un souvenir d'elle assise à l'arrière – vêtue de noir et ayant presque l'air d'une femme simple, mais sans la coiffe – traversa l'esprit d'Isaac. Il pouvait à peine la reconnaître maintenant avec son large sourire et ses beaux cheveux tandis qu'elle parlait à David.

— Bonnes nouvelles ! J'ai un acheteur pour la table à manger. Et il y a de meilleures nouvelles, ils veulent que tu leur fasses un vaisselier adapté.

David sourit.

— Je vais commencer la conception demain, dit-il.

— Mais, c'est dimanche demain, lâcha Isaac.

Dans le silence qui suivit, il ajouta sans conviction :

— Nous ne sommes pas censés travailler le dimanche.

David leva les mains avant de les laisser tomber à ses côtés avec un haussement d'épaules.

— Il y a beaucoup de choses que nous ne sommes pas censés faire.

June sourit gentiment.

— Un jour de repos me semble toujours être une bonne idée pour moi, dit-elle.

La tête d'Isaac se tourna vers elle, et il essaya de penser à quelque chose à dire à cette femme.

— Qu'est-ce que vous cultivez ici ?

— Oh, rien depuis bien longtemps. Mon mari avait une passion pour ça, mais j'ai vendu la majeure partie des terres lorsqu'il est mort. J'aime la solitude, mais mes pouces sont entièrement noirs.

Isaac ne put s'empêcher de regarder ses mains, qui semblaient tout à fait normales.

Elle se mit à rire.

— C'est un dicton. Des pouces verts signifient que vous êtes doué avec les plantes. J'étais plus apte dans un bureau – j'étais la greffière du comté à Warren. Maintenant, je suis heureusement à la retraite, en dehors des affaires avec David.

Elle jeta un regard à la montre en argent sur son poignet.

— Vous, les garçons, vous feriez mieux d'y aller si vous voulez voir le film.

De la terreur et un frisson firent des spirales dans le ventre d'Isaac.

— Film ?

Regardant successivement Isaac et David, June se dirigea vers la porte.

— Je vais vous laisser un peu d'argent dans le pick-up si vous décidez d'y aller, dit-elle. Il est temps que cette vieille peau aille voir son marathon *Downton Abbey*. C'était un plaisir de te rencontrer, Isaac. J'espère te revoir bientôt.

Isaac se força à sourire.

— Ravi de vous avoir rencontrée, madame. Je… euh… vous remercie de m'avoir accueilli.

Dans le silence, Isaac pouvait entendre le crissement du gravier alors que June retournait à la maison. Sa respiration semblait difficile à ses propres oreilles.

— Je suis désolé si je t'ai contrarié, déclara David en soupirant. Nous ne sommes pas obligés d'y aller, si tu ne veux pas. Je pensais… Après vous avoir vu Mervin et toi, la semaine dernière, j'ai pensé que tu t'amuserais. Regarder un film pour de vrai, sur le grand écran. Je n'aurais pas dû présumer. Et je n'aurais pas dû t'accabler avec mes secrets.

— Je ne suis pas…, commença Isaac en passant ses mains dans ses cheveux. Je ne sais pas quoi ressentir. Je ne sais pas quoi dire. À propos de tout ça.

Une horloge sonna sur le mur au-dessus du réfrigérateur, et David la regarda.

— Si nous voulons regarder le film, nous devons y aller. Il commence à neuf heures.

Il regarda Isaac, à nouveau.

— Ou je peux te ramener à la maison, poursuivit-il. Je ne serai pas en colère. Je n'aurais pas dû te surprendre avec tout ça à la fois.

Mais l'excitation avait déjà envahi le corps d'Isaac, étouffant sa peur.

— Où allons-nous voir un film ?

La fossette apparut sur la joue de David.

— Il y a un ciné en plein air en dehors de Warren. Ça ne prendra pas beaucoup de temps avec la voiture, dit-il.

Il ouvrit une commode dans le coin, et en sortit une pile de vêtements.

— Ceux-ci pourraient être un peu grands pour toi, mais ils devraient t'aller assez bien. De cette façon, nous nous fondrons dans la masse.

Il choisit une paire de jean foncé, et un tee-shirt vert, puis les lui tendit. Isaac les attrapa avant qu'il ne puisse s'en empêcher. Il se tenait au milieu de l'atelier, tenant la pile de vêtements Anglais comme si c'était un serpent. *Est-ce que je suis vraiment en train de faire ça ?*

Il pensa à ce que Mère et Père diraient s'ils le découvraient – la terrible douleur, et la déception qu'il verrait sur leur visage – et il ouvrit la bouche pour dire à David de le ramener à Zebulon. Mais quand il leva les yeux du jean et du coton dans ses mains, les mots s'étranglèrent dans sa gorge.

Sous la lumière électrique des ampoules, Isaac pouvait voir chaque courbe des muscles de David alors qu'il passait sa chemise par-dessus sa tête. Un duvet noir parsemait son torse, et ses mamelons roses étaient durs à cause du froid de l'air de la nuit. Son ventre était plat, et tandis qu'il déboutonnait son pantalon, et tirait dessus, Isaac put voir encore plus de poils sur son ventre, menant à…

David releva les yeux, et leurs regards se verrouillèrent. Isaac était sûr que l'électricité de la pièce se répandait en quelque sorte en lui, des étincelles passant comme un éclair sur sa peau, son sexe durcissant dangereusement. Avec un souffle tremblant, il pivota. Il arracha sa veste, et sa chemise, passant rapidement le coton doux au-dessus de sa tête.

Il n'osa pas regarder en arrière alors qu'il déboutonnait son pantalon, et l'enlevait. Il lutta pour faire entrer le jean sur ses bottes noires, mais maintenant qu'il était nu, il ne pouvait prendre le temps de les délacer.

Le pantalon était un peu ample, et après l'avoir enfilé, Isaac fixa la fermeture éclair. Le jean et le tee-shirt étaient mal, sans oublier le fait qu'il était dans cet atelier secret et Anglais, même s'il n'avait pas utilisé l'électricité ou des choses modernes lui-même.

Ses mains étaient suspendues au niveau de sa taille tandis qu'il contemplait les dents en argent, perdu.

— Fais attention avec la fermeture éclair. Les hommes Anglais portent des sous-vêtements. Tu ne veux certainement pas que quelque chose accroche, dit David, sa voix proche.

Avec une profonde inspiration, Isaac se retourna. David lui sourit doucement. Il portait un jean aussi et un tee-shirt blanc. Il haussa les épaules sur une veste de coton bleu clair avec une capuche et zippa – *zippa* ! – la fermeture éclair.

Sur son torse, il lut « Vikings », avec le V en forme de cornes d'un taureau.

— Veux-tu que je le fasse pour toi ? demanda David.

Isaac ne put qu'acquiescer. Il retint son souffle alors que David se penchait et remontait tout doucement la fermeture éclair du jean Anglais d'Isaac. Il ferma le bouton, ses jointures pressant contre son ventre tremblant. Ils étaient si proches que le jeune homme pouvait voir les taches grises dans les yeux de David, et…

— Voilà.

David se détourna et fouilla dans le tas de vêtements.

— Là, il n'y a pas de fermeture éclair sur ce tee-shirt. Il te suffit de l'enfiler par-dessus ta tête.

Il remit à Isaac un épais paquet gris d'un matériau souple qu'il n'avait jamais senti. Comme du coton, mais pas tout à fait. Isaac tint le haut. Il y avait la lettre *M* brodée en rouge foncé, bordée de jaune. Il glissa ses bras dedans, et l'abaissa sur lui. Les manches dépassaient ses poignets, mais c'était agréable et chaleureux.

— Qu'est-ce que c'est ? demanda-t-il.

Il se frotta la main sur sa poitrine. Non qu'il doive profiter du tissu étranger, se rappela-t-il sévèrement.

— De la laine polaire. Écoute… tu es sûr de vouloir faire ça ?

David attendait près de la porte. Il portait des baskets maintenant, mais au moins, elles étaient noires.

Oui. Non. Oui.

Isaac hocha la tête et se dirigea à l'extérieur. Les étoiles familières parsemaient le ciel, et il leva les yeux vers elles, respirant profondément et reprenant ses marques. *Je peux le faire. Ce n'est que pour une nuit. Ça ne fera de mal à personne.*

Lorsque David entra dans la voiture, Isaac murmura une prière rapide et ouvrit la portière du côté passager, montant avant qu'il ne puisse changer d'avis. Le long siège était presque comme celui d'un chariot, mais fait de cuir et incroyablement doux. Il était monté dans un bus à Zebulon, mais si jamais il avait été dans une voiture étant enfant, il ne s'en souvenait pas.

Au moins, je ne vais pas conduire.

La culpabilité l'envahit, qu'en était-il de l'âme de David ? Ils péchaient, et pour quoi ?

Mais David était indifférent. Il tira au-dessus de lui et une clé tomba. Il y avait aussi de l'argent qu'il mit dans sa poche. Il glissa la clé dans une fente de métal et regarda Isaac.

— Prêt ?

La gorge d'Isaac était très sèche.

— Oui, répondit-il d'une voix rauque.

Avec un clin d'œil, David tordit sa main, et le moteur rugit. Isaac pouvait sentir sa puissance tout autour de lui – et *en* lui, un tremblement en son centre. S'il avait été avec Mervin, il aurait eu peur. Mais avec David, Isaac savait qu'il était en sécurité. Il ne savait pas pourquoi, mais il n'avait pas peur.

Alors qu'ils roulaient sur la route, sur des roues en caoutchouc pleines de péchés, les phares divisant la nuit, le monde fut, soudain, à sa portée.

5.   La *Dawdy Haus* est habituellement une petite maison, attachée à la maison principale ou à proximité. C'est là où les fermiers se retirent lorsqu'ils vendent leurs fermes à l'un de leurs enfants. Une large famille Amish peut avoir jusqu'à deux ou trois maisons Dawdy, où les parents, grands-parents, et même arrière grands-parents peuvent habiter et continuer à participer en tant que membres importants de la famille.

Chapitre Six

—COMMENT AS-TU appris à conduire ? dit Isaac en agrippant la poignée de la portière, et en regardant les champs défiler rapidement.

— June. Je n'ai pas mon permis, mais le ciné en plein air n'est pas loin, donc, ça ne la dérange pas. Elle m'a appris les bases, et je suis toujours attentif à ne pas dépasser les limites de vitesse.

Isaac en était heureux, puisqu'ils allaient assez vite. Il essuya ses mains moites sur son jean. Le tissu était raide contre ses parties intimes alors qu'il bougeait dans le siège.

— La connaissais-tu auparavant ? Avant que ton père…

— Non.

— Je suis désolé. Je n'aurais pas dû…

Le regard de David resta sur la route, une ligne jaune indiquant leur chemin.

— J'avais galopé sur Kaffi à travers les champs comme nous l'avons fait aujourd'hui, et je n'arrivais pas à reprendre mon souffle, alors, elle m'a assis sur les marches du porche en me faisant mettre la tête entre mes genoux. Je savais qu'il était déjà trop tard. Quand je suis revenu, c'était… il était parti.

Un frémissement le traversa. Isaac attendit silencieusement.

— Mais je devais essayer. June a appelé l'ambulance et m'a ramené à la maison. Je n'ai même pas pensé au fait que je laissais Kaffi derrière. Lorsque j'y suis retourné le lendemain, elle m'a donné de la limonade, et nous avons parlé. Voilà, comment cela a commencé, je suppose. Je sais que ça doit te paraître étrange.

— Non ! insista Isaac. Enfin… un peu.

Approchant de la voie ferrée, un frisson traversa la colonne vertébrale d'Isaac. Comme ce serait merveilleux de voir les feux rouges clignotants, et d'observer des wagons de marchandises avancer lourdement. Il regarda dans les deux sens alors qu'ils passaient sur la piste, mais il n'y avait que l'obscurité.

Des lumières apparurent devant eux, puis disparurent alors qu'ils prenaient un virage. Isaac regarda la voiture qui approchait réapparaître, fasciné par la manière dont il se sentait en prenant la route, en pleine nuit, dans une voiture plutôt que dans un chariot dangereux et obscurci. Il pouvait effectivement profiter de cette balade.

— De quoi *s'agit-il* exactement ? Tu construis des meubles et elle te donne de l'argent ? Comme pour le film de ce soir ?

Le cœur lourd, il ajouta.

— Mais je n'ai pas d'argent. Comment vais-je entrer ?

David se mit à rire.

— Ne sois pas bête. Je paierai pour toi. Ne t'inquiète pas, ce n'est pas beaucoup. Quoi qu'il en soit, June et moi partageons tout moitié-moitié. Elle achète les matières premières et les outils, et fait la vente et l'expédition. Elle dépose la plus grande partie de mon argent sur mon compte en banque, mais elle me garde du liquide aussi.

— Comment fait-elle pour mettre de l'argent sur ton compte ? Ne dois-tu pas être présent ?

Le père d'Isaac avait eu un compte en banque à Warren, mais Isaac n'y était jamais entré.

— C'est en ligne, maintenant. C'est comme ça qu'ils l'appellent quand c'est sur ordinateur. June en a un à l'étage. Nous avons un site aussi. Elle y met des photos de mes meubles, et tout le monde peut acheter sans quitter leur maison. Au début, j'ai pensé que c'était impossible… les meubles étaient si lourds que personne ne paierait pour l'expédition. Mais j'ai découvert qu'il y avait des gens là-bas avec beaucoup d'argent dont nous ne pourrions même pas rêver.

— Acheter des choses sans quitter la maison ?

Isaac secoua la tête.

— Sans jamais toucher quelque chose ou le voir par eux-mêmes ?

— Je sais, ça a l'air étrange, mais c'est comme ça que ça fonctionne dans le monde Anglais, de nos jours. Les gens veulent de la commodité.

Isaac fronça les sourcils.

— Cela me semble mal. Immoral, en quelque sorte.

— Peut-être.

David ralentit devant un panneau-stop et tourna sur l'autoroute 1.

— Mais je ne peux pas soutenir ma famille en juste vendant des meubles aux gens de Zebulon. Les Anglais paient le triple ou plus que ce que je peux vendre aux voisins. L'Ordre nous dit que les hommes doivent rester sur leurs fermes, mais la plupart d'entre nous y arrivent à peine.

— Je sais, mais…

— Tu te souviens combien c'était différent à Red Hills ? Les hommes pouvaient travailler dans les usines et faire autre chose. L'évêque Yoder ne veut même plus que nous vendions aux Anglais. Il y a d'autres Swartzentrubers qui le font, mais nous devons compter sur des touristes égarés. Dieu ne veut-il pas que nous prospérions sur cette terre ? Pourquoi est-ce d'accord que nous vendions aux Anglais quand ils viennent vers nous, mais que nous ne pouvons pas aller vers eux ?

Isaac ne pouvait pas dire le contraire.

— Mais une fois que tu rejoindras l'église, tu devras arrêter tout ça. N'est-ce pas ?

Les doigts de David se serrèrent sur le volant.

— Je suppose que oui, répondit-il.

Devant eux, un signal lumineux apparut. Une énorme flèche rouge pointait vers un terrain où une mer de voitures et de camions étaient stationnés. *Sky-Vu*, lut Isaac. Il cligna des yeux à travers le pare-brise en voyant l'énorme écran de l'autre côté où de grandes images clignotaient. Cela ressemblait aux livres comiques strictement interdits d'Aaron qu'ils avaient l'habitude de lire tard le soir, à la faible lumière de la lanterne.

Ils roulèrent jusqu'à une cabine vitrée ornée de lumières jaunes, et une enseigne rouge qui disait : Budweiser. Sous celle-ci, sur un tableau blanc, des caractères d'imprimerie noirs précisaient les prix et un message :

OÙ LES AMIS RETROUVENT LES AMIS.

Lorsque David s'arrêta et fit descendre sa fenêtre en pressant un bouton, l'homme aux cheveux blancs dans la cabine sourit.

— Salut, David. Content que tu aies pu venir pour le dernier spectacle de la saison.

Il baissa un peu la tête et regarda Isaac.

— Je vois que tu as amené un copain. Je vais te donner notre prix d'appréciation des clients puisque le premier film est presque terminé. Ce sera huit dollars au total, dit-il en tirant un morceau de papier.

— Merci, Mike. Je te présente Isaac.

David prit la facture et posa le papier sur le tableau de bord.

— Salut, Isaac. On espère te revoir au printemps, dit-il en donnant deux billets à David.

— Merci, répondit Isaac.

David trouva une place pour se garer au milieu des autres véhicules. Il tourna la clé et le moteur se coupa dans un râle. Aucun d'eux ne dit un mot pendant quelques instants. Isaac releva les yeux vers l'écran où des singes dansaient avec ce qui ressemblait à des ours polaires joyeux.

— Je n'entends rien, lâcha-t-il.

Avec un sourire, David tourna la clé d'un cran, et appuya sur un bouton. Le cadran de la radio s'alluma, et la musique emplit le véhicule. Alors que David tournait le bouton, il y eut des parasites et des éclats de musique jusqu'à ce que le nombre 94.1 apparaisse. David tourna un autre bouton, et il y eut des voix. Après un moment, Isaac réalisa que c'était les singes sur l'écran qui débattaient sur le fait de partager ou non quelque chose avec les ours.

Il sourit.

— Whaou !

— Cool, hein ? Tu restes ici regarder. Je vais nous chercher des collations, dit David.

— Non !

L'idée de rester seul dans la voiture, dans ses vêtements Anglais, en regardant un film mettait Isaac mal à l'aise.

— Je vais venir avec toi.

Tandis qu'ils marchaient vers un petit bâtiment rectangulaire en brique avec une enseigne lumineuse où était écrit « Snack », les joues d'Isaac le brûlèrent. La plupart des gens étaient dans leurs voitures à regarder le film, mais il était certain que tout le monde les regardait. Qu'ils savaient. Il garda ses yeux au sol. À l'intérieur, ça sentait délicieusement la graisse et le popcorn, et une jeune fille, avec de longs cheveux blonds tirés en arrière à travers une casquette de baseball, sourit.

— Hey, David ! Qui est-ce ?

— Jessica, je te présente Isaac.

Celui-ci hocha la tête vers elle.

— Comment ça va ?

Elle sourit à nouveau.

— Ça va très bien, merci. Qu'est-ce que je vous sers ? David, comme d'habitude ?

— Bien sûr, répondit-il.

David indiqua le menu à son compagnon.

— Le fameux sandwich et barbecue de Shorty Valley. La sauce est incroyable. Ou tu peux avoir un hot dog – ou un hot-dog au chili et au fromage. Ou des nachos. Jessica, nous prendrons un grand popcorn au beurre aussi.

Puis il regarda Isaac.

— Pepsi ou 7-up ?

— Pepsi.

Isaac eut l'eau à la bouche.

— Je n'en ai pas bu depuis que je suis allé à Warren, la dernière fois.

— Ça doit faire un certain temps alors, dit David en regardant attentivement les barres chocolatées dans une vitrine sur le comptoir.

— Trois ans.

— Je dirais que tu es raisonnable.

Au moins, manger et boire de la nourriture Anglaise n'était pas explicitement une violation de l'Ordre. Ils n'en avaient pas eu l'occasion à Zebulon.

— Dois-je prendre un hot-dog ou des nachos ?

— Les deux, répondit David en hochant la tête vers Jessica, qui prit des pinces et récupéra un hot-dog bien chaud de l'intérieur de la machine, qui enroulait la viande autour.

Au moment où ils reprirent leur chemin vers leur véhicule, ils avaient tellement de nourriture qu'Isaac pouvait à peine porter sa part. Le premier film semblait être terminé, et des mots défilaient sur l'écran.

— Les gens sont gentils, ici, remarqua Isaac. Est-ce... est-ce qu'ils savent d'où nous venons ?

Il se réprimanda intérieurement d'avoir mentionné qu'il n'avait pas eu de Pepsi pendant trois ans devant Jessica. David s'installa derrière le volant.

— Je suis sûr qu'ils le savent, mais ils n'ont jamais rien dit sur le sujet.

— Tu ne penses pas que c'est dangereux ? Et s'ils le disaient à quelqu'un ?

David ricana.

— À qui le diraient-ils ? Ce n'est pas comme si l'évêque Yoder allait venir voir des films.

— Je suppose que non.

Isaac releva les manches de son sweat et regarda la nourriture posée sur le tableau de bord et le siège entre eux.

— Je ne sais pas par où commencer.

David déballa son sandwich et prit une énorme bouchée.

— N'importe où, marmonna-t-il.

Isaac se mit à rire, et avant de savoir ce qu'il faisait, il glissa son doigt sur le menton de David, enlevant une trace de sauce rouge qui avait coulé. Il porta son doigt à sa bouche et sortit la langue pour la goûter.

— Waouh ! C'est vraiment bon !

Il suça lentement son doigt, savourant le goût fumé-sucré, puis se lécha les lèvres.

Regardant Isaac, David avala sa bouchée en déglutissant bruyamment.

— Euh… oui.

Il en prit une autre bouchée, et le silence tendu s'étira. Un grand bruit les fit sursauter. Le son se transforma en un rythme, et Isaac regarda la radio. Alors que plusieurs instruments se joignaient ensemble, une statue jaune énonça la *20th Century Fox*. Isaac et David se sourirent en gloussant. Le jeune homme prit son hot-dog, et s'installa, ignorant la voix dans sa tête qui condamnait ces actes étrangers.

Deux heures plus tard, Isaac se frotta les paupières. Son ventre était plein, et il sentait qu'il clignait difficilement des yeux. Le film sur le Tactile de Mervin était une chose, mais voir des explosions et des femmes pratiquement nues en grand format sur un grand écran était une autre.

— As-tu aimé ? demanda David.

Les autres voitures s'éloignaient vers la sortie, mais il ne tourna pas la clé.

— Je ne sais pas. Je…

Isaac expira.

— C'est un mensonge. J'ai beaucoup aimé. C'est juste que j'ai l'impression que je ne le devrais pas ! Tous ces gens meurent, même s'ils étaient méchants. Mais c'était captivant.

Ses doigts étaient collants avec le beurre et le fromage, et il les essuya avec une serviette en papier puis termina bruyamment son Pepsi.

— J'ai aimé aussi, murmura David, les yeux étincelants. Ton secret est en sécurité avec moi.

La peau d'Isaac frissonna, et il eut tout à coup trop chaud.

— Je suppose que nous devons rentrer, dit-il.

Avec un soupir, David hocha la tête, et rejoignit la file de voitures se dirigeant vers la route.

— Désolé… ça prend du temps pour sortir d'ici quand il y a autant de voitures.

— Ce n'est pas grave, déclara Isaac, estimant que même s'il était tard, ça ne le dérangeait pas du tout.

LA MAISON DE June était sombre lorsqu'ils arrivèrent, mais la lampe au-dessus de l'atelier était fidèlement allumée alors que David garait le pick-up devant le bâtiment. Isaac n'avait aucune idée de la manière dont ça fonctionnait, mais c'était une chose pratique, ce détecteur de mouvements. *Les lanternes sont tout aussi bien. Ne t'emporte pas après une nuit seulement à l'extérieur.*

À l'intérieur de l'atelier, Isaac remit ses anciens vêtements avec son regard résolument cloué au sol. Après une profonde inspiration, il baissa la fermeture éclair de son jean lui-même. Il sauta de nouveau dans son pantalon, le boutonnant avec des gestes rapides. Il ne s'embêta pas avec les trois crochets en haut de sa chemise, et haussa les épaules pour la couvrir de sa veste. Il pouvait voir David se déplacer du coin de l'œil, mais il n'osa pas regarder jusqu'à ce qu'il soit habillé.

— Oh, avant d'oublier…, dit David, d'une voix étouffée.

Isaac se tourna pour trouver son compagnon se penchant et regardant à l'intérieur du petit réfrigérateur. Son pantalon noir étiré étroitement sur ses fesses, et Isaac s'ordonna de regarder ailleurs alors qu'un besoin profond picotait sa queue et ses testicules. C'était sûrement un effet secondaire après avoir vu le film, peut-être l'énorme quantité de Pepsi qu'il avait bue. Il devait juste se soulager, et c'était tout.

David sortit un sac transparent, contenant un poisson entier. Il l'enveloppa dans du tissu avant de le déposer dans un sac noir, et de le remettre enfin à Isaac.

— Pour ta mère. Je dirais à la mienne que je n'en ai pas attrapé, cette nuit.

Isaac prit le sac, ses doigts effleurant ceux de David. Il calma son souffle.

— J'ai besoin de... y a-t-il une dépendance ici ?

— Il y a une salle de bain, là, dit David en indiquant la porte à l'arrière de l'atelier. Mais tu peux à l'extérieur si tu préfères.

— J'aimerais bien. Je crois que j'ai assez péché pour ce soir.

Maintenant qu'ils allaient rentrer à la maison, l'euphorie cédait place à la réalité.

— Bien sûr. Je te retrouve du côté de la clôture.

Après qu'il eut fini, Isaac attendit où Kaffi était attaché, la tête baissée, et grignotait. Il caressa les flancs du cheval. Lorsque David arriva, ses épaules étaient tendues, et il ne regarda même pas Isaac lorsqu'il détacha Kaffi. Derrière eux, la lumière au-dessus de l'atelier s'éteignit, et ils furent dans l'obscurité, éclairés par la lune. Isaac cligna des yeux alors que ceux-ci s'ajustaient.

— Je suis désolé si tu regrettes d'être sorti, ce soir.

Les paroles de David étaient blessées.

— David, je ne regrette rien. Du moins, je pense que non.

Le cœur d'Isaac bondit.

— Es-tu en colère contre moi ?

La tête baissée, David se mit à rire, mais c'était un rire sec.

— Non, Isaac. Seulement contre moi-même.

— Pourquoi ? demanda Isaac, touchant la manche du manteau de David. Je voulais venir. Je suis content que tu m'aies fait confiance.

Quand il releva les yeux, ceux de David brillaient de larmes.

— J'ai été égoïste en t'amenant ici. Pardonne-moi, s'il te plaît.

— Quoi ?

Isaac laissa tomber le sac de poisson et s'approcha de lui, frottant le bras de David. Il détestait le voir bouleversé.

— Il n'y a rien à pardonner. Tu l'as dit toi-même, Mervin et moi regardions un film, la semaine dernière. Nous sommes tous curieux. Nous sommes tous tentés. Plus ils nous éloignent du monde extérieur, plus nous voulons savoir. Ils essaient d'empêcher la rumspringa, mais ils ne peuvent l'arrêter. La plupart du temps, je me sens comme noyé dans des pensées coupables. Une fermeture éclair et un film ne sont pas si honteux, vraiment.

Une larme glissa sur la joue de David, et il prit la tête d'Isaac dans ses mains.

— Isaac, si tu savais ce que je voulais vraiment…

Il s'interrompit.

Était-ce possible ? David le touchait d'une manière inhabituelle. Voulait-il dire ce qu'Isaac pensait qu'il voulait dire ? Son cœur battait la chamade, et le désir sombre qui fredonnait secrètement à travers lui, jour et nuit s'éleva à un crescendo comme la musique au début du film.

— Je le veux aussi, murmura Isaac.

Oh Seigneur, oui ! Il le voulait. Il voulait *ça.*

David prit un souffle frémissant, glissant son pouce sur la lèvre inférieure d'Isaac. Avant qu'il change d'avis, Isaac prit la pulpe calleuse du doigt de David dans sa bouche. Celui-ci gémit, et une bouffée d'air chaud ondula sur le visage d'Isaac.

Il ne savait pas exactement comment il en était venu à ce que le pouce de David soit remplacé par ses lèvres qui appuyaient doucement. Le monde d'Isaac s'inclina, sa tête si légère qu'elle pouvait flotter au loin. Il était certain qu'il devait être de retour dans son lit, avec les ronflements de son frère sur le point de le réveiller de ce merveilleux rêve à tout moment.

Parce qu'il était impossible qu'il soit appuyé contre la chaleur solide de David Lantz, sentant les bras de celui-ci l'entourer, leurs corps dans une étreinte serrée alors qu'ils s'exploraient l'un l'autre. Il n'avait embrassé personne auparavant, et ce n'était pas possible qu'il soit en train d'embrasser un autre garçon – *un homme* – le chaume de fin de journée de David stimulant sa peau.

Isaac ne pouvait qu'ouvrir ses lèvres et embrasser David plus profondément, savourant le goût de viande, du sel et de quelque chose de plus doux que de la mélasse dans le même souffle. C'était impossible que ses mains vadrouillent sur le dos de David, touchant ses muscles fermes et tremblants, voulant qu'il n'y ait rien entre eux… qu'ils pouvaient s'accoupler ensemble, peau contre peau, comme les animaux dans la grange.

Impossible ! Isaac gémit, son corps ruisselant de quelque chose qui devait être de l'électricité. Puis il se réveilla, la chaleur de David s'arracha à lui avec un halètement. Isaac cligna des yeux, s'attendant à ce que les formes sombres de sa chambre se matérialisent. Mais il n'y eut pas de commode, ni de vêtements foncés suspendus sur le mur. Il était encore debout à côté de la clôture, à la ferme de June, son souffle haletant et sa bouche humide.

David recula.

— Non. J'en ai assez fait. Je ne peux pas te faire ça à toi.

Il tituba jusqu'à la clôture et Kaffi.

— Nous devons rentrer. Viens.

Isaac le dévisagea, son esprit tournant à toute vitesse.

— Attends, dit-il en secouant la tête. David…

Mais celui-ci ne le regardait pas.

— Isaac, monte. S'il te plaît.

Après un moment, il ajouta.

— *S'il te plaît.*

Une fois qu'Isaac fut sur le dos du cheval, David exhorta Kaffi à avancer, presqu'au galop, et Isaac retint un cri alors qu'il serrait la taille de David. Ils galopèrent à travers les champs de June, vers les bois. Ils écrasèrent un bouquet de chênes, Isaac perdit son équilibre, la terreur se tordant en lui.

David tira sur les rênes, mais c'était trop tard. Isaac le lâcha pour ne pas le traîner avec lui alors qu'il chutait dans l'herbe et les feuilles mortes. L'air s'échappa de ses poumons, et il ouvrit sa bouche en un cri silencieux, clignant des yeux aux branches qui le dominaient.

Un moment plus tard, David était au-dessus de lui, les yeux brillants, lèvres entrouvertes.

— Isaac !

Se mettant à genoux, il prit la joue d'Isaac.

— Je suis désolé. Je suis désolé ! Es-tu blessé ?

Il fallut quelques instants à Isaac pour inspirer, et il secoua la tête. Il aurait sûrement des ecchymoses.

— En es-tu sûr ?

David passa ses mains sur le corps d'Isaac, appuyant et sondant.

— T'es-tu frappé la tête ? Je suis tellement désolé.

— Non, dit Isaac d'une voix rauque.

Il prit une longue respiration.

— Je vais bien. Je le jure.

— Merci, Seigneur !

David se pencha sur lui et déposa un baiser sur son front.

— Si tu avais été blessé, je ne sais pas ce que je…

Il s'interrompit en inspirant profondément.

— Et c'était à cause de moi, dit-il en secouant la tête. Peux-tu me pardonner ?

— Bien sûr, répondit Isaac en levant la main et caressant les cheveux de David.

Son visage était décomposé.

— Tu dois t'éloigner de moi, Isaac. Ou je t'entrainerais dans ma chute, te conduirais vers la tentation.

Isaac considéra son choix – le premier qu'il avait depuis aussi longtemps qu'il pouvait s'en souvenir. C'était facile, vraiment. Avec une autre inspiration profonde, il resserra ses doigts sur les cheveux de David et tira sa tête vers le bas.

— J'y suis déjà, murmura-il.

Cette fois-ci, il n'hésita pas à ouvrir la bouche, cherchant la langue de David avec la sienne, alors qu'ils s'allongeaient sur le sol de la forêt. Il ne savait pas quoi faire, mais une sorte d'instinct l'incita à prier David de se mettre au-dessus de lui, écartant ses jambes et gémissant tandis que David se frottait contre lui. Ils s'embrassèrent profondément, haletants et explorant chaque recoin de la bouche l'un de l'autre.

Le sol était froid avec l'hiver imminent, mais Isaac avait chaud, consumé par un feu intérieur.

— S'il te plaît, David. Je dois… je dois…

Il releva ses hanches, son membre dur comme le roc dans son pantalon. Il se sentait si bien, et il voulait désespérément quelque chose qu'il ne pouvait pas nommer.

— En es-tu sûr ? dit David, qui se dressait sur ses bras.

Il voulait succomber aux tentations, toute la nuit, et il ne pouvait pas arrêter maintenant, ne voulait pas arrêter.

Isaac agrippa les fesses de David, et le rapprocha un peu plus vers lui, s'écrasant contre lui.

— Oui. *Oui !*

Gémissant, David tira sur la chemise d'Isaac, et glissa ses mains sous le tissu, faisant trembler le ventre du jeune homme. La sensation des longs doigts caressant son torse nu et ses mamelons fit ruer sauvagement Isaac. Tout n'était que goût, son et sensation, et ils haletaient ensemble avec frénésie.

David embrassa Isaac de manière désordonnée alors qu'il se frottait contre lui.

— Oh Seigneur ! J'ai voulu ça depuis si longtemps. Je voulais te toucher et t'entendre crier pour moi. Je ne peux croire que c'est réel.

— David, gémit Isaac, faisant glisser ses mains sous la chemise de son amant pour l'agripper par la taille et sentir ses muscles fléchir.

— Laisse-moi t'entendre, Isaac.

Ses cris et supplications firent écho à travers le bruissement des feuilles alors qu'Isaac se livrait à la ferveur croissante à l'intérieur de lui, une pure extase léchait son corps comme les flammes se propageant sur une grange. David enfouit son visage dans le cou d'Isaac, ses lèvres douces et humides tandis qu'il poussait contre lui. Isaac se demanda ce que ce serait sans leurs pantalons, et rien d'autre entre eux.

Haletant, il entremêla ses doigts dans les cheveux de David, murmurant son nom tandis qu'il basculait. Quand il s'affala sur le côté, c'était comme tomber de Kaffi, encore une fois. Pourtant, cette fois-ci, il ne descendit pas, au lieu de cela, il s'élança au-dessus des arbres comme s'il pouvait toucher les étoiles.

Il revint au présent, et attira David, ne se souciant même pas d'avoir fait un gâchis de son pantalon. Il pouvait sentir le sexe dur de son compagnon à travers le tissu, il enveloppa une jambe autour des hanches de David pour l'encourager. Tendu, après une minute, David trembla et cria quelque chose, mais Isaac ne comprit pas. Il caressa les cheveux de David pendant qu'ils reprenaient leurs souffles entremêlés ensemble.

Cela ne peut être vrai.

David embrassa son cou, puis se déplaça sur le visage d'Isaac, pressant de légers baisers sur ses joues, son front, son nez, et sur les coins de ses yeux. Ses lèvres étaient douces, et Isaac ne s'était jamais senti aussi aimé. Aussi spécial.

— Mon petit *eechel.*

Le terme affectueux était absurde – petite graine –, mais le cœur d'Isaac fondit. David l'embrassa de nouveau, cette fois-ci, trouvant sa bouche tendrement. À proximité, Kaffi déambulait, foulant le feuillage alors qu'il mâchait avec contentement.

Isaac attendit que l'horreur de ce qu'ils avaient fait l'envahisse – agrippant son âme en une poigne mortelle. Pourtant, tandis qu'ils s'embrassaient et respiraient l'un dans l'autre, collants et repus, avec les chênes comme sentinelles, Isaac ne ressentit qu'une paix et une plénitude, qu'il n'avait pas réalisé manquer.

C'était un péché, il n'en doutait pas. Mais c'était le plus doux qu'il n'eût jamais connu.

Chapitre Sept

— OU PENSES-TU aller comme ça ?

Le cœur battant, Isaac se figea devant la porte d'entrée, son chapeau de paille en équilibre sur sa tête. Il jeta un regard vers Mère dans le fauteuil à bascule, dans la pièce principale. Père lisait un livre de prières dans sa propre chaise à côté d'elle. Il tourna la page, mais Mère haussa un sourcil.

— Isaac, tu as la même expression que quand j'ai l'habitude de t'attraper en train de prendre en cachette un autre morceau de Streusel. Ne va pas trop loin… nous allons rendre visite aux Lapp sous peu.

— Mais j'ai promis à Mervin et à Mark que nous irions au lac.

Le mensonge sortit facilement.

— L'eau est sûrement trop froide maintenant. Tu devrais prendre ton autre chapeau. Il est temps de changer ton chapeau d'été. Ne penses-tu pas ? demanda-t-elle en se tournant vers Père.

— Mmm, acquiesça-t-il, les yeux toujours sur sa page.

— Très bien, je vais prendre mon autre chapeau, dit Isaac, son pouls battant rapidement. Je peux y aller, alors ?

Mère lui lança un regard noir.

— Qu'est-ce qu'il y a au lac ? Tu ne peux pas nager. La pêche encore ? N'en as-tu pas eu assez la nuit dernière ? Non pas que tu aies attrapé quoi que ce soit ! Cela me semble être une perte de temps.

Il avait complètement oublié le sac de poissons devant la clôture de June après que David l'ait embrassé. C'était incroyable de penser les mots... *David m'a embrassé.* Le souvenir de ce qu'ils avaient fait devrait le rendre honteux, mais à la place, il ressentait un désir affamé. *La douceur humide de la bouche de David, son souffle chaud, tous les deux en rut, et...*

Isaac baissa le regard au sol et força son esprit à se vider.

— Nous allions seulement nous amuser.

Père se racla la gorge.

— Les Lapp nous attendent tous.

Isaac soupira.

— Oui, Père.

Il savait que lorsque son père utilisait ce ton, ses déclarations étaient aussi gravées dans la pierre que les dix commandements.

Coincé à l'arrière du chariot familial avec ses frères, et Katie, Isaac grimaça. Son dos était douloureux là où il était tombé sur le sol, et les chocs du chariot n'aidaient pas. Il jouait avec le couteau dans sa poche, et se remémora la nuit dernière, faisant attention de ne pas laisser son esprit s'égarer trop près de ce qui s'était passé dans la forêt. Il risquerait de causer une tente à son pantalon. Après que lui et David – un courant le traversa à la pensée du nom de David – s'étaient trop refroidis à cause de l'air de la nuit, ils s'étaient redressés, et avaient remontés sur Kaffi.

Il avait posé sa joue contre la rigidité de la veste de David. Ses bras enroulés autour de sa taille, et il l'avait serré plus qu'avant, fermant les yeux sur la forêt sombre, certain qu'il ne tomberait pas. Le doux balancement alors que Kaffi reprenait le chemin de la maison l'avait fait se sentir comme un bébé dans un berceau. Tenir David avait été un vrai bonheur.

— Ne t'endors pas maintenant, l'avait taquiné David.

— Mmm...

Isaac avait ouvert les yeux. L'atteignant de sa main, David lui avait caressé la cuisse. Une magnifique chaleur coulait de la main de David à travers lui. Ils avaient continué dans un silence confortable, et Isaac avait attendu que le dégoût de ce qu'ils avaient fait l'envahisse. Il était mystérieusement resté absent.

Lorsque la maison sombre de David avait été en vue, Isaac lui-même s'était assez réveillé pour se redresser et garder quelques centimètres de distance entre eux. Dans l'étable, David avait allumé la lanterne en baissant la lumière, et Isaac avait conduit Silver hors de sa stalle, redoutant le retour à la maison dans le chariot. David avait joué avec l'étrille, et ils s'étaient regardés l'un l'autre.

Maintenant, ça arriverait, avait-il pensé. La culpabilité et les accusations. Le blâme pour les péchés qu'ils avaient commis. Mais ils avaient couru dans les bras l'un de l'autre comme s'ils l'avaient fait des centaines de fois auparavant. Isaac avait tenu David serré, les rênes de Silver enroulées autour de ses poignets.

— Merci, avait-il dit à voix basse.

David avait pris une profonde inspiration.

— Je ne veux pas me réveiller.

Il s'était redressé et avait pressé leurs lèvres ensemble.

— Échappe-toi demain, si tu le peux. Ils iront rendre visite à des amis. Je vais trouver une excuse. Mère ne m'interrogera pas.

— Je vais essayer.

La pensée même qu'il y aurait un lendemain pour eux l'avait fait se sentir heureux. David avait glissé ses doigts sur la joue d'Isaac.

— Ce sera notre petit rumspringa. Ils n'auront jamais à le savoir.

Un éclair de peur avait traversé Isaac lorsqu'il s'était souvenu de ce qu'ils risquaient, mais il l'avait repoussé.

— Isaac !

Il cligna des yeux en revenant au présent, se bousculant contre Nathan alors que le chariot faisait une embardée sur la route. Ses frères et sœur le regardèrent.

— Hein ? demanda-t-il.

— Que se passe-t-il avec toi aujourd'hui ?

Éphraïm le regardait avec méfiance.

— Rien !

Isaac s'obligea à ne pas rougir.

— Alors ? dit Katie en le regardant dans l'expectative. Qu'en est-il de

David ?

— David ?

Il se sentit rougir sous son chapeau en feutre, et souhaita porter à la place, son chapeau de paille, même si le vent sifflait aujourd'hui. Elle leva les yeux au ciel.

— Tu l'aimes bien ?

— Pourquoi le ferais-je ?

Le cœur d'Isaac battait aussi fort que la pluie tombant sur un toit.

— Est-ce que tu aimes travailler pour lui ? Tu es si loin maintenant que nous pouvons à peine te parler.

Éphraïm se pencha et baissa la voix.

— Nous voulons juste savoir ce que cela fait d'être loin de la ferme.

— C'est… bien.

Isaac ne se faisait pas confiance pour dire autre chose en cet instant.

— Un jour, je serais enseignante, déclara Katie.

Nathan rit.

— Impossible. Tu dois aider Mère à la maison jusqu'à ce que tu te maries.

Ses sourcils se froncèrent.

— C'est injuste que je sois la seule fille qui reste.

Donnant une petite tape à Katie sur la joue, Isaac sourit. Il garda sa voix basse.

— Tu serais une bonne enseignante.

Elle rayonna avec son sourire en coin.

Il y avait des gâteaux et des tartes et des salutations heureuses chez les Lapp, mais Isaac s'esquiva vers l'enclos, au-delà de la grange. Les nuages devinrent lourds, et bientôt, il verrait son souffle dans l'air. Il jeta un regard en arrière et réalisa que Père et Joseph l'avaient suivi. Il semblerait qu'il n'aurait pas de paix aujourd'hui. S'il ne pouvait pas être avec David, il voulait être seul pour qu'il puisse se souvenir de chaque moment qu'ils avaient partagé.

Monsieur Lapp le salua par la clôture, en regardant deux chevaux se tourner autour. Isaac pouvait voir tout de suite que c'était un étalon et une jument. Il pouvait aussi voir le sexe engorgé de l'étalon. Cela n'aurait pas dû envoyer un frisson au plus profond de lui, mais son sang bouillonnait. Maintenant qu'il avait connu ce genre de péché avec David, il en avait besoin.

Père fronça les sourcils.

— N'est-ce pas la fin de la saison d'accouplement ?

Monsieur Lapp hocha la tête.

— En effet, mais nous avons besoin d'un autre poulain. Nous allons essayer, au moins.

Père et Joseph prirent place à côté de la clôture. Ils regardèrent tous en silence, et Père caressa sa barbe grisonnante. Il portait une veste épaisse, et elle s'étirait sur son ventre. Mère devrait lui en faire une autre bientôt. Chaque année, son père semblait se développer, malgré les heures de travail qu'il faisait. Au milieu d'une vague de hennissements et de grognements, l'étalon monta la jument.

Le souffle d'Isaac devint superficiel, et il était sûrement touché par le diable, vu les pensées qui polluaient son esprit. C'était dangereux, et il aurait voulu pouvoir s'échapper pour avoir un peu d'intimité pour soulager la pression croissante.

Comment cela serait-il d'avoir David derrière lui, prenant le contrôle… le possédant ?

La gorge sèche, il enfonça ses doigts dans le vieux bois de la clôture. Aussi sûrement que la jument était en chaleur, Isaac l'était également. Il pouvait s'imaginer sur ses mains et ses genoux, s'offrant. Il crierait, tremblerait, et prendrait chaque centimètre de David. Il se souvenait de la lourde épaisseur du sexe de David par-delà leurs pantalons, et imagina sa chaleur à l'intérieur de lui comme un tisonnier le marquant et…

— Est-ce de la sodomie ? demanda Joseph.

Isaac avala presque sa langue, et toussa bruyamment. Monsieur Lapp lui claqua le dos inutilement. À huit ans, le visage de Joseph avait gardé ses rondeurs de bébé, et son chapeau semblait presque trop grand pour lui. Il leva les yeux vers Père de sous le bord.

— Eli Hooley a dit que la sodomie était un péché. Je ne savais pas ce que c'était, et il m'a dit que c'était ce que les chevaux faisaient.

Un silence lourd s'attarda avant que Père ne prenne la parole, ses mots mesurés et sûrs.

— Les chevaux sont libres de tous péchés. Ceci est leur manière naturelle de faire. C'est ce à quoi Dieu les a destinés.

Joseph regarda l'étalon finir et retomber du dos de la jument.

— Mais pour les gens, c'est un péché ?

— Oui.

L'esprit d'Isaac connaissait la vérité de ces paroles, mais dans son âme, il ne pouvait nier son désir. L'évêque Yoder avait rarement abordé le sujet de l'abomination des hommes qui couchaient avec des hommes. Comme s'il était évident que c'était blasphématoire, et non quelque chose que les prêcheurs devaient nécessairement répéter. C'était les moyens modernes et impurs des Anglais avec leur technologie et leur fierté, dont les prêcheurs, étaient contre.

Père et Joseph s'éloignèrent avec Monsieur Lapp, mais Isaac resta figé sur place à côté de la clôture. Comment pouvait-il rêver de s'adonner à cette abomination si volontairement ? Avec une telle anticipation et de joie en lui ? Il devait trouver le bonheur avec sa famille, et le Seigneur. Dans son travail, et un jour, avec sa femme et ses enfants.

Son estomac se noua. Pendant des années, il s'était posé des questions sur son manque d'intérêt pour Mary ou une autre fille. S'il avait su que cette semence du péché était en train de grandir en lui, attendant de fleurir, peut-être aurait-il pu la déraciner. Saler la terre pour qu'elle ne puisse plus s'épanouir à nouveau.

Avait-il su au plus profond de lui-même ? Il n'en était pas sûr. Mais le savoir et l'admettre étaient parfois aussi éloignés que l'étaient Zebulon et New York.

— Isaac ! Viens manger quelque chose, lança Mme Lapp.

— Je viens !

Il força ses mains à se desserrer du bois de la clôture. Les rainures du bois avaient laissé des marques rouges sur ses paumes. La nuit dernière,

David avait été impatient de le revoir, tendre avec ses baisers et son « au revoir ». Mais que faire si, à la lumière grise de ce dimanche, il avait réalisé qu'ils étaient fous ? Que c'était beaucoup trop dangereux ?

Mettant un pied devant l'autre, Isaac rejoignit les autres. Le lendemain matin ne pouvait venir assez vite, et jusque-là, il pouvait seulement s'interroger.

L'ANGOISSE FUT SA compagne tandis qu'Isaac exhortait Silver à aller plus vite sur la route. Le soleil n'était pas levé, et il arriverait tôt, mais il devait savoir. La pluie s'abattait sur le chariot, l'arrosant de l'avant, et ruisselant à travers le toit, roulant hors de son lourd chapeau. Il frissonna et ordonna à Silver d'aller plus vite, en donnant des coups avec les rênes sur son dos.

Les lanternes de la maison des Lantz brillaient dans l'ombre, et Marie ouvrit la porte pour le saluer alors qu'il arrivait. Isaac fit un signe de la main en réponse, et continua vers l'écurie. Il était impossible pour Silver qu'elle reste dehors, il la détacha et poussa la porte de la grange rapidement. Dans la lumière de la lampe, David était déjà debout devant sa table de travail, crayon à la main. Il ne portait pas de chapeau, et fixait Isaac avec incertitude.

Silver hennit, se secouant, et Isaac détourna les yeux de David pour l'amener à une stalle. Alors qu'il l'installait et lui donnait à grignoter un trognon de pomme dans un seau, il entendit la fermeture de la porte de la grange, la pluie maintenant étouffée. Quand Isaac se tourna, David était de retour vers la table. Il se penchait sur une grande feuille de papier.

— Tu devrais accrocher ton chapeau et ton manteau pour qu'ils sèchent.

Son ton était plat. Isaac était nerveux, maladroit et fébrile alors que son manteau tombait sur le sol poussiéreux. Il le secoua et l'accrocha à côté de son chapeau, le foin et la saleté encore collés sur le tissu. Il avait peur de regarder David, et l'air sentait comme de la mélasse. *J'aurais dû savoir qu'il retrouverait la raison.*

Isaac balaya son manteau, les mains tremblantes.

— Isaac… je suis désolé.

À ce moment-là, Isaac aurait pu tomber à genoux et pleurer comme un enfant. Il ne pouvait pas forcer les mots à passer sa langue trop épaisse. Il inspira, regardant fixement le foin dispersé devant ses bottes.

— Je n'aurais jamais dû t'emmener chez June, ou au cinéma. Et je n'aurais jamais dû…

La voix de David s'interrompit avant de continuer.

— Je n'ai jamais été en mesure de parler à quiconque de la manière dont je parle avec toi. J'ai l'impression que tu me comprends. Mais je me suis laissé emporter. J'implore le pardon.

— De qui ? demanda Isaac.

Il serra ses mains en poings, avec l'irrépressible envie de casser quelque chose. Il se retourna.

— De Dieu ? Ou de moi ?

David baissa la tête.

— De vous deux.

— Eh bien, non. Je ne te *pardonnerai* jamais. Pas pour quelque chose que je voulais. Quelque chose que je garderai dans mon cœur, même si tu veux prier pour l'oublier.

La tête de David se releva brusquement, les yeux écarquillés.

— Mais je pensais que… quand tu n'es pas venu…

— Mes parents n'ont pas voulu me laisser partir. Nous avons rendu visite aux Lapp, et je devais y aller. Je voulais venir ici plus que tout.

— Vraiment ? murmura-t-il.

Il avait fait le tour de la table avant même qu'Isaac ne puisse cligner des yeux. Timidement, il prit la main d'Isaac.

— Tu n'en es pas désolé ?

Isaac inspira en tremblant et serra les doigts de David.

— Je sais que je le dois. Mais je ne le suis pas.

Ils s'accrochèrent l'un à l'autre, bouches ouvertes, et langues pressées ensemble. Isaac trébucha, se retrouva dos contre le mur, et entraîna David avec lui, gémissant doucement. Il s'envolait, et il pensa aux trains lointains, et à quelle vitesse David et lui avaient survolé la route dans le pick-up de June. C'était comme s'il avait un moteur rugissant en lui, en cet instant.

La porte de la grange s'ouvrit à la volée avec un craquement, et une rafale de vent et de pluie s'engouffra à l'intérieur. David s'écarta, essuyant sa bouche, la poitrine haletante. Ils se regardèrent tous les deux, mais personne n'entra. Le vent hurlait, et la porte claqua à nouveau. Isaac expira et tapa sa tête contre le mur.

Avec un sourire tremblant, David referma la porte, glissant le lourd verrou en bois.

— Ne vont-elles pas s'interroger quand elles viendront nous amener de la nourriture ?

Isaac passa une main dans ses cheveux. Ses mèches étaient mouillées, et il les essuya.

David tirait déjà la main d'Isaac, le conduisant vers une stalle vide, loin du passage secret.

— Si elles sortent par ce temps, je leur dirai que la porte ne voulait pas rester fermée. C'est la vérité.

Bien sûr, David ne dirait pas à sa mère ou à ses sœurs l'autre vérité… qu'il était sur ses genoux dans les amas du foin, en train de défaire les boutons de son pantalon. Cela sentait la poussière, la sueur et les animaux, et Isaac était déjà dur. Il respira profondément alors qu'il se penchait en arrière contre les lattes de bois, regardant les lèvres entrouvertes, son corps frissonnant.

— Qu'est-ce que tu…

David abaissa le rabat sur la braguette d'Isaac, et le regarda avec des yeux étincelants. Puis il défit les bretelles et tira sur le pantalon du jeune homme jusqu'aux genoux. Respectueusement, il retraça du bout de ses doigts la longueur dure d'Isaac. C'était la première fois que quelqu'un le touchait, là, et il se mordit la lèvre, tremblant alors que des étincelles le traversaient.

Se penchant, David se lécha les lèvres.

— Veux-tu que je m'arrête ?

Isaac était complètement exposé, et la chair de poule était répartie sur ses cuisses alors que sa queue pulsait, le souffle chaud de David l'effleurant. Un souvenir de Mervin, Mark et les autres garçons parlant d'un magazine porno que l'un d'eux avait acheté à Warren surgit dans l'esprit d'Isaac. Ils avaient beaucoup parlé sur les choses que les femmes faisaient avec leurs bouches.

Isaac déglutit, le sang se précipitant dans son sexe.

— Ne t'arrête pas.

Il caressa les cheveux sombres de David.

— S'il te plaît.

Ses yeux toujours verrouillés sur ceux d'Isaac, David se pencha encore plus près. Puis il passa ses lèvres autour du gland et aspira. Les genoux d'Isaac défaillirent presque, et il mit rapidement sa main devant sa bouche à l'incroyable plaisir qui le traversait. Il donna un coup de reins, impuissant.

Ses lèvres se courbant en un bref sourire, les yeux de David étincelaient alors qu'il léchait de haut en bas, et tout autour.

— Oh ! C'est si bon !

Isaac pinça les lèvres. Il comprenait finalement pourquoi la fornication était un péché si consommé.

Un filet de salive relia le sexe d'Isaac à la bouche de David quand celui-ci se retira.

— Dis-moi. Je veux l'entendre.

Il retraça de sa langue la veine lancinante qui courait le long de la partie intérieure de la queue d'Isaac.

— Aimes-tu ça ? murmura-t-il.

Isaac hocha la tête, si fort que celle-ci menaça d'avoir une commotion cérébrale quand il frappait la tête contre le mur.

— Dis-moi.

David explora les lourdes bourses d'Isaac, ses doigts s'envolant pour caresser la peau sensible derrière. Le souffle coupé, Isaac plaqua sa paume sur les lattes de bois derrière lui. Il pouvait à peine parler.

— C'est si bon. Ta bouche… ta langue. Chaude et humide. Tellement mieux que ma propre main !

David le suça profondément, aspirant pendant que ses lèvres s'étiraient autour de la queue d'Isaac. C'était si pervers et mal qu'Isaac ne voulait jamais que ça se termine. Toucher quelqu'un avec votre bouche de cette façon devrait être dégoûtant, mais il avait hâte de goûter David à son tour.

Lorsque David retira sa bouche, il glissa la langue vers le prépuce d'Isaac et lécha les perles séminales du gland. Isaac suffoquait. Il jeta un coup d'œil à travers la grange pour s'assurer qu'ils étaient toujours seuls, même si la porte était verrouillée. Mais il ne pouvait empêcher ses yeux de revenir vers David, et vers sa bouche rouge et luisante.

Le souffle de David brûla la queue sensible et rouge d'Isaac.

— Te touches-tu souvent ?

— Parfois. Je ne suis presque jamais seul.

— À quoi penses-tu ?

David fit courir ses doigts sur les cuisses tremblantes d'Isaac

— Des trains. Allant loin. Faisant trembler les rails, très, très vite.

Souriant, David déposa un baiser sur sa hanche.

— Je vais t'emmener dans un train. Nous allons nous cacher, et quand le train ira si vite que tu pourras à peine le supporter, je vais t'embrasser et te toucher partout. Je vais te faire venir si violemment.

Isaac se souvint de la première fois qu'il avait entendu le terme « venir ». Un des autres garçons l'avait dit quand ils avaient regardé le magazine secret, et Isaac s'était demandé ce que cela voulait dire.

Mais avec David, il en avait découvert la signification. C'était de se perdre complètement, d'être chaviré par un plaisir si violent qu'il serait surpris qu'il ne brûle pas sa chair.

Les mots traversèrent ses lèvres en un murmure.

— Vas-tu me monter comme un étalon ?

Frissonnant, David serra les hanches d'Isaac et le prit dans sa bouche, allant plus profondément maintenant, sa tête se balançant en un va-et-vient alors qu'il aspirait violemment. L'explosion frappa Isaac, et il ne put empêcher son cri, tandis qu'il tremblait et jouissait, sa tête rejetée en arrière, et des étoiles derrière les paupières.

Ses genoux cédèrent, et il se laissa glisser vers le bas. Le foin irritait ses fesses sur le sol froid, et son pantalon était autour de ses chevilles. Il s'approcha de David, qui essuya de sa bouche le sperme restant d'Isaac tandis qu'il s'asseyait. Le renflement tendait le pantalon de David, et Isaac ouvrit les boutons.

— Tu n'es pas obligé de…

David put à peine sortir les mots. Isaac le tira plus près.

— Je veux te faire venir aussi.

David gémit, ses yeux se fermant. Sa queue pulsait dans la main d'Isaac, et celui-ci le caressa, se délectant de la sensation. Il se pencha pour enrouler ses lèvres autour de son sexe, le besoin de le goûter, accablant. Il ne savait pas s'il le faisait comme il le fallait, mais il devait essayer. L'angle était gênant, et son derrière exposé gelait, mais tout ce qui comptait était la sensation de David dans sa bouche, l'odeur musquée emplissant son nez.

Il suça et s'étouffa, prenant autant qu'il le pouvait, désespéré d'avoir David à l'intérieur de lui. Celui-ci gémit doucement, caressant la tête d'Isaac. La sensation de la queue de son amant remplissant sa bouche était incroyable. Gémissant, il en prit autant qu'il le put avant d'avoir un haut-le-cœur et de retirer sa bouche. Les yeux larmoyants, il plongea vers le bas jusqu'à ce que la touffe sombre à la base de la queue de David chatouille son nez.

— Doucement, doucement, murmura David en frottant le dos d'Isaac.

Mais il ne voulait pas y aller doucement. Il suça plus fort, et atteignit la peau sensible qui se trouvait derrière ses bourses, comme David l'avait fait, et les fit rouler dans sa main.

— Isaac !

David essaya de l'éloigner. Résolument, Isaac aspira jusqu'à ce que les premières gouttes salées emplissent sa bouche. Il s'écoula de ses lèvres alors qu'il continuait à sucer et à lécher, avalant autant qu'il le pouvait, ne s'arrêtant pas jusqu'à ce que David prenne en coupe sa joue et le relève pour un baiser passionné. Il avait le goût de leurs essences mélangées, ce qui renouvela son désir.

Haletants, ils se séparèrent, et pressèrent leurs fronts ensemble.

— J'ai eu tellement peur que tu me rejettes aujourd'hui, dit Isaac, les mots se précipitant en un souffle. Que ce soit toi qui sois désolé.

David redressa Isaac à califourchon, sur ses genoux. Il enfouit son visage dans son cou, et le serra fermement contre lui.

— Peu importe ce qui arrivera, Eechel. Je ne serais jamais désolé.

Enroulant ses bras autour de David, et le humant, Isaac repoussa les pensées de ce qui pourrait arriver, et s'accrocha simplement à lui.

Chapitre Huit

— VOUS PROFITEZ de cet été indien ? Pourtant, si tard dans la saison…
c'est pratiquement novembre.

Isaac leva les yeux, et vit Madame Lantz s'avancer dans la grange avec
une cruche d'eau fraîche. Il posa sa scie et s'essuya le front, son chapeau
noir accroché à la porte. David ne portait pas le sien non plus, et Isaac
avait plaisanté plus tôt qu'ils devraient travailler sans chemises. Évidemment, cela avait amené des coups d'œil lascifs pour ensuite trébucher
imprudemment dans l'une des stalles.

— En effet, madame. Il fera terriblement froid bientôt selon Abram
Raber. Il dit qu'il le sent venir dans son genou sur lequel son cheval avait
marché, il y a des années.

— Le genou d'Abram n'a jamais tort, déclara Madame Lantz en
essuyant ses mains sur son tablier noir avec un sourire. David, j'ai laissé
le déjeuner pour vous, les garçons, dans la cuisine. Je vais m'occuper
d'Emma Lapp. Son frère a chevauché tôt ce matin pour m'apprendre
que c'est son heure.

— J'avais bien pensé que j'avais entendu un chariot, dit David, ses
yeux toujours fixés sur ses plans.

— Son heure pour quoi ? demanda Isaac.

Anna apparut dans l'embrasure de la porte en levant les yeux au ciel.

— Elle va avoir un bébé, idiot.

Anna portait une coiffe noire sur ses cheveux blonds, ce qui voulait
dire qu'elle allait accompagner sa mère. Son cœur battit plus vite. Mary,

y allait-elle aussi ?

— N'avez-vous pas remarqué à quel point elle avait grossi ?

David et Isaac se regardèrent et haussèrent les épaules.

— Honnêtement, je ne savais même pas que ma mère était enceinte de Nathan jusqu'à ce que je le voie dans un berceau, un matin, dit Isaac.

— C'est si étrange que personne ne parle à ce sujet, particulièrement devant les petits, déclara Anna en secouant la tête. Pourquoi est-ce tellement un secret ? Nous le découvrirons tous, éventuellement.

— *Anna*, dit Madame Lantz en adressant un sourire forcé à Isaac.

— Mais n'est-ce pas comme cela que Dieu l'a créé ? demanda-t-elle.

Mary apparut derrière elle, la lumière du soleil brillante encadrant sa tête au-dessus de sa coiffe noire.

— Comment Dieu a créé quoi ? demanda-t-elle, à son tour.

— Rien ! répondit Madame Lantz en faisant signe à ses filles de sortir de la grange. Nous y allons, David. Nous reviendrons avant que les filles soient de retour de l'école.

— Vous y allez toutes ? demanda David.

L'anticipation envahit le ventre d'Isaac, son sexe se raidissant alors qu'il reprenait sa scie. David et lui seraient tous seuls. Depuis deux semaines, ils avaient volé chaque moment qu'ils pouvaient, mais avec la récolte, Isaac avait passé chaque instant libre à aider son père ou les voisins.

Anna leva les yeux au ciel à nouveau.

— Apparemment, Mary et moi avons des choses à apprendre.

Madame Lantz claqua des mains.

— Ça suffit !

— Oui, Mère, dit Anna en baissant la tête et se précipitant hors de la grange.

Mary agita la main en direction d'Isaac.

— Passez une bonne journée.

Une fois qu'elles furent parties, Isaac essaya d'attirer l'attention de David, mais celui-ci était à nouveau penché sur son plan de travail. L'excitation d'Isaac s'évapora. Peut-être que David était satisfait de leurs moments furtifs dans les coins sombres de la grange, se donnant du plaisir dans la précipitation avec leurs mains et leurs bouches. Il rougit, quand il pensa à quel point ils avaient été presque découverts le jour d'avant.

— David ? avait lancé Mary avec incertitude.

Sur ses genoux, Isaac s'était figé, sa bouche pleine de la queue épaisse de David. Ses yeux avaient croisé ceux écarquillés de son amant. Ils étaient dans l'une des stalles des chevaux à côté de la douche, et à distance, il avait pu entendre les pas légers de Mary.

— Je viens tout de suite ! avait répondu David, sa voix tendue.

Ses doigts étaient serrés sur les cheveux d'Isaac.

— Une minute !

— Nous avons besoin de ton aide, avait-elle lancé. L'essoreuse de la blanchisserie est coincée.

Une pause.

— David ?

Celui-ci s'était raclé la gorge.

— Oui ! Retourne au lavoir. Je serai là dans une minute.

— D'accord.

Ses pas s'étaient éloignés.

De la salive s'écoulant de sa bouche, Isaac avait eu besoin de déglutir, et il avait recommencé à le sucer. Il savait qu'il aurait dû s'arrêter, mais il avait caressé les testicules de David, et bientôt, il avalait sa semence salée pendant que David tremblait avec de petits halètements. Une fois qu'Isaac l'avait nettoyé de sa bouche, il avait remis le sexe de son amant dans son pantalon et avait boutonné sa braguette. David l'avait relevé et embrassé profondément.

— Ton tour, plus tard, avait murmuré David.

Frissonnant à ce souvenir, Isaac s'avança vers l'autre côté de la table et se versa une tasse d'eau. C'était rafraichissant, et il ferma les yeux. Il devait se contrôler. Il était comme un chien en chaleur. Quand il releva les yeux, David avait toujours son attention sur son travail. *Comme ça devrait l'être !* Isaac attrapa sa scie de nouveau. Il était stupide.

Pourtant, être près de David et garder ses distances lui faisait mal. Une des choses qu'il avait apprises à rechercher avidement était l'affection que David lui montrait, et qu'il était capable de lui rendre. Il ne pouvait se rappeler avoir vu ses parents se toucher des épaules, ou encore se prendre la main. Sans parler de s'embrasser ou de s'étreindre.

Il s'était souvent demandé si cela était différent quand ses parents ou d'autres adultes mariés étaient seuls. Parce qu'être dans la même pièce avec David et ne pas avoir la possibilité de faire courir sa main sur son dos, ou déposer un baiser sur sa nuque, ou sentir la chaleur de son souffle, était déchirant. Mais David semblait absorbé par son travail. *Comme ça devrait être.*

Après quelques minutes, David se dirigea vers la porte de la grange et disparut dehors. Isaac scia une autre poutre avec plus de force. Puis, David revint, souriant.

— Elles sont parties.

Se jetant sur lui, David éloigna Isaac du chevalet de sciage, l'embrassant frénétiquement.

— Enfin seuls, murmura-t-il entre deux baisers, sa langue s'enfonçant dans la bouche d'Isaac. Je te veux.

Les mains de David errèrent sur son corps.

Soupirant au contact de ce dernier, Isaac dut rire face à ses doutes stupides.

— Je pensais que tu étais peut-être fatigué de moi.

Les sourcils froncés, David se pencha en arrière et tint le visage d'Isaac entre ses mains.

— Pas même un tout petit peu, Eechel. Je te désire tellement. J'y pense nuit et jour. C'est une torture de t'avoir près de moi, mais pas assez près.

Gémissant, Isaac attira David contre lui, tirant sur sa chemise. Il retraça de ses doigts les lèvres de David.

— Je veux t'embrasser tout le temps, dit-il.

— Moi aussi, renchérit David en suçant les lèvres d'Isaac. Un baiser ne m'a jamais fait me sentir de cette façon.

Se figeant, Isaac recula.

— Qui as-tu embrassé d'autre ?

David se mit à rire.

— Jaloux ? Deux filles seulement. Naomi Miller, une fois, et Fannie, à plusieurs reprises. Mais ça n'a jamais ressemblé à ça. Comme t'embrasser.

— Et tu ne l'as… pas fait avec d'autres garçons ?

Bizarrement, Isaac espérait que la réponse soit non.

David secoua la tête.

— Je n'ai jamais osé. Je n'ai jamais pensé…

Il s'interrompit en pressant leurs fronts ensemble, son souffle chaud.

— Je n'ai jamais pensé que je rencontrerais quelqu'un comme moi, reprit-il. Pas seulement *comme* moi, mais… tu es tellement mieux que ce dont j'ai toujours rêvé. Je veux t'embrasser pour toujours.

Avant qu'il ne puisse s'arrêter, Isaac murmura à l'oreille de David, sa main serrée sur la hanche de son amant.

— Je veux goûter à ta queue encore. Et plus.

Les yeux pâles de David s'assombrirent, et ses narines se dilatèrent.

— Oh, Isaac ! Tu n'as aucune idée des choses que je veux te faire.

Isaac captura la main de David. Un par un, il suça ses doigts et en embrassa la peau calleuse.

— J'aime tes mains. J'aime les choses que tu peux faire avec elles. Au bois. À moi.

David s'approcha plus près, pressant Isaac contre le bord de la table. Il prit en coupe les joues du jeune homme.

— Veux-tu… nous pourrions…

Il déglutit difficilement.

Isaac déposa un baiser sur sa paume rugueuse. Le mot anglais interdit semblait dangereux sur sa langue.

— Baise-moi, murmura-t-il.

Ils s'embrassèrent profondément, leurs mains errant partout. Les bretelles de leurs pantalons étaient tenaces, et Isaac était sûr qu'il s'enflammerait avant qu'ils ne puissent enlever leurs vêtements, et il voulait sentir David complètement nu contre lui.

Il lécha la goutte de sueur de la nuque de son David, du sel et de la sciure de bois se mélangeant.

— J'ai besoin de te sentir, gémit Isaac.

Haletant, David recula.

— Oui ! Je…

Il repoussa une mèche de cheveux de son front.

— Reste ici. Laisse-moi juste…

En courant presque, David ferma la porte de la grange, et glissa la longue poutre. Puis il fouilla près des stalles de chevaux et retourna à la table avec une petite boîte et une couverture sombre. Il étendit celle-ci sur la table pendant qu'Isaac regardait, son corps vibrant tandis que son esprit tourbillonnait d'espoir et de crainte. David se tint devant lui à nouveau, et le bord de la table glissa contre le bas de son dos.

— C'est de la sodomie, lâcha-t-il.

Les lèvres ouvertes, David hocha la tête.

— Cela nous rendra-t-il impardonnables ?

David fit courir ses mains sur la taille d'Isaac, son souffle ralentissant. Il s'assura qu'Isaac croise son regard.

— Nous ne sommes pas obligés de le faire, si tu ne veux pas.

Isaac prit une profonde inspiration.

— Mais je le veux ! Je le veux tellement !

— Moi aussi, renchérit David en l'embrassant doucement. Quand je te touche, cela me semble juste. Cela me semble beau. Cela me rend si heureux, Isaac. Si c'est un péché, alors je suis heureux d'être un pécheur.

Isaac frotta le dos de David, ses yeux fermés.

— Alors, nous le sommes tous les deux, murmura-t-il.

Il embrassa David doucement, leurs langues s'enlaçant ensemble.

Avec un soin infini, David défit les bretelles du pantalon d'Isaac, et les crochets du haut de sa chemise sombre. Il pressa ses lèvres dans le creux de la gorge d'Isaac, puis l'incita à lever les bras. Avec sa chemise mise de côté, un frisson envahit sa peau nue tandis que David le regardait avec émerveillement, glissant ses doigts sur le duvet sablonneux de la poitrine d'Isaac.

— Monte, dit-il en tirant sur les hanches d'Isaac.

Celui-ci monta sur la table, et ouvrit largement les jambes tandis que son amant s'installait entre elles. David encercla un mamelon de sa langue, et puis fit de même pour l'autre. Haletant, Isaac eut besoin de toucher David, mais ce dernier attrapa ses poignets, les maintenant.

Centimètre par centimètre, comme s'il découvrait quelque chose de merveilleux, David explora le corps d'Isaac. Il embrassa les grains de beauté sur ses épaules, faisant courir sa langue entre eux. Il caressa le fin duvet sur les bras d'Isaac, et fit courir le bout de ses doigts de haut en bas sur son dos tandis que ses yeux le dévoraient. Il suça les tétons d'Isaac jusqu'à ce que celui-ci ait l'impression qu'il allait jouir dans son pantalon, sa queue dure pressant contre sa braguette.

Jamais Isaac ne s'était senti plus digne. Il savait que c'était fier et vaniteux, mais David lui donnait l'impression que c'était une chose belle. C'était comme si David pouvait voir directement dans son cœur… dans son âme. Il fit courir ses mains sur la tête de son amant, le pressant plus près là où David embrassait son ventre, son léger chaume griffant sa peau pâle.

— S'il te plaît, David.

Acquiesçant, celui-ci alla défaire les boutons de la braguette qui couvrait le renflement d'Isaac. Ce dernier souleva ses hanches pour que David puisse descendre son pantalon, et il regarda la tête sombre de son amant à ses pieds. Lorsque ses bottes et ses chaussettes furent retirées, et qu'Isaac fut totalement nu, il dut presser la base de son érection et inspirer profondément. Il y avait quelque chose à propos du fait que David soit complètement habillé, portant ses vêtements simples et paraissant si *Amish* qui fit palpiter sa queue encore plus.

Mais il avait besoin de voir le corps de David, et il tira sur ses vêtements, essayant de l'aider et le retardant certainement jusqu'à ce que son amant soit nu, debout entre les cuisses d'Isaac, leurs queues se frottant ensemble.

— Tes jambes ne sont-elles pas froides ? lâcha Isaac.

David sourit.

— L'été indien.

Isaac l'attira plus près, enroulant ses jambes autour des hanches de David et le touchant partout où il pouvait le faire. David était un peu plus large qu'Isaac, et celui-ci aimait la sensation forte et musclée de ses muscles fins. Il aimait la manière dont il pouvait enfin toucher David de cette manière. Le rappel qu'il ne *devrait pas* toucher David ou n'importe qui comme ça revint, et il le repoussa fermement.

— C'est si bon !

Isaac taquina le duvet sur la poitrine de David et fit courir ses mains sur ses fesses arrondies alors que les hanches de David tressautaient contre lui.

— Je veux être en toi, murmura David.

Gémissant, Isaac pencha sa tête en arrière en acquiesçant.

— S'il te plaît. Je ne sais pas comment. Devons-nous… dois-je me retourner ?

David pressa leurs lèvres ensemble.

— Je prendrai un grand plaisir à te faire pencher sur la table de travail, la prochaine fois, mais aujourd'hui, je veux voir ton visage.

— Mais… comment ?

L'esprit d'Isaac était vide. Tout ce qu'il savait au sujet du sexe, il l'avait appris en regardant les animaux de la ferme, ou des aperçus du vieux magazine, il y a des années de cela. Ces photos mettaient en scène que des femmes et des hommes, et il ne savait comment cela marchait avec les hommes.

— Je dois t'avouer quelque chose, dit David en souriant d'un air diabolique. Une nuit après le ciné en plein air, je me suis arrêté à la station d'essence et j'ai acheté un magazine. Il montrait tout un tas de choses.

Il appuya doucement sur les épaules d'Isaac et l'exhorta à s'allonger sur son dos, tirant ses hanches au bord de la table. Il caressa ses fesses.

— Ton cul est si beau.

Un autre mot interdit, qui fit pulser le sang d'Isaac plus vite. Il regarda les poutres, et le bord du grenier à foin au-dessus de lui, les regardant sous un angle nouveau. Ensuite, David se pencha sur lui, remplissant la vision d'Isaac et l'embrassant.

— Comme ça ? demanda Isaac.

— Comme ça.

David releva les jambes d'Isaac et déposa un baiser sur chacune d'elle alors qu'il les écartait largement.

Ouvert, et complètement impudique, la queue d'Isaac fuyait, rouge contre son ventre. Il devrait avoir honte ou du moins être embarrassé, mais ce n'était pas le cas. Il se sentait fort. Désiré. *Vivant.*

— Cela devrait aider.

David ouvrit la bouteille d'huile et enfonça ses doigts à l'intérieur.

Le souffle d'Isaac s'accéléra tandis qu'il regardait son amant presser un doigt glissant à son entrée.

— Je ne sais pas si ça va entrer, dit-il.

S'appuyant sur son autre main, David l'embrassa doucement.

— Ça va entrer. Je te le promets. J'irai lentement.

Il embrassa Isaac légèrement tandis qu'il le taquinait de son doigt, poussant et reculant avec juste le bout jusqu'à ce qu'Isaac soit étiré d'un seul doigt à l'intérieur. Isaac grogna, n'étant pas sûr de savoir si c'était de la douleur ou du plaisir qui l'envahissait. Il ne pensait pas que cela soit possible, cependant, alors qu'il détendait ses muscles internes, petit à petit, il prit un autre doigt.

— Regarde-toi, t'ouvrant pour moi. Tu es incroyable, Isaac, déclara David en passant la langue sur ses lèvres. Tu es si bon.

L'entrée d'Isaac se serra sur les doigts de David, s'avançant et le prenant plus profondément.

— Tu vas me rendre fou, Isaac Byler.

Centimètre par centimètre, David l'étira patiemment jusqu'à ce qu'Isaac pense qu'il allait exploser.

— Assez ! Toi, maintenant, dit Isaac en relevant les hanches. *S'il te plaît.*

— Je ne veux pas te faire mal.

David remua ses doigts à l'intérieur de son amant.

— Ça m'est égal. Tu ne le feras pas… s'il te plaît, David !

Avec précaution, David retira ses doigts et enduisit son membre rigide avec plus d'huile. Il attira les hanches d'Isaac au bord de la table et se pencha sur lui, écartant ses jambes plus largement. Les genoux d'Isaac se pressèrent sur ses propres épaules, et il s'employa à respirer. *Cela arrive vraiment.* Kaffi et un autre cheval reniflèrent et piétinèrent le sol, et Isaac imagina que c'était les battements de son cœur.

— Voilà, murmura David, pressant le bout de sa queue à l'entrée et agrippant ses hanches. C'est bon ! Si bon, mon Isaac.

Le feu qui menaçait de le consumer convergea vers son cul, la brûlure amenant des larmes aux yeux d'Isaac alors que David s'enfonçait en lui. La queue épaisse de David semblait incroyablement énorme, et Isaac cria. C'était trop… il ne pouvait pas le faire.

— Isaac ?

David se raidit, ses muscles tremblant, ses doigts s'enfonçant dans les hanches de son amant.

— Ne t'arrête pas. Fais-le.

Isaac devint brusquement frénétique, le besoin que David le remplisse était comme celui de respirer profondément dans un lac, avec la surface bien au-dessus.

— Fais-le, répéta-t-il en agrippant la taille de David.

Avec une poussée de hanches, David s'enfonça profondément. De la sueur humidifiait ses cheveux alors qu'il se figeait à nouveau.

— Ça va ? demanda-t-il.

La brûlure était intolérable. Isaac ne pouvait être plus étiré… il était sur le point d'être fendu en deux. Son sexe ramollit, et la panique envahit sa poitrine. Il ferma les yeux, forçant ses poumons à se dilater. Il n'allait pas s'arrêter maintenant… il voulait plus, cherchant l'endroit où le besoin en lui serait empli. Il était allé si loin, et il voulait tout.

Haletant, Isaac releva les genoux, plus haut.

— Baise-moi, David. Plus fort. Jusqu'au bout.

Grognant, ses yeux incroyablement sombres, David le baisa.

Il s'enfonça, allant jusqu'au bout, entrant profondément à l'intérieur d'Isaac. Cela lui faisait si mal, mais il prit chaque coup de reins avec joie. David était *en lui*. Il ne savait pas qu'il ressentirait cela. C'était comme s'il était né pour ça. Comme s'il comprenait finalement ce que vivre voulait dire.

Leurs peaux étaient glissantes, claquant ensemble alors qu'ils bougeaient et murmuraient, se rejoignant, encore et encore. Il n'y avait pas de retour en arrière, et la brûlure disparut tandis qu'Isaac s'abandonnait. David frotta contre quelque chose à l'intérieur de lui qui fit trembler les hanches d'Isaac et il cria.

— C'est ça, Isaac, dit David en se penchant sur lui et l'embrassant, leurs dents se heurtant.

Il frappa encore le point sensible. Et encore.

Isaac se rendit compte que les cris qui se répercutaient à travers la grange étaient les siens, et il regarda un oiseau égaré voletant autour des poutres du plafond. Il était plié presque en deux, son corps bourdonnant comme s'il était envahi d'électricité. Il bougeait au même rythme que les coups de reins de David, et sa queue fuyait. Il l'attrapa dans un état d'hébétude.

Cependant, David repoussa sa main. Ses hanches ne ralentirent pas alors qu'il caressait le sexe d'Isaac. Celui-ci le regarda dans les yeux jusqu'à ce que David heurte à nouveau ce point sensible au plus profond de lui-même, et Isaac rejeta la tête en arrière, la bouche ouverte tandis qu'il jouissait. Une giclée le frappa au menton, et le plaisir s'abattit sur lui, encore et encore jusqu'à ce qu'il ne puisse que trembler et tressaillir tandis que les dernières traces de plaisir s'évanouissaient.

David était encore énorme et dur à l'intérieur de lui, et Isaac resserra son entrée sur lui. Il ouvrit les yeux.

— Ne t'arrête pas.

Penser que David était si excité par *lui* – que David était à *l'intérieur de lui* – il avait le sentiment d'être encore dans un rêve. Il le regarda pendant qu'il s'enfonçait en lui fébrilement, tremblant et haletant, maintenant. Il y était presque, son visage et son torse rougis, de la sueur faisant briller sa peau.

— Remplis-moi, murmura Isaac.

Avec un soupir, David ferma les yeux, tremblant tandis qu'il venait. Isaac pouvait le sentir, chaud et humide à l'intérieur de lui, et il caressa les cheveux de David et ses épaules, alors que celui-ci frissonnait à travers les vagues de son plaisir. David se pencha sur lui, ses mains douces sous le cul d'Isaac tandis qu'il le caressait. Il pressa son visage contre le cou d'Isaac, toujours en lui.

— Mon Isaac, murmura-t-il, déposant des baisers sur sa peau humide. Tu étais bien mieux que tout ce j'avais bien pu imaginer.

Il lécha le menton d'Isaac, le nettoyant.

— Ta queue était bien plus grande qu'elle ne le paraissait, dit Isaac, hébété, et si David ne le tenait pas, il aurait pu s'effondrer sur les poutres.

Le rire de David chatouilla la gorge du jeune homme.

— Je ne sais pas si c'est un compliment ou non.

— C'en est un, mon David. Je ne me suis jamais senti aussi bien. Merci.

Le sourire de celui-ci s'effaça tandis qu'il se redressait et sortait doucement du cul d'Isaac. Il fronça les sourcils.

— Tu es sûr que je ne t'ai pas fait mal ?

Ses doigts planaient au-dessus de l'entrée glissante d'Isaac.

— J'imagine que je vais regretter de ne pas avoir de coussins sur nos chaises, ce soir. Mais ne me regarde pas comme ça. C'était ce que je voulais. Tu es celui que je veux.

— Peux-tu le sentir à l'intérieur de toi ? demanda David, les yeux encore fixés sur l'ouverture d'Isaac.

Il releva les doigts, glissants de son propre sperme d'où il s'était écoulé de l'entrée d'Isaac.

— Oui, je peux le sentir. Je peux encore te sentir.

— Je veux que tu jouisses à l'intérieur de moi, la prochaine fois, dit David, en relevant la tête, ses yeux brillants alors qu'il grimpait sur la table.

Ils se déplacèrent et remuèrent jusqu'à ce qu'ils soient couchés l'un à côté de l'autre, puis David roula au-dessus d'Isaac et l'embrassa avec un désespoir silencieux.

— Je veux que tu me baises, et ensuite, nous serons tous les deux si profondément ancrés l'un dans l'autre que personne ne nous séparera jamais.

— Oui, mon David, murmura Isaac.

Oui, oui, oui !

— T'ES-TU BLESSE, Isaac ?

Il releva les yeux de son porridge pour trouver Mère le regardant de près.

— Non, je vais bien.

— Tu grimaces quand tu t'assieds, ajouta Katie.

Maintenant, avec tous les yeux de sa famille rivés sur lui, Isaac essaya d'agir normalement et d'en rire. Son pied remua.

— Ce n'est rien. Je suis juste tombé sur mon derrière. Mais c'était de ma faute. J'ai laissé tomber quelques clous, et j'ai glissé sur eux, ce qui était stupide.

Il radotait presque, alors, il prit une autre cuillérée de porridge. De la cannelle et du sucre roux emplirent sa bouche, et il mâcha lentement. Son explication sembla satisfaire tout le monde, et Nathan parla d'école.

La sensation douloureuse était un rappel constant de ce que David et lui avaient partagé le jour d'avant. C'était comme s'il pouvait toujours sentir son amant à l'intérieur de lui, et son corps frissonna à cette pensée. Il avait hâte qu'ils puissent s'esquiver pour le refaire. Pour *tout* faire.

Ils s'étaient embrassés, et touchés, enlacés sur la table de travail jusqu'à ce que leurs sexes soient durs à nouveau. David s'était mis sur le ventre pour lui, s'offrant si généreusement, écartant ses fesses pour qu'Isaac puisse s'enfoncer en lui. Il avait pensé qu'il pourrait jouir rien qu'à la vue, sans parler de la douce chaleur qui l'avait entourée tandis qu'il le pénétrait petit à petit et couvrait le corps de David du sien.

Isaac n'avait jamais connu ça auparavant. Cela avait ressemblé à la succion humide de la bouche de David, mais savoir qu'il était à l'intérieur du corps de son amant l'avait rendu plus spécial. La sensation de son ouverture entourant le sexe d'Isaac avait envoyé des frissons de ses testicules jusqu'au sommet de son crâne.

Alors qu'il imaginait maintenant de quoi ils avaient eu l'air – étendus sur la table, verrouillés ensemble et nus, suant et grognant comme des animaux –, Isaac dut bouger inconfortablement sur le banc en bois. Une voix intérieure lui rappela à quel point il avait péché, mais Isaac ne pouvait pas s'en soucier. S'il devait aller en enfer, cela vaudrait le coup.

— Isaac ?

Il cligna des yeux.

— Hmm ?

Tous les yeux étaient fixés sur lui.

— Désolé, mon esprit est ailleurs, aujourd'hui.

— Nous nous demandons juste où en étaient les choses avec Mary. Tu la vois tous les jours maintenant, dit Père, d'un ton faussement léger.

— Mary ? Euh, bien. C'est une fille très gentille.

Isaac sentit ses joues rougir.

— Ohhh, il l'aime, taquina Joseph.

Si seulement tu savais.

— Je l'aime bien, c'est tout.

— Tu devrais la raccompagner chez elle, dimanche, après la soirée de chant, déclara Mère en souriant. Je suis sûre que vous aimeriez cela, tous les deux.

— Peut-être, dit Isaac en haussant les épaules.

Mère soupira.

— Honnêtement, je ne sais pas ce que tu attends ! Un quelconque garçon va te la prendre si tu ne fais pas attention. Ne la fais pas attendre trop longtemps. Nous savons tous qu'elle a jeté son dévolu sur toi.

Isaac posa sa cuillère, le porridge ayant soudain le goût de colle.

— Je ne pense pas que cela soit vrai, dit-il.

Tout le monde – même Père – se moqua aimablement.

Jouant avec la cuillère et le porridge alors que Mère changeait enfin de sujet pour parler de la nouvelle recette de Martha Yoder de la tarte aux pommes et aux petits fruits, Isaac essaya de ne pas penser à Mary et à son sourire plein d'espoir. Sous peu, il devrait raccompagner une fille quelconque de l'église pour, au moins, préserver les apparences. Il ne voulait pas accompagner Mary, cependant. Pas quand il péchait avec son frère, et ne voulait jamais s'arrêter.

Mais je vais devoir arrêter.

Isaac saisit son couteau dans sa poche. Il le portait avec lui chaque jour, par habitude, mais il n'avait rien taillé depuis des semaines. C'était comme si son temps était si consumé avec David qu'il n'y avait aucune place pour autre chose. Même quand David lui apprenait la charpenterie, la moitié du temps, Isaac regardait sa bouche et ses mains, se concentrant à peine sur ce que David disait.

Il ne savait pas ce qui n'allait pas avec lui. Même en s'asseyant pour le petit-déjeuner à table avec sa famille, il était consumé de désir. Que ferait-il une fois que David et lui y mettraient un terme ?

Il pensa à Aaron dans le monde impur. Encore et encore, ils avaient appris qu'une vie simple était le seul chemin vers le paradis. Les prêcheurs ne l'avaient jamais dit franchement, mais c'était la base de l'Ordre et des enseignements de l'église. Le monde extérieur était une toile de tentations qui pourrait les piéger, les éloignant du chemin de Dieu pour les noyer dans le péché. Pourtant, quand il s'imaginait avec David, l'esprit d'Isaac volait très haut et libre, si près du paradis qu'il pouvait sentir sa splendeur sur sa peau.

Il prit sa tasse d'eau et l'avala. Isaac savait que s'il restait à Zebulon avec sa famille, il devrait rejoindre l'église. Se marier. Avoir des enfants. David allait bientôt la rejoindre. Il en serait membre à la fin de janvier, au plus tard. Ils n'avaient pas le temps du tout. Ce ne serait pas assez. Ce ne serait jamais assez.

— Isaac ?

Mère posa sa main sur sa tête.

— Tu as l'air fiévreux.

Avec un raclement, il se déplaça au bord du banc et se leva brusquement de la table de cuisine.

— Ne vous inquiétez pas. Je vais bien. Je dois me mettre en route. À ce soir !

Comme promis, le temps était soudain devenu froid à nouveau, et du givre couvrait les pâturages comme une toile d'araignée. Le soleil était à peine levé, mais Isaac accéléra le chariot sur la route, espérant ne trouver aucun autre trafic. Il avait besoin de parler à David. Ils devaient parler sur ce qui allait se passer. Combien de temps pourraient-ils continuer leur relation secrète avant d'être attrapés ? Si seulement cela ne devait pas être un secret.

Son esprit revint vers le déjeuner d'hier. Ils s'étaient nettoyés méticuleusement, quand ils avaient été finalement repus, et étaient allés à la maison pour déjeuner avec ce qu'avait laissé Madame Lantz. S'asseyant à la cuisine, ils avaient mangé en silence, se souriant l'un à l'autre et discutant de tout et de rien.

Isaac pourrait presque imaginer que c'était leur maison, et qu'ils déjeunaient comme ça, chaque jour, sans que personne ne soit là pour voir s'ils se volaient des baisers entre deux bouchées, ou s'ils se frottaient les genoux ensemble sous la table. Il savait que c'était un futur qu'ils ne pourraient jamais avoir. Comment pourraient-ils concilier ce qu'ils partageaient avec des vies simples ?

Cependant, quand il arriva chez les Lantz et se mit à courir vers la grange, les lèvres de David s'étirèrent en un sourire secret, ses yeux brillants. Toutes les questions d'Isaac disparurent. Il ne voulait pas parler de ça maintenant... il y aurait encore du temps pour plus tard.

Avec un regard en arrière, il embrassa David. Oui, cela pouvait attendre.

Chapitre Neuf

— POURQUOI DOIS-JE être *Nava Hocca* ? bougonna Mervin. Cela va être si *ennuyeux*.

Isaac descella Silver et lui donna une petite tape.

— Tu sais que c'est un honneur d'être l'un des témoins.

Mervin redressa son chapeau noir, plissant les yeux aux premières lueurs du matin, apparaissant à travers les nuages.

— Oui, mais nous devons être avec eux *toute la journée*. J'ai dit à Ruth que je serais un bien meilleur serveur pour son mariage. De cette manière, je ne pourrais rester qu'une heure seulement pendant la cérémonie avant d'aller servir le déjeuner.

Isaac fit un signe aux quelques membres de la famille Lapp qui arrivaient dans leurs chariots. Sa famille s'était déjà dispersée, Père parlant attentivement avec quelques hommes, les garçons s'amusant avec leurs amis, et Katie et Mère avec les femmes, à l'intérieur.

— Je parie que ta mère et tes sœurs ont nettoyé toute la semaine.

— Depuis la minute où Ruth et Atlee l'ont annoncé publiquement, et le diacre a annoncé leurs fiançailles, dimanche dernier. Mes tantes aussi. Et pas seulement du nettoyage, mais la cuisine aussi, il y en assez pour nourrir tout Zebulon trois fois, je pense. Mère est déterminée à s'assurer que personne ne se plaigne sur la nourriture, au moins.

Isaac fronça les sourcils.

— Il me semble y avoir beaucoup de chuchotements. Ta sœur et Atlee ne sont pas sortis ensemble longtemps, n'est-ce pas ?

— Tu ne le sais pas ? Tu dois être le seul qui ne le sait pas.

Mervin se pencha et il haussa ses sourcils roux.

— Le truc, c'est qu'ils ne peuvent pas attendre, dit-il.

— Pourquoi pas ?

Mervin inclina la tête sur le côté et lui adressa un regard éloquent.

— Et pourquoi, à ton avis ?

— Oh ! Tu veux dire que… Ruth…

Isaac ne savait pourquoi il était surpris, compte tenu ce qu'il avait fait. Au moins, David et lui ne pouvaient pas tomber enceints.

— Qu'est-ce que l'évêque Yoder a dit ? demanda-t-il.

— Eh bien, tu t'en doutes. Mais ils ont imploré le pardon et ils font leur pénitence. L'évêque a dit qu'on devait les éviter pendant un mois, mais je suppose qu'il a décidé que c'était mieux de les marier le plus vite possible, dit Mervin en haussant les épaules. Il n'y a rien à faire de plus maintenant. Je pense que Mère a mis tout son choc et sa déception dans le nettoyage. Nous pouvons manger dans la grange, laisse tomber la maison. Elle dort à peine depuis quelques jours.

Isaac hocha la tête en direction du chapiteau de fortune construit sur le côté de la maison, abritant les longues tables, celles-ci drapées de tissus blancs pour protéger les couverts.

— Ça m'a l'air agréable, dit Isaac en souriant. Et son poulet frit est le meilleur de Zebulon.

— Salut, Isaac ! lança Mary.

Celui-ci tourna la tête et lui fit un signe de la main, son regard se dirigeant automatiquement sur David qui se tenait derrière elle. Isaac le regarda aider sa mère à descendre du chariot pendant que ses autres sœurs s'entassaient. Quand Mary suivit son regard, il se détourna.

— *Donc*, fit Mervin en souriant. Vas-tu lui demander de sortir avec toi à la table, ce soir pour le banquet et le chant ?

— Euh… je ne sais pas.

Non.

Mervin eut un soupir exaspéré.

— Isaac, qu'est-ce que tu attends ?

— Rien ! Je n'y ai pas pensé. J'ai été occupé.

— David te fait vraiment travailler très dur, hein ?

Isaac baissa la tête et essuya une poussière invisible sur son pantalon fin, essayant de bloquer les fragments de souvenirs qui envahissaient son esprit.

— Je suppose.

Il était à quatre pattes sur le sol dans l'atelier de travail chez June, un coussinet sous ses genoux, et une lampe électrique illuminant la pièce. Si exposé. Un frisson le parcourut.

— Es-tu sûr qu'elle ne viendra pas ici, de nouveau ?

— La maison est sombre. Elle dort.

David écarta ses fesses, pressant sa queue à l'entrée d'Isaac.

— Tu veux arrêter ? demanda-t-il.

Gémissant désespérément, Isaac secoua la tête.

— Ne t'arrête pas. Je veux…

David se pencha, s'enfonçant en lui, son souffle chaud sur la nuque de son amant.

— Je veux que tu me baises pour toujours.

Des mots Anglais audacieux.

— Oui, mon Isaac, oui ! haleta David en s'enfonçant profondément.

Mervin se mit à rire.

— Je le jure, Isaac, c'est comme si tu ne voulais pas d'une petite amie du tout !

Le rire d'Isaac était trop fort.

— Bien sûr que je le veux. As-tu demandé à Sadie ?

— Évidemment ! s'exclama Mervin, son visage s'éclairant. Les mariages ne comptent pas pour les rendez-vous, alors nous en avons un de plus !

— Mervin ! appela sèchement sa mère. Il est presque huit heures, il est temps d'aller chez John !

Il soupira.

— Je suppose que je te verrai plus tard.

Il se dirigea vers la maison de son frère aîné, qui était située à une centaine de mètres de là.

Il y avait tant de cuisine et de travail pour les femmes pour préparer les deux grands repas du jour que ce serait excessif de fêter la cérémonie dans la maison des parents de Mervin.

— Je suppose qu'il est trop tard pour se porter volontaire en tant que serveur ? lança Isaac alors que Mervin s'éloignait.

Mervin se mit à rire.

— Désolé, pas d'échappatoire pour toi non plus ! dit-il en courant.

Le regard d'Isaac fut immédiatement de retour vers l'endroit où David détachait Nessie, la jument qui tirait le chariot familial. Leurs yeux se rencontrèrent, et David hocha la tête, un sourire aux lèvres. Isaac fit de même, essayant de ne pas sourire et échouant lamentablement. Seulement quelques heures pour se voir s'ils étaient chanceux. Il se détourna et son cœur rata un battement.

À l'extérieur de la maison, le diacre Stoltzfus le fixait, et c'était comme si son regard brûlait Isaac, voyant ses secrets les plus sombres. Isaac baissa la tête, faisant semblant de ne pas avoir remarqué alors qu'il se dépêchait vers la porte d'entrée. Il ne releva pas le regard tandis qu'il passait devant le diacre, mais il pouvait toujours sentir du feu sur sa peau après le début de la cérémonie.

LA CHANCE NE fut pas de leur côté.

Le premier service dura quatre heures tandis que les prêcheurs parlaient d'Adam et Ève et du Grand Déluge, passant lentement à travers la fin de l'Ancien Testament comme c'était la coutume pour les sermons de mariage.

Quand l'évêque Yoder demanda à Atlee et Ruth de se tenir debout devant lui s'ils n'avaient pas changé d'avis depuis le matin, Isaac était à peine éveillé. Mervin et les trois autres préposés – à Zebulon, c'était deux garçons et deux filles – se tenaient là comme témoins alors que Ruth et Atlee prononçaient leurs vœux. Ruth portait une robe bleu foncé repassée, et son futur mari, ses vêtements d'église.

L'évêque Yoder amena les mains de Ruth et d'Atlee ensemble et les déclara mari et femme. Isaac pensa à la coutume des Anglais d'échanger des anneaux. Trop vaniteux pour les Amish, mais il ne voyait pas pourquoi ils ne pouvaient pas porter de simples bagues. Bien sûr, leurs engagements entre eux et vis-à-vis de Dieu était ce qui importait le plus, se rappela-t-il. Un engagement que David et lui ne seraient jamais autorisés à avoir.

Ruth et Atlee retournèrent silencieusement vers leurs sièges comme un couple marié, et Isaac espéra désespérément que le service prenne fin pour qu'il puisse ramener un peu de sensation à son derrière, qui était devenu engourdi sur le banc en bois dur. Son bas du dos tressaillait d'être assis depuis plusieurs heures.

C'était un jeudi, le typique onzième jour après l'annonce publique… l'annonce du mariage par le diacre. Bien que ce soit agréable d'avoir un jour de repos inattendu, le service était interminable. Isaac avait besoin de s'étirer.

Et il avait besoin d'être seul avec David.

Il dit une rapide prière de remerciement tandis que l'évêque finissait, et essaya de se glisser parmi la foule en se dirigeant vers la maison principale pour le déjeuner. Isaac aperçut David à l'avant, marchant aussi vite. S'ils pouvaient prendre les premiers sièges, ils pourraient s'esquiver plus tôt.

Après avoir dit les grâces silencieusement, Isaac réussit à s'assoir à côté de David à l'une des longues tables des hommes, et garda ses yeux sur son assiette de crainte que quelqu'un ne remarque que quelque chose clochait entre eux. La table était remplie de bols de fruits et des vases de tiges de cèleri. Un des bols était posé devant Isaac, et il prit une pomme qu'il fit rouler d'une main à l'autre.

Le petit frère de Mervin était l'un des serveurs, et il versa de l'eau dans la tasse d'Isaac, une de ses sœurs le suivant avec un grand bol de salade. Chaque plat était apporté, et mis dans leurs assiettes. Le poulet frit était vraiment le meilleur qu'Isaac n'ait jamais mangé, et il ne put s'empêcher de lécher ses doigts après avoir détaché un os.

Sous la table, David pressa un pied durement sur celui d'Isaac. Ce dernier releva les yeux pour trouver les yeux assombris de désir de David. Avec un petit sourire, Isaac frotta son mollet contre celui de son amant, se demandant jusqu'où ils pourraient aller s'il osait se prendre au jeu.

— Isaac !

Il retira son pied, laissant tomber sa fourchette avec un cliquetis. Tous les yeux convergèrent vers lui et il se rendit compte que Mary se tenait debout derrière lui. Elle tenait un plateau rempli de farce, et posa sa main sur son épaule.

— Je ne voulais pas te surprendre. Tu en veux ?

Il hocha la tête d'une manière saccadée, regardant David, qui était soudain très intéressé par son déjeuner.

— Merci, dit-il.

— Je t'en prie, dit Mary en souriant. Tu viens au banquet, ce soir, n'est-ce pas ?

Bien entendu… tout le monde serait là.

— Euh… oui.

Il prit sa coupe et avala.

— Merci pour la farce, dit-il en lui souriant.

Elle sourit faiblement en retour.

— Je t'en prie.

Elle regarda David, qui fixait toujours son poulet.

— Eh bien, je vous reverrai plus tard, alors, dit-elle.

Tandis que Mary poursuivait le long de la table, servant la farce, les lèvres tremblantes, Isaac se détesta. Son appétit avait disparu, il fit rouler ses tomates sur son assiette, regardant partout sauf David.

— Isaac ! siffla Mark, quelques sièges plus loin.

Ses sourcils étaient froncés sous ses cheveux blonds.

— Pourquoi n'as-tu pas invité Mary à s'asseoir à côté de toi ? demanda-t-il.

Puis il regarda David.

— Ça ne te dérange pas, n'est-ce pas ?

Pendant un instant, leurs regards se croisèrent, et le cœur d'Isaac se serra à la peine qu'il voyait dans ses yeux.

David baissa les yeux.

— Je ne sais pas. Mary est encore jeune.

Les hommes autour d'eux chuchotèrent, et le vieux Jacob Glick – ils l'appelaient Beanie[6], bien qu'Isaac ne comprenne pas pourquoi, vu qu'il ne cultivait pas des haricots – se racla la gorge.

— Ta Mary n'a-t-elle pas dix-huit ans, maintenant ? Assez grande pour avoir des rendez-vous.

Il lança à Isaac un regard évaluateur.

— Isaac travaille dur, n'est-ce pas ?

— En effet, répondit David en prenant une bouchée de salade.

Beanie se caressa la barbe de la même manière que le père d'Isaac le faisait.

— Il ferait un très bon frère pour toi. Tu as besoin d'un autre homme dans la famille.

Isaac se mordit la langue. Il voulait crier qu'il ne serait jamais le frère de David.

— Isaac, quand rejoindras-tu l'église ? N'est-il pas temps ? demanda Jacob.

Il pouvait sentir le regard de chaque homme sur lui.

— Bientôt, marmonna-t-il, les yeux rivés sur son assiette.

Mark haussa les épaules.

— Je ne sais pas vraiment ce que tu attends, Isaac.

Par chance, leurs compagnons de déjeuner commencèrent à discuter de la récente récolte et de comment Zebulon allait produire plus de nourriture pour l'hiver. Isaac décrocha. Il était douloureusement tenté d'étirer sa jambe à nouveau et l'appuyer sur David sous la table, mais il garda ses pieds sous son banc tandis qu'il prenait bouchée après bouchée

---

[6] Beanie en Anglais fait référence au mot « bean » qui veut dire « haricot ».

de la tranche généreuse du gâteau aux pommes posé devant lui. Il le savoura à peine.

Mervin apparut et prit une grande bouchée du gâteau dans l'assiette d'Isaac. Il suça son doigt avec un gémissement.

— Je suis affamé ! Mais Mère dit que tout le monde doit manger d'abord.

— Dis-nous, ta sœur a-t-elle passé au-delà du balai ? demanda Beanie.

Les yeux brillants, Mervin sourit.

— Oui ! Je n'y crois pas ! Je suppose qu'elle était trop excitée pour se souvenir.

— Pauvre Atlee, marié à une femme trop paresseuse pour prendre un balai ! s'esclaffa Mark.

C'était un des tours le plus vieux des mariages, de poser un balai sur le sol juste devant la porte quand les jeunes mariés se rendaient à la maison. Isaac pouvait difficilement croire que Ruth ne l'avait pas remarqué ou essayé de passer par la porte de derrière de la même manière dont il se souvenait que sa sœur, Abigail, avait fait à son mariage.

Alors qu'Isaac se remémorait, il réalisa avec un sursaut qu'il ne pouvait se rappeler à quoi ressemblait Abigail. Il en avait juste une vague idée, vraiment. Une approximation de la sœur qu'il avait à peine connue avant qu'elle se marie, et parte. Pourtant, le visage d'Aaron était gravé à jamais dans sa mémoire… ses cheveux clairs et la douce fente sur son menton. Isaac pria rapidement qu'il n'oublie jamais son frère.

Mervin fut appelé ailleurs, et Isaac se leva, une minute plus tard, s'assurant de ne pas regarder en direction de David. Il y avait plusieurs hommes qui attendaient leur tour pour manger, y compris Éphraïm qui attrapa Isaac alors que celui-ci se dépêchait.

— Vas-tu à la grange ? demanda-t-il.

— Euh… oui. Bien sûr, mentit Isaac.

— Je ne veux pas aller chanter avec les hommes. Pourquoi devons-nous chanter de toute façon ? Je déteste chanter.

— Tu es tellement pressé d'aller aux soirées de chant, les dimanches.

Éphraïm ricana.

— Eh bien, ouais. Il y a des filles là-bas.

Isaac sourit.

— Voudrais-tu plutôt aller aider avec la vaisselle une fois le déjeuner terminé ? Les hommes ont besoin de faire quelque chose. C'est une tradition.

— C'est une tradition stupide, maugréa Éphraïm.

Isaac était d'accord, et il n'avait aucune intention d'aller près de la grange. Il serra son manteau contre le vent froid tandis qu'il s'éloignait de la maison. Elle n'était pas loin d'une colline vallonnée près des arbres, et quand Isaac jeta un coup d'œil derrière lui, il pouvait voir que personne ne regardait.

Il arriva là-bas rapidement, et traversa facilement le sentier enchevêtré de racines et de buissons, le chemin toujours familier, même s'il n'y avait pas été depuis quelques années. Il savait qu'il était proche lorsqu'il vit le prochain pâturage apparaître à travers les arbres. Il avança jusqu'à la lisière de la forêt et releva les yeux avec un sourire. La vieille échelle grinça lorsqu'il l'escalada facilement.

C'était plus une cabane qu'une maison, sans toit autre que des branches noueuses et un abri pour la saison chaude. Sur ses genoux, Isaac chassa les feuilles mortes, l'odeur d'humidité emplissant son nez. Le vieux bois pourrissait par endroits, et ne pourrait pas supporter d'autres hivers. Les petits frères de Mervin étaient apparemment trop vieux pour la cabane, et le vernis s'était effacé. Il y avait trois petits murs, avec le quatrième ouvert sur la vue du pâturage.

Mais mieux que ça… une vue sur les pistes qui coupaient la campagne.

Isaac enleva son chapeau malgré la froideur du vent qui ébouriffait ses cheveux. Il releva ses genoux et imagina à quel point le vent serait fort à l'arrière d'un train. En combien de mètres le métal s'étirait-il ? Jusqu'au Canada sûrement, et peut-être jusqu'au Mexique. Très loin des frontières de Zébulon. Au-delà de l'Ohio, qui semblait si lointaine maintenant, comme s'il y avait des montagnes et des océans au lieu de simples terres de grains et de blés.

Revenant au présent, Isaac se releva et jeta un coup d'œil à l'arrière de la cabane, plissant des yeux à travers les branches. Il espérait que David ne se perdrait pas. Peut-être qu'il avait été attrapé tandis qu'il essayait de filer, et avait été forcé de rejoindre les autres hommes au chant. *Peut-être qu'il ne veut pas me voir maintenant.*

Isaac sortit son couteau et le balança d'une main à l'autre, fixant les murs de la cabane. Levant la main, il retraça de ses doigts les lettres effacées gravées dans l'une des planches.

Propriété de Mervin Miller et d'Isaac Byler – DÉFENSE D'ENTRER

Fermant les yeux, Isaac pouvait entendre les cigales chanter et sentir la sueur tomber sur ses yeux alors qu'il clouait la dernière planche. Le visage de Mervin avait été rougi, ses cheveux roux étaient devenus presque blonds, cet été là – leur premier à Zebulon. Quand le train s'était approché, ils avaient tout arrêté et l'avaient regardé passer.

Frissonnant, Isaac se releva. Après quelques minutes à faire les cent pas, les planches craquant sous lui, il entendit des branches bruisser et les feuilles craquer.

— Il y a quelqu'un ?

S'il vous plaît, faites que ce soit David. S'il vous plaît, faites que ce soit David.

Ce n'était pas comme si quelqu'un d'autre allait s'aventurer jusqu'ici, aussi loin des festivités. Il se souvint du diacre Stoltzfus le fixant et il frémit.

— Ce n'est que moi ! lança David.

Isaac réalisa que sa voix avait tremblé, et il prit de longues inspirations alors que David grimpait l'échelle. Lorsqu'il atteignit le haut, il lança son chapeau vers le coin où Isaac s'était assis. Il fit courir sa paume sur l'un des murs.

— Tu l'as construit.

— Mervin m'a aidé. C'était il y a longtemps.

David sourit tendrement.

— Je peux dire que c'est ton travail.

— Comment ? demanda Isaac.

Il voulait traverser les quelques pas qui les séparaient et enlacer David étroitement, mais il ne savait pas s'il le pouvait.

— L'égalité des planches. La manière dont les coins correspondent habilement, répondit-il en caressant la surface du mur le plus proche. Je peux le dire. Tu l'as construit avec amour.

Amour. Le mot retentit dans l'esprit d'Isaac, son estomac se nouant.

David laissa échapper un profond soupir et croisa le regard d'Isaac.

— Mary est bouleversée.

— Je suis désolé, dit Isaac, ses épaules s'affaissant. Ai-je eu tort ? Aurais-je dû lui demander de dîner avec moi ? Je ne veux pas qu'elle pense qu'il y a quelque chose… qu'elle et moi pouvons…

Il s'interrompit en secouant la tête.

— Je ne veux pas la blesser, continua-t-il.

Savoir qu'un jour viendrait où il devrait se marier avec une femme, que ce soit Mary ou une autre, lui serra le cœur.

— Je sais. Je ne veux pas la blesser non plus, dit David en passant une main sur ses cheveux. Je sais que nous devrions arrêter ça. Nous allons seulement blesser toutes les personnes que nous aimons.

Isaac ne pouvait plus respirer. Il fit face au pâturage. *Non. Non, non, non !*

Ensuite, David fut derrière lui, ses bras serrant Isaac presque violemment.

— Mais je ne peux pas arrêter. Je ne peux pas vivre sans toi, mon Isaac.

Inspirant profondément, Isaac se retourna et enfouit son visage dans le cou de David, murmurant contre sa peau.

— Nous ne pouvons pas arrêter. Pas encore. Nous le ferons quand nous serons obligés… mais pas encore !

— Pas encore, renchérit David.

Pendant un long moment, ils s'accrochèrent l'un à l'autre. Les feuilles sèches s'agitèrent autour de leurs pieds, et ils étaient complètement, merveilleusement seuls. Isaac embrassa la gorge de David et tira sur sa main, le poussant sur le sol de la cabane pour qu'ils puissent faire face au pré ouvert. Ils s'assirent sur le bord, leurs pieds se balançant, leurs doigts entrelacés.

— Je pouvais m'assoir ici pendant des heures, même après que Mervin se soit ennuyé et soit rentré à la maison.

Isaac regarda les herbes mortes du pré flotter dans le vent.

— Je savais que si j'attendais encore, un autre train passerait.

— Tu n'en as jamais pris un ?

— Non. Nous avons seulement pris le bus depuis l'Ohio. Et toi ?

David secoua la tête.

— Je suppose que les gens ne prennent pas les trains qui passent par ici de toute façon. Ce sont tous des wagons de marchandises.

— J'ai lu une fois un livre sur un garçon qui sillonnait les sentiers, sautant dans les wagons quand le train ralentissait. Il avait un chien, et ils avaient toutes sortes d'aventures.

Isaac sourit d'un air triste.

— Père me l'a pris. Il m'a dit que ce n'était pas le genre de livres que les garçons Amish lisaient. Je ne sais même pas où je l'ai trouvé. Aaron, probablement. La première fois que j'ai vu un train, je pouvais presque imaginer apercevoir le garçon et son chien se dirigeant vers un endroit merveilleux.

David caressa le dos de la main d'Isaac avec son pouce alors qu'il regardait au loin.

— Ma mère a trouvé un livre dans ma chambre, hier quand elle nettoyait. Je suppose que je ne l'avais pas caché. Je suis surpris qu'elle m'en ait même parlé. Depuis la mort de Père, elle ne se querelle pas avec moi. C'était en fait agréable d'être grondé.

— Je ne peux imaginer avoir ma propre chambre, soupira Isaac avec mélancolie. Mon propre lit. Ce doit être merveilleux.

— Mmm, fit David en le regardant, les yeux brillants. J'aurais aimé le partager avec toi. La nuit, je ferme les yeux et je t'imagine là, près de moi, en sécurité et au chaud sous le drap. Oh, les choses que nous ferions sur ce lit !

Isaac frissonna, appuyant sa hanche contre celle de David.

— Je veux tellement être dans un lit avec toi. Ce serait si merveilleux. Pas seulement… être ensemble. Mais juste dormir avec toi. Être près de toi.

David pressa ses lèvres contre celles d'Isaac. Elles étaient douces, et légèrement gercées aux bords, et Isaac les lécha. Alors qu'ils s'embrassaient légèrement, savoir qu'ils ne pourraient jamais partager un lit en tant que mari et femme effaça tout le reste dans l'esprit d'Isaac.

— Quoi ?

Leurs mains étaient encore entrelacées, et David la resserra alors qu'il relevait la tête.

Il était inutile de discuter la vérité inéluctable. Isaac se sentait insupportablement lourd à la pensée… surtout ici dans la cabane, un endroit de rêves. Il fronça les sourcils exagérément.

— Tu ne ronfles pas, n'est-ce pas ? Parce que je supporte le tonnerre nocturne de Nathan autant que je le peux, et j'ai bien peur de ne pas pouvoir en supporter plus.

— Je ne pense pas ronfler. Joshua ne l'a jamais mentionné. Mais peut-être que *tu ronfles*.

C'était au tour de David de froncer les sourcils, pourtant, ses yeux étincelaient.

— Ce serait très perturbateur, continua-t-il.

— Mais tu le supporteras pour moi.

Isaac lâcha la main de David et le chatouilla légèrement.

— Dis-le !

— D'accord, d'accord !

David se tortilla et repoussa sa main.

— Je supporterais tout pour être avec toi, dit-il.

En un battement d'ailes d'oiseau, la tristesse fut de retour, et Isaac était désespéré de penser à autre chose qu'à leur futur impossible.

— Quel livre ?

— Hein ?

Isaac balança ses pieds, regardant ses bottes noires apparaître et disparaître.

— Le livre que ta mère a trouvé dans ta chambre.

— Oh. C'était un livre écrit par le président Obama. Elle a dit que je ne devrais pas lire de telles choses étrangères. Que la politique et Washington ne nous concernaient en rien, dit-il en soupirant. C'est assez vrai. Nous ne votons pas après tout. Franchement, je n'ai pas tout compris. Nous apprenons plus à l'école sur la manière d'être obéissant qu'autre chose.

— Je ne me rappelle pas de la dernière fois que j'ai lu un livre. Tout ce que nous avons sont des histoires religieuses, ou la Bible elle-même, bien sûr. Nous n'achetons même plus *La vie de famille*. D'une certaine façon, un magazine Amish sur la vie de Christian et ses propres méthodes d'élever vos enfants est trop moderne.

David ricana.

— Oui, trop moderne pour ma mère aussi. Elle l'adorait quand on était à Red Hills, mais si l'évêque Yoder n'aime pas quelque chose, elle n'oserait pas.

— Où as-tu eu le livre ? Celui du président.

— June. Elle me donne toujours des livres dont elle pense que je pourrais aimer. Je peux t'en donner quelques-uns si tu es intéressé. Je ne veux pas te causer de problèmes, dit David en secouant la tête. Dieu interdit qu'on *apprenne* quelque chose. C'est la dernière chose que Zebulon veut. La dernière chose que n'importe quelle communauté Amish veut. Ou alors, nous serions actuellement à l'université.

Isaac y réfléchit.

— Mais il y a beaucoup de travail dans les fermes. Si nous allons à l'université, qui le ferait ?

David prit une brindille tombée et la jeta sur le côté.

— Je sais, c'est une partie du problème. Mais la raison la plus importante est qu'ils ne veulent pas que nous allions à l'université, parce qu'ils savent que plus nous apprendrons, plus nous poserons des questions. Plus nous nous poserons des questions et explorerons, plus ils perdront d'enfants en faveur du monde extérieur.

— Je n'y ai jamais pensé de cette manière. Je suppose que je n'y ai pas pensé du tout, dit-il en haussant les épaules. C'est juste que cela a toujours été comme ça. Est-ce étrange ? Que je ne me sois jamais posé de questions quand j'ai quitté l'école après la huitième année ?

— Non. Mais il n'est pas trop tard pour le faire maintenant. Ce n'est jamais trop tard. J'ai l'impression que je n'ai que des questions, ces jours-ci.

— Lesquelles ? demanda Isaac, frissonnant quand David caressa distraitement sa hanche de ses longs doigts.

Les yeux pâles de David étaient intenses.

— Si le monde moderne est si mal, pourquoi Dieu l'a-t-il créé ? Si Dieu a créé la terre et les gens en une semaine, n'a-t-il pas prévu ça aussi ? Si nous remontons à l'époque où Jésus est né, le monde était complètement différent. Il grandit et change de beaucoup de manières. Mais pour nous, c'est comme si tout s'est arrêté au dix-huitième siècle. *Pourquoi ?* Qu'est-ce qui a changé et a fait que tous ces développements et inventions après ça soient immoraux ou mauvais ? Pourquoi sommes-nous piégés dans le passé, Isaac ?

— Je ne sais pas.

Léchant ses lèvres, David se redressa, sa voix plus forte.

— Et chaque communauté a son propre Ordre. Nous pensons que nous sommes de meilleurs Amish que l'Ancien Ordre, qui nous regarde de haut pour être si primitifs. Puis, nous regardons tous de haut les mennonites, sans parler des Anglais. Mais Dieu ne nous a-t-il pas créé tous égaux ?

— Je ne sais pas, répéta Isaac.

Ce dernier avait l'impression d'être terriblement dépaysé. Pourquoi n'avait-il jamais pensé à ça ?

David soupira.

— Je suis désolé. Je ne voulais pas te crier dessus. C'est juste que plus j'y réfléchis, plus tout ça n'a plus le moindre sens. Au moins, à Red Hills, nous étions prospères. Nous n'étions pas riches, mais les hommes pouvaient travailler dans les usines s'ils n'avaient pas de fermes. Nous avions tellement plus de travail avec les Anglais. À Zebulon, certaines familles ne mangent pratiquement pas à leur faim. Si je n'avais pas vendu des meubles en plus, je ne sais pas comment j'aurais pu nourrir ma mère et mes sœurs. Mais ils disent que si nous restons travailler à la maison, nous pourrons faire autant d'argent que nous le pouvons, et c'est tout ce dont nous avons besoin. Ce sera grâce à Dieu.

Il se frotta le visage.

— Mais parfois, continua-t-il, j'ai l'impression que ce n'est jamais assez, peu importe à quel point je travaille dur. Je sais que c'est mal de le dire, mais…

— Je sais ce que tu veux dire. En Ohio, nous avions plus d'argent. Nous avions un générateur et des réfrigérateurs dans la grange pour le lait. Père utilisait son propre pick-up pour livrer aux Anglais. Nous avions l'habitude de payer un taxi à chaque fois pour aller en ville. Ici, nous n'avons aucun proche pour nous rendre visite en dehors de la ville. Même pas pour un mariage comme aujourd'hui. À Red Hills, nous étions Amish, mais le monde semblait bien plus grand.

Une veine pulsa dans la tempe de David.

— L'évêque Yoder a convaincu tout le monde que si une famille ne vit pas à Zebulon, c'est qu'elle a une mauvaise influence. Pas un Amish approprié. Pas la meilleure personne Amish.

Il laissa échapper un rire amer avant de continuer.

— La fierté et la vanité sont si immorales, pourtant, en quelque sorte, c'est normal de nous penser meilleurs que les Amish des autres communautés.

Isaac fixa les rails en métal au loin, son esprit confus.

— Je n'y ai jamais pensé de cette manière… ces choses modernes sont aussi la création de Dieu. Il y a tellement de choses que je ne sais même pas. Penses-tu…

Le jeune homme s'interrompit, hésitant.

— Quoi ? demanda David en prenant la main d'Isaac et la serrant doucement.

Celui-ci prit une profonde inspiration.

— Penses-tu que ton frère serait parti comme le mien l'a fait ?

Le petit sourire de David était triste.

— Je ne sais pas. Peut-être. Il y avait beaucoup de ragots sur Joshua. Il vivait sans règles, mais je n'ai jamais pensé que rien de bon n'en sortirait. Pas vraiment. Je pensais qu'il profiterait de sa jeunesse et s'installerait comme la plupart des hommes. Rejoindre l'église et se marier. Faire ce que nous sommes tous supposés faire. Je pensais qu'une fois qu'il serait baptisé, ce serait fini.

— Ce n'est pas toujours le cas. Aaron avait rejoint l'église. Je me rappelle à quel point cela avait été étrange de le voir avec une barbe. Ça ne lui a pas pris longtemps avant qu'il ne parte. N'est-ce pas étrange que je me rappelle à peine à quoi il ressemblait à la fin ? Quand je pense à lui, c'est avec un visage bien rasé, quand il souriait si facilement. Après qu'il ait rejoint l'église, c'était comme si... tout ce qui l'illuminait s'était assombri.

La poigne de David sur la main d'Isaac était féroce.

— Je prie encore pour trouver la réponse. Qu'une fois que je serai baptisé, Dieu m'apportera la paix. Que tout s'emboîtera ensemble de la manière dont c'est supposé être, et que je verrai clairement.

Isaac relâcha sa main alors qu'une douleur stupide le frappait.

— Nous nous emboitons ensemble, n'est-ce pas ? murmura-t-il.

— Oui ! s'exclama David en entourant Isaac d'un bras, l'embrassant durement. C'est le cas. Je sais que c'est supposé être mal, mais ce n'est pas mal, n'est-ce pas ?

Il prit en coupe la joue d'Isaac.

Secouant la tête, Isaac se pencha vers la main de David, ses doigts calleux doux sur son visage.

— Cela me semble si juste, David. Je pense à ce que ce serait de vivre avec toi, au lieu d'une épouse. De partager un lit, chaque nuit, et de travailler côte à côte chaque jour. Je sais que c'est un péché terrible, mais quand j'y pense, mon cœur se réjouit.

Il haleta, essayant en vain d'empêcher des larmes de se former.

— Je veux juste être avec toi pour toujours.

Déglutissant avec difficulté, David repoussa les cheveux d'Isaac, le désespoir gravé dans les sillons de son visage.

— Je ne sais pas quoi faire. Je suis piégé… je ne peux pas laisser ma famille toute seule. Pourtant, quand je suis avec toi, j'ai… *de l'espoir*. De la sérénité. La sérénité que je veux tellement. Je l'ai voulue si longtemps, Isaac.

Ils s'accrochèrent l'un à l'autre dans un enchevêtrement de poussière et de feuilles mortes sur le plancher de la cabane tandis qu'ils rampaient à l'intérieur. David se cramponnait à lui, l'embrassant désespérément. Isaac le désirait comme à chaque fois, le besoin formant un trou à l'intérieur de lui, qui ne pouvait jamais être comblé. Cependant, ils s'embrassèrent seulement, se serrant l'un contre l'autre étroitement jusqu'à ce qu'ils tremblent, haletants.

Leurs têtes proches, leurs yeux se rencontrèrent. Isaac arracha une feuille morte des cheveux de David, et pressa leurs lèvres ensemble. Leurs souffles se mêlèrent.

— Je ne sais pas quoi faire, mon David. Je prie pour que le Seigneur nous montre la voie.

— Je prie aussi, dit David en pressant des baisers sur le visage de son amant.

Se rapprochant, Isaac posa sa joue sur le torse de David. Le vent faisant voler les feuilles restantes sur l'arbre au-dessus d'eux, et il ferma les yeux, écoutant les battements de cœur de son amant alors qu'ils ralentissaient. Après un instant, il prit conscience d'un grondement bas. Ses yeux s'ouvrirent et il bondit.

— Un train !

Un sourire étira les lèvres de David.

— Oui, dit-il en caressant les cheveux d'Isaac et s'asseyant à côté de lui. J'aurais voulu prendre une photo de ton visage maintenant.

Gloussant, Isaac baissa la tête.

— C'est enfantin, je sais. D'être si excité par quelque chose comme ça.

— Pas enfantin, dit David en relevant son menton avec son doigt. Magnifique.

Il l'embrassa alors que sa main déboutonnait le pantalon d'Isaac.

— Regarde ton train, ordonna-t-il.

Isaac le fit, scrutant au loin pour avoir un aperçu de ce métal tonnant tandis que la bouche de David entourait son sexe. Se penchant en arrière sur une main, de peur de s'effondrer autrement, Isaac tint la tête de David de l'autre, enfouissant ses doigts dans sa chevelure douce et épaisse alors que le plaisir l'envahissait.

Les gémissements d'Isaac emplirent l'air, et un oiseau d'hiver poussa un cri rauque tout près – l'un des rares qui ne s'était pas échappé au Sud, piégé à Zebulon, lui aussi. Quand l'engin fut en vue, Isaac arqua ses hanches, criant. Avec la succion humide de la bouche de David envoyant un courant interdit à travers lui, Isaac regarda les wagons de marchandises rouillés et rouges rouler le long des voies vers une destination inconnue. Le sifflement du train perça le calme de l'après-midi, et Isaac haleta, ses boules se resserrant avant qu'il ne vienne en hâte.

David avala chaque goutte, aspirant la libération d'Isaac profondément tandis que le train roulait vers l'infini.

6. Beanie en Anglais fait référence au mot « bean » qui veut dire « haricot ».

Chapitre Dix

— PENSES-TU QU'IL y a d'autres Amish qui sont…

Isaac s'interrompit, essayant de réfléchir à la manière dont il allait le dire. Penser seulement au mot *sodomites* le mettait mal à l'aise.

David releva les yeux du pied de chaise qu'il terminait.

— Gays ?

Fronçant les sourcils, Isaac donna un autre coup de marteau sur un clou dans la planche.

— Que veux-tu dire ? demanda-t-il.

— C'est comme ça que les Anglais les appellent.

Isaac enleva ses gants un instant, soufflant sur ses mains et les frottant ensemble. Décembre était revenu humide et gris, avec un froid qui s'était implanté dans la grange pleine de courants d'air.

— Pourquoi ?

— Je ne sais pas, dit David en souriant. Quand j'ai commencé à aller voir des films, l'année dernière, le premier que j'ai vu était sur un tas de couples qui allaient avoir des bébés. Ils prenaient tous une classe ensemble et étaient devenus des amis. Il y avait deux hommes, et c'est comme ça qu'ils les ont appelés.

Gay. Isaac roula le mot dans son esprit.

— Ça sonne bien.

Les yeux de David s'illuminèrent, et il fit le tour de la table de travail pour rejoindre Isaac.

— C'est ce qui est bien – ce n'était pas une insulte. Ce n'était pas négatif. Tout le reste des couples était amis avec eux, et personne ne se souciait qu'ils soient ensemble. Personne ne pensait que c'était mal.

— C'est comme cela dans le monde ? demanda Isaac, son estomac tressautant.

Était-ce possible ?

— Dans certains endroits. Personne dans le film ne s'en souciait. Ils agissaient comme si c'était… normal.

— Mais attends, tu disais qu'ils allaient tous avoir des bébés.

— Le couple gay avait ce qu'on appelle une mère porteuse. Les femmes Anglaises qui ont un bébé pour quelqu'un d'autre.

L'esprit d'Isaac tourna.

— Mais… elle leur donne le bébé ?

— Euh… non. Ils la paient. Les Anglais le font tout le temps, je suppose. C'était tout à fait normal dans le film.

— Ce n'est pas normal pour moi.

Isaac prit un clou de la table et le roula entre ses doigts.

— Qu'en penses-tu ? continua-t-il.

— Je ne sais pas. Dans le film, la femme qui allait donner son bébé a dit que cela la rendait heureuse d'aider à fonder une nouvelle famille. Au final, les hommes étaient heureux aussi. Ils n'avaient jamais imaginé qu'ils pouvaient être pères.

Isaac avait toujours supposé qu'il n'y avait qu'un seul père, même s'il n'y avait pas beaucoup réfléchi, puisqu'il ne pouvait jamais imaginer un avenir avec Mary ou une autre femme. Pendant un instant, son esprit fut envahi d'images de David et lui dans dix ans, des enfants autour d'eux, leurs cris perçants et espiègles comme une musique dans l'air.

— Si nous étions Anglais, nous pourrions…

— Quoi ? demanda David en se redressant.

— Rien.

Isaac passa sa main sur son visage, repoussant la pensée ridicule.

— Mais si être…

Il essaya le mot.

— Si être *gay* est un péché, alors Dieu ne voudrait pas que nous ayons des enfants.

— Non, je suppose que non, dit David en s'appuyant contre la table. Pourtant, parfois, je me pose des questions sur tout ça.

Il prit un de ses gants jetés et joua avec avant de continuer.

— Je suppose que tout ce qui constitue un péché change selon la personne avec qui tu parles. Peut-être que c'est juste des mots sur une page. L'Ordre change de ville en ville, après tout.

— Mais la Bible dit que c'est mal ! dit Isaac, le clou piquant sa paume alors qu'il le serrait.

David soupira.

— Je sais. Quand j'essaie de donner un sens à tout ça, je finis toujours par cette conclusion. Mais la Bible n'était-elle pas que quelques mots ?

— Des mots sacrés, cependant ! bafouilla Isaac. Nous savons que tout ce qu'il y a dans la Bible est vrai.

— Vraiment ? Cela a été écrit par des hommes, n'est-ce pas ? Si tout était vrai, alors pourquoi les hommes ne vendent-ils plus leurs filles en tant qu'esclaves ? C'est dans la Bible. Alors, on peut acheter des esclaves tant qu'ils sont étrangers.

Isaac cilla.

— Je n'y ai jamais pensé.

— Moi aussi. Mais dernièrement, je me sens comme… je ne sais pas.

David traça un sillon sur la table avec son doigt avant de continuer.

— J'ai tant de questions, dit-il avant de ricaner. Je me demande si je dois demander aux prêcheurs la prochaine fois que nous irons à l'Obrote.

Le rappel que David allait bientôt être baptisé serra l'estomac d'Isaac.

— Mais tu crois en Dieu, n'est-ce pas ?

C'était quelque chose qu'il n'aurait pu jamais imaginer demander dans le passé. De penser que quelqu'un puisse ne pas croire semblait impossible. Pourtant, maintenant, alors que les questions s'entassaient, il n'était plus aussi sûr.

— Oui. Bien sûr que j'y crois. Parfois, je ne suis simplement pas sûr de croire aux hommes. Mais une fois que je rejoindrai l'église…

Il déglutit difficilement.

— Une fois que j'aurai fait mon serment, je suis sûr que tout aura un sens.

— Tu ne me sembles pas sûr.

— Je le serai. C'est comme cela que ça doit être.

Le sourire de David était amer.

— Nous sommes des Amish. Nous devons croire.

— Qu'as-tu vu d'autre dans le film ? demanda Isaac.

Le visage de David s'éclaira.

— Le couple gay était comme les autres. Même quand ils se tenaient la main et s'embrassaient l'un l'autre. Les gens ne les regardaient pas.

— Ils *s'embrassaient* ? Tu les as vus ?

En dépit de la température, Isaac devint soudain chaud à l'intérieur.

David hocha la tête vigoureusement.

— Ils étaient au lit ensemble sans leurs chemises, murmura-t-il. Je ne pouvais croire ce que je voyais.

— Ils ont montré ça dans le *film* ? demanda Isaac en repensant à l'énorme écran du Sky-Vu. Devant tout le monde ?

— Et personne ne semblait ennuyé ! Je pouvais voir à l'intérieur des autres voitures autour de moi, et ils regardaient tous comme si ce n'était rien. Entre temps, j'étais…

David s'interrompit en rougissant.

— Quoi ?

Isaac s'approcha de lui, laissant tomber le clou sur la table. Quelques centimètres seulement les séparaient.

— As-tu aimé ? demanda-t-il.

David lécha ses lèvres, son regard se fixant sur la bouche d'Isaac.

— Oui. J'ai vu des hommes et des femmes s'embrasser, et plus… tu ne croirais pas tout ce qu'ils montrent dans les films. Il y en avait un où ils étaient pratiquement nus. C'était choquant, et excitant, mais quand j'ai vu deux hommes ensemble…

David sourit faiblement.

— Au début, j'avais envie de pleurer. Je ne pouvais plus respirer.

C'était la première fois que j'ai su qu'il y avait vraiment des gens comme moi quelque part. J'avais déjà pensé qu'il y en avait, mais le voir comme ça…

Le cœur d'Isaac bondit.

— Je ne peux l'imaginer. Cela a dû être incroyable.

— Ça l'était ! s'exclama David en prenant la main d'Isaac. De savoir que je n'étais pas seul. Et ensuite, de les voir s'embrasser.

Il frissonna.

Isaac se mordit la lèvre.

— Cela t'a-t-il rendu dur ?

Il rougit lorsque les mots quittèrent sa bouche.

Les yeux assombris, David hocha la tête.

— C'était comme si… quelque chose se mettait en place. La manière dont un tiroir se fermait parfaitement. J'ai pensé que j'allais exploser. Mon jean était si serré que c'en était douloureux.

Isaac sentit un frisson remonter le long de sa colonne vertébrale.

— Qu'as-tu fait ?

Son regard se baissa, et il prit son courage à deux mains.

— T'es-tu touché ?

Il se pencha, ses lèvres contre l'oreille de David.

— As-tu joui là-bas ?

Peut-être que s'ils se dépêchaient, ils pourraient aller dans l'une des stalles, et…

— Daaavid ! Isaaaac !

Ils se séparèrent brusquement alors que la voix d'Anna retentissait au loin. Isaac prit le clou le plus proche, et l'écrasa sur le bois tandis que David retournait à son pied de table.

Lorsqu'Anna entra dans la grange avec un coup sur la porte partiellement ouverte, elle sourit et se dirigea directement vers la table.

— Nous avons pensé que vous voudriez un peu plus de café pour vous réchauffer. J'ai fait du pain au Zucchinni pour aller avec.

David se racla la gorge.

— Merci, Anna.

Isaac garda ses yeux sur son travail.

— Merci.

— C'est normal, répondit Anna. Vous passez une bonne journée ?

Lorsqu'Isaac releva les yeux, elle l'observait avec un petit sourire.

— Hum… euh… oui.

— Contente de l'entendre.

Ensuite, elle sortit de la grange, sa lourde cape tournoyant autour d'elle.

Expirant bruyamment, Isaac desserra sa main de la poignée de son marteau.

— Je crois que nous avons assez parlé pour aujourd'hui. Nous devons juste… travailler.

— Oui. Travailler, renchérit David en baissant sa tête et en saisissant son mètre ruban.

Isaac aligna un autre clou, espérant pouvoir taire les questions qui envahissaient son esprit. Pourtant, avec un autre coup de marteau, un autre mot fit écho.

Gay.

— ELLES SONT parties, dit David, fermant la porte de la grange derrière lui, de la neige s'agitant autour de ses bottes.

Isaac avait à peine travaillé depuis que Madame Lantz avait parlé d'une autre naissance lors du déjeuner, cette fois-ci à l'une des fermes Hooley. Isaac ne pouvait se rappeler laquelle, mais cela n'avait pas d'importance. Ce qui était important, c'était que David et lui allaient avoir la ferme pour eux tous seuls pour la première fois en un mois.

Il ouvrit les bras pour David.

— Viens me réchauffer.

La bouche de David était chaude, et la caresse humide de sa langue envoya un frisson à travers son corps. Souriant entre deux baisers, ils enlevèrent leurs manteaux, les jetant sur la table de travail. Isaac suça le cou de David, aimant la manière dont il trembla quand il trouva le bon endroit.

— Cela fait trop longtemps, mon Isaac, gémit doucement David. Tu m'as manqué.

— Toi aussi.

— Mmm, fit David en léchant le cou d'Isaac. Je t'ai dit de venir avec moi chez June plus souvent.

Gloussant, Isaac resserra sa main sur le devant du pantalon de David et le caressa.

— Si je vais avec toi à chaque fois, tu ne finiras jamais les meubles, et mes parents poseront trop de questions.

Chaque jour – de l'acide rongeait son estomac, et ses ongles étaient à vif – Isaac avait attendu que quelqu'un le perce à jour. Pourtant, alors que les semaines passaient, sa famille et les gens de Zebulon continuaient leurs vies, et la vie secrète d'Isaac était miraculeusement restée la même.

— J'ai envie de toi, Isaac, grogna David, s'arquant contre son contact.

— Comment ? demanda-t-il, à peine plus qu'un souffle.

— Douche, dit David en enlevant la main d'Isaac de son pantalon, et l'entraînant avec lui. Je te veux humide.

— Il fait trop froid ! s'exclama Isaac en s'immobilisant.

Il se mit à rire alors que David lui chatouillait le ventre pour le faire avancer.

— Tu es fou.

— J'ai allumé la lanterne pour que l'eau se réchauffe, un peu plutôt.

Dans la stalle de la douche, David le pressa contre le mur. Il faisait sombre dans cette partie de la grange, ils étaient cachés du monde.

— J'en ai rêvé. T'avoir ici. Comme il se doit, je veux dire.

Il pressa un baiser sur la gorge d'Isaac, puis déboutonna sa chemise, ponctuant chaque mot avec un autre baiser.

— Nu. Humide. Suppliant.

Isaac gémit aussi fort qu'il le voulait.

— Oui. *Oui* !

Il arracha les vêtements de David.

Le sol était gelé, et ils sautillèrent une fois qu'ils furent nus. Isaac poussa David, espiègle.

— Vite, vite ! Réchauffe-moi !

Et oh, l'eau s'écoula, elle n'était pas seulement chaude, mais merveilleusement brûlante. Ils se tinrent debout sous le tube du baril dans les bras l'un de l'autre, et Isaac pensa qu'il pouvait être heureux juste en restant comme ça, s'embrassant et se savonnant l'un l'autre alors que la vapeur montait autour d'eux. Maintenant que le réservoir principal était vide, l'eau ne s'écoulait plus sur eux en un flux abondant, mais en un simple filet. À ce moment-là, il enviait tellement ceux qui avaient l'eau courante. *Quand j'aurai une vraie douche, j'y resterai pendant des heures.*

Isaac sursauta, brisant le baiser. Son pouls battait follement.

Fronçant les sourcils, David caressa sa joue.

— Qu'est-ce qu'il y a ?

— Ce n'est rien.

Isaac secoua la tête comme pour repousser la pensée traîtresse. En dépit de tout ce que David et lui faisaient, ils ne pourraient jamais quitter Zebulon et leurs familles. Isaac ne pourrait jamais vraiment partir. *Le pourrais-je ?* Il embrassa David durement, enfonçant sa langue profondément.

Avec des mains fermes, David retourna Isaac pour faire face à un côté de la stalle en bois.

— Écarte tes bras, et penche-toi, ordonna-t-il, frottant la colonne vertébrale d'Isaac. Oui, comme ça.

Ses doigts caressèrent la raie de ses fesses.

— Je veux t'embrasser partout, murmura-t-il, ses lèvres chaudes contre le cou d'Isaac. Te goûter partout.

Un frisson traversa Isaac, et avant que son cerveau ne puisse percer la brume de désir pour comprendre ce qui se passait, le souffle de David était un peu plus bas, murmurant contre sa peau. Ses lèvres effleurèrent le grain de beauté sur le dos d'Isaac. Puis il descendit encore.

Isaac tendit le cou pour apercevoir David à genoux derrière lui, du choc mêlé à de l'euphorie l'envahissant en pensant à ce que David pourrait oser faire. *Il n'allait pas... n'est-ce pas ?* Avec une infinie tendresse, David écarta les fesses d'Isaac et embrassa son entrée, qui se serra à la pression de ses lèvres. Haletant, Isaac ne pouvait le croire.

Puis la tendresse disparut, et David lécha et taquina le cul de son amant, crachant un peu de salive sur son ouverture, sa langue suivant et s'enfonçant à l'intérieur. Les étincelles qui traversèrent le corps d'Isaac firent durcir sa queue et le firent trembler. C'était mal... et il ne voulait jamais que ça s'arrête.

— David, haleta-t-il. Oh Seigneur !

Une voix retentit dans son esprit, lui faisant se rappeler de ne pas prononcer le nom du Seigneur en vain, mais il ne pouvait s'arrêter.

— Mon Dieu, c'est... je vais venir si fort, David...

Il gémit, fermant les yeux alors que son univers était réduit entièrement à la sensation de la langue de David le léchant et le baisant. La queue d'Isaac fuyait, et il ne l'avait même pas touchée. Il baissa la tête, les bras largement écartés tandis qu'il gémissait. Parmi l'humidité de la stalle de douche, les odeurs habituelles de la grange se mélangeaient – du foin et de la sciure de bois, les chevaux et la terre.

Isaac avait l'impression d'être au-dessus de tout – l'apparence de l'église et de la famille, la communauté et l'Ordre –, il était un peu comme un animal lui-même, copulant et baisant, et se sentant vraiment vivant sans tenir compte de ce qui était bien ou mal.

Lorsqu'il jouit, ses cris devaient sûrement s'entendre à des kilomètres. Haletant, Isaac se regarda tandis qu'il se déversait sur le bois humide alors que David continuait toujours ses attentions sur son cul jusqu'à ce qu'Isaac demande grâce. Puis son amant se tint debout derrière lui, son souffle erratique pendant qu'il écartait les jambes d'Isaac et s'enfonçait entre ses cuisses, grognant. David donna des coups de reins de manière désordonnée, ses doigts s'enfonçant dans les hanches de son amant.

— Isaac, murmura-t-il.

Isaac resserra ses fesses autour de la queue de David, et ce fut assez pour que son amant jouisse. Sa libération s'écoula le long des cuisses d'Isaac, et David s'effondra sur son dos. Ce dernier caressa maladroitement les cheveux humides de son jeune amant et Isaac se retourna pour qu'ils puissent s'embrasser encore.

Il pouvait goûter ce qui semblait être son essence sur la langue de David. Peut-être qu'il devrait trouver ça dégoûtant, mais cela le faisait seulement se sentir plus proche de David, qui posa doucement son visage contre sa joue.

— J'aime que tu aies des taches de rousseurs même en hiver, murmura-t-il. Tu es si beau.

— Le suis-je vraiment ? demanda Isaac.

Il savait que c'était mal de se soucier de son apparence et de ressentir de la fierté et du plaisir aux paroles de David, mais son cœur bondit.

— Oh oui ! répondit David, en traçant les contours du visage d'Isaac avec ses doigts. Je n'ai jamais vu des yeux pareils. Une couleur ambrée – c'est brillant et magnifique, mais solide en même temps. J'aurais voulu que tu voies ce que je vois, Eechel.

Il embrassa Isaac doucement.

Rougissant, ce dernier baissa la tête.

— Tes yeux sont comme l'océan. Ou peut-être pas. Je ne sais pas, plus pâle, je suppose ? Mais ils sont de la couleur que l'océan pourrait avoir, dit Isaac.

Il releva les yeux avant de continuer.

— J'adore te regarder. Quand était-ce la dernière fois que tu t'es vu ?

Un sourire apparut sur les lèvres de David.

— L'autre jour. Il y a un miroir dans les toilettes de l'atelier, chez June. Tu peux te voir aussi. Tu n'as pas à avoir peur.

Il n'avait même pas encore osé utiliser les toilettes intérieures les quelques fois où il avait accompagné David chez June.

— La prochaine fois, dit-il.

Cela ne devait pas envoyer un frisson le long de sa colonne vertébrale, pourtant, c'était le cas. Une autre règle de l'Ordre à briser.

Ils s'embrassèrent encore, mais ils frissonnaient tous les deux. David regarda le filet d'eau.

— Je suppose que nous devons nous sécher et travailler un peu. Engager un apprenti était censé me faire travailler plus vite, mais je prends du retard sur tout.

Il claqua la hanche d'Isaac malicieusement.

— Tu as une terrible influence, Isaac Byler. Me corrompre de cette manière…

Riant, Isaac chatouilla les côtes de David.

— Oh oui, je sais ! Vas-tu me pardonner quand même ?

Ils riaient encore et se donnaient l'un à l'autre de petits baisers quand ils se dirigèrent vers la pièce principale de la grange.

Isaac caressa le cul de David.

— La prochaine fois, je…

Il s'interrompit en haletant brusquement, se figeant dans son élan alors qu'il fixait Mervin à côté de la table de travail. Pâle, le visage rouge, la bouche serrée en une ligne, Mervin baissa son regard sur le sol.

— J'ai entendu du bruit, et je croyais… je croyais que quelque chose n'allait pas.

Isaac pouvait voir David dans sa vision périphérique, également figé, ses yeux écarquillés. Il ne semblait même pas respirer.

— Mais la porte était fermée, lâcha Isaac.

Bien sûr, elle ne l'était plus maintenant, à moitié ouverte, de la neige se glissant à l'intérieur.

— Elle ne l'était pas.

La voix de Mervin était brusque.

Comme s'il déliait le fil d'une bobine, les dernières minutes se rejouèrent dans l'esprit d'Isaac. David fermant la porte – mais ne glissant pas le verrou, embrassant déjà Isaac et le faisant entrer dans la douche. Non pas que cela ait de l'importance maintenant, puisque Mervin se tenait debout devant eux, les bras raides.

— Je…

Isaac essaya de penser à une seule chose qu'il pourrait dire à son meilleur ami.

Il y avait une enveloppe sur la table de travail, et Mervin la prit avant de la reposer brusquement.

— Pour le berceau de ma sœur. Père m'a envoyé pour le prendre.

David hocha la tête.

Le berceau fini se trouvait juste là, non verni, en bois solide et soigné, en lignes utilitaires, là où les créations secrètes de David pour les Anglais étaient courbées et douces. Mervin le prit d'un côté, mais même avec sa force trapue, il ne pouvait pas le porter correctement. Isaac se précipita de l'autre côté et le souleva.

Le regard de Mervin croisa le sien, son expression emplie de souffrance et de confusion. Avec un grognement, il détourna les yeux, et recula, portant le berceau dehors tandis qu'Isaac le suivait en portant l'autre côté. Il regarda David de nouveau qui déglutit difficilement, ses lèvres s'ouvrant tandis qu'il inspirait doucement. L'expression terrorisée dans ses yeux donna à Isaac l'envie de se précipiter vers lui et de l'enlacer étroitement.

Dehors, Mervin avançait péniblement à travers la neige, mais incroyablement vite, et Isaac lutta pour tenir le rythme, ses bras douloureux tandis qu'il soulevait l'autre côté du berceau. Ils l'installèrent dans le chariot de Mervin, et celui-ci le couvrit d'un drap. Il allait monter quand Isaac l'attrapa.

En arrachant son bras, Mervin trébucha en arrière.

— Non !

— S'il te plaît. Écoute-moi seulement.

La gorge d'Isaac était douloureusement sèche.

— S'il te plaît.

Les bras grands ouverts, Mervin attendit.

— Très bien. J'écoute. Que peux-tu raisonnablement dire ?

Excellente question.

— Je… je sais à quoi cela peut ressembler… David et moi.

— C'est un péché ! cracha Mervin, fulminant. C'était dégoûtant ! Je ne peux pas croire que tu étais là-dedans !

La honte secoua son estomac.

— Je sais que c'est difficile à comprendre.

— Difficile ? *Difficile ?* C'est impossible, Isaac !

Les yeux de Mervin brillèrent de larmes.

— Tu es mon meilleur ami ! Je pensais que je te connaissais. Bien sûr, c'était différent dernièrement. Nous avons eu beaucoup de responsabilités, et nous ne sortions pas comme à l'école, mais je n'ai jamais pensé...

Son visage se tordit.

— Comment as-tu pu faire ça ? Cela va à l'encontre de tout ! Le Seigneur, et la Bible, et... la nature !

Tout ce qu'Isaac pouvait faire était de dire la vérité.

— C'est naturel pour moi. Je sais que ça parait fou, mais c'est le cas. Je n'ai jamais compris ce que toi et Mark trouviez aux filles. Je ne suis pas comme vous.

— De toute évidence !

Les yeux furieux de Mervin le frappèrent.

— C'est le pire des péchés, Isaac. Tu le *sais* !

Il jeta un coup d'œil vers la grange et baissa la voix, ses yeux implorants.

— T'a-t-il obligé à le faire ? Il est plus âgé, et c'est ton parton. A-t-il fait pression sur toi ? Il y avait toujours quelque chose qui clochait à propos de lui... comme son frère ! Il t'a convaincu de faire cela, n'est-ce pas ?

Pendant un instant terriblement vide, Isaac pouvait voir la possibilité de s'en sortir. La possibilité de ne pas perdre son meilleur ami.

Mervin continua à la hâte.

— Ce n'est pas de ta faute, Isaac. Si tu en parles à l'évêque Yoder...

— Non ! Arrête ! l'interrompit Isaac en secouant la tête, le moment de tentation égoïste brûlant ses joues. Tu m'as entendu là-bas. Cela t'a-t-il fait croire qu'il m'obligeait ? Tout ce que nous avons fait était ce que nous voulions faire. Je sais que tu penses que c'est mal, mais... nous sommes juste différents, Mervin. Dieu nous a créé différents.

— *Dieu* ? Tu oses dire que Dieu a un rapport avec *ça* ? s'exclama Mervin, en indiquant la grange. C'est l'œuvre du diable. Cela me rend malade, Isaac. Tu ne sais pas ce que tu dis.

Les larmes piquant ses yeux, Isaac garda la tête haute.

— Je sais que je l'aime.

Alors qu'il disait les mots pour la première fois, son cœur bondit. C'était vrai. Il aimait David de tout son cœur.

— Et je sais que l'amour n'est pas un péché.

Cela ne l'était pas. N'est-ce pas ?

Mervin grimaça.

— Si c'est vraiment ce que tu crois…

Il s'interrompit en reniflant et essuyant ses yeux avant de continuer.

— Si c'est vraiment ce que tu crois alors je te plains vraiment. Je vais prier pour toi, Isaac. C'est tout ce que je peux faire.

Il se détourna vers le chariot.

— Attends !

Mervin ne se retourna pas, mais il s'arrêta, ses épaules affaissées.

— S'il te plaît, Mervin, n'en parle pas. À personne. Cela briserait le cœur de mes parents. La mère de David. Elle a déjà tant perdu. Nos sœurs, et mes frères. Je t'en supplie, n'en parle à personne.

Pendant un moment qui s'étira péniblement dans l'air humide de Décembre, Mervin ne bougea pas. Puis il hocha la tête, et grimpa dans le chariot. Isaac le regarda s'éloigner rapidement, ses roues cliquetant tandis qu'il conduisait son cheval à toute vitesse. Lorsqu'il fut parti, Isaac força ses jambes à bouger pour retourner à la grange. À l'intérieur, David était toujours là où il l'avait laissé.

— Il a promis de ne rien dire.

La voix d'Isaac était vide, et il avait l'impression d'avoir un brouillard épais autour de lui. À n'importe quel moment, il allait se réveiller, sain et sauf, dans son lit avec un frère ronflant à côté de lui et prenant toute la couverture.

Le corps de David s'affaissa et il s'appuya contre la table.

— Nous devons être plus prudents. Nous ne pouvons pas…

Il passa une main sur ses cheveux humides.

— Penses-tu qu'il tiendra sa promesse ?

— Il l'a toujours fait, avant. Il a toujours été loyal. Un bon ami.

Isaac repoussa ses larmes. Ce ne serait plus jamais pareil.

— Nous devons arrêter, n'est-ce pas ?

Les yeux fermés, David acquiesça. Un tremblement le traversa, et puis il se redressa et attrapa son marteau.

— Commençons les tiroirs pour la nouvelle commode de Rebecca Lapp, dit-il à travers ses dents serrées.

La crainte et la souffrance s'affrontèrent à l'intérieur d'Isaac. Il se dit qu'il avait toujours su qu'ils arrêteraient. *Mais pas encore ! Pas aujourd'hui !* Il avait envie de hurler et de pleurer. Ce n'était pas juste. *Ce n'est pas juste !* L'envie d'aller vers David et de l'embrasser une dernière fois l'écrasa. Les pieds d'Isaac vacillèrent. Le goûter seulement une dernière fois pour savourer… en quoi serait-ce mal ? Personne n'aurait à le savoir…

Il regarda David donner un coup au clou dans le bois. Avec une profonde inspiration, Isaac alla à la pile de bois et souleva un gros morceau de bois de chêne. Ils s'étaient laissés emportés trop longtemps. Il prit son mètre ruban, les chiffres se brouillant tandis qu'il clignait des yeux pour éloigner les larmes avec une profonde inspiration.

Ils avaient toujours su que ce jour arriverait.

PARTIE
DEUX

Chapitre Onze

ISAAC ETAIT HEUREUX que le bord de son chapeau couvre son visage alors qu'il poussait la grande porte à demi-fermée et tapait du pied sur le sol pour enlever la boue de ses bottes. Il lutta pour garder une voix égale et une expression neutre tandis qu'il relevait les yeux.

— Bonjour, dit-il.

Debout devant la table de travail, le visage sombre et des cernes sous les yeux, David hocha la tête.

— Bonjour.

Isaac enleva la neige de son chapeau et de son manteau puis les accrocha. Respirant profondément, il fit face à David, mais, quels que soient les mots qu'il allait dire, ils restèrent coincés à l'intérieur de sa gorge. Il garda la large table entre eux, serrant les poings, luttant contre l'envie d'aller vers David. Il ne s'était pas rendu compte à quel point ils s'étaient beaucoup touchés tandis qu'ils travaillaient – un tapotement ici, une caressa là. Des sourires secrets, des promesses.

— Toute la nuit, je me suis attendu à ce que le diacre se montre. Que les gens de la ville viennent et parlent de mes péchés, dit David, tandis qu'un sourire sans humour apparaissait sur son visage. Je suppose qu'ils peuvent encore venir à n'importe quel moment.

— Moi aussi. J'attends toujours que le couperet tombe, dit Isaac en frissonnant. J'ai prié durant une partie de la nuit, que Mervin tienne sa promesse. Je sais que je ne dois pas prier le Seigneur pour garder notre péché secret, mais...

— Mais que faire d'autre maintenant ?

Isaac frotta ses yeux cernés.

— Nous avons été négligents, David.

— *J'ai* été négligent, dit-il en secouant la tête. Comment ai-je pu ne pas fermer la porte ? Je me déteste.

Isaac tendit instinctivement la main, et puis la laissa retomber.

— Non, David, c'était notre faute à tous les deux. Mervin aurait pu m'entendre de toute façon. Quand nous sommes ensemble, je n'ai aucune honte, et nous avons été irréfléchis tant de fois. Nous savons tous les deux que nous ne devons pas… nous ne *pouvons* pas. Ce n'est pas…

La souffrance dans sa poitrine le faisait respirer difficilement.

— Chaque matin, je me réveillais terrifié que tu reviennes à la raison. Que je te perde, dit David en déglutissant difficilement. Mais je ne t'ai jamais eu. Nous… si nous sommes découverts, nous perdons tout.

Isaac hocha la tête misérablement.

— Je ne peux supporter d'y penser. Ce que les gens penseraient. Mes parents… cela leur briserait le cœur. Tant que nous restons ici… tant que nous restons Amish, nous ne pouvons être ensemble.

La vérité pesa lourdement dans l'air entre eux.

— Pourrais-tu vraiment envisager de partir ? murmura David.

La pensée d'Aaron, de ne plus jamais revoir sa famille ainsi que le vide qui l'habiterait le ravageaient entièrement.

— Je ne sais pas si je peux.

— Je ne peux pas… je ne pourrais pas laisser ma famille toute seule.

David ferma les yeux avant de continuer.

— Mais j'ai tant envie de te sentir à nouveau, Isaac. D'être proche de toi. Cela ne fait qu'un jour, et c'est déjà l'enfer.

David ouvrit ses yeux et commença à faire les cent pas, serrant le marteau dans sa main.

— Chaque fois que nous allons à l'église, et que j'entends l'évêque Yoder à l'Obrote, nous disant à quel point être baptisé est une sage décision, je veux m'enfuir. J'essaie de me convaincre qu'il a raison… que ces sentiments que j'ai pour toi ne sont qu'une rébellion enfantine. Un rumspringa.

Cillant, Isaac attendit qu'il en dise plus.

— Mais ne suis-je pas un homme ?

Il agita furieusement le marteau.

— Je me suis toujours senti différent. J'avais l'habitude de prier chaque matin et chaque nuit que le Seigneur éloigne ces démons de mon corps. Mais quand je suis avec toi, je n'ai pas l'impression que c'est mal. N'est-ce pas ?

Isaac secoua la tête.

— C'est si bon. Pas seulement… pas seulement te toucher, et être touché. Tout est bon.

David sourit doucement.

— Quand ton père m'a demandé si je pouvais te prendre en tant qu'apprenti, je savais que j'aurais dû dire non.

— Tu ne me voulais pas ici ?

Isaac ne pouvait empêcher la douleur de s'entendre dans sa voix.

— Mais je le voulais, Isaac !

David le regarda fixement d'un air suppliant et allait réduire la distance entre eux avant de s'arrêter dans son élan. Il regarda le marteau dans sa main, comme s'il ne comprenait pas comment il avait pu atterrir là, et il le posa doucement sur la table.

— Je le voulais. Je te voulais beaucoup trop. Depuis ce jour au Frolic. T'en souviens-tu ?

— La construction de la grange des Kauffman ?

David acquiesça.

— C'est le premier jour où nous nous sommes vraiment parlés. Quand Mary a commencé à aller au chant, elle t'a aimé immédiatement. À chaque fois que nous allions à l'église ou au Frolic, je t'observais. Au début, c'était pour me faire un avis sur toi. Pour être sûr que ma sœur n'avait pas de vues sur le mauvais garçon.

Il prit une profonde inspiration et détourna les yeux.

— Ce n'est pas grave, dit Isaac.

— Vraiment ? demanda David, les yeux brillants. Quelle sorte de frère suis-je ? Mais après un moment, je t'observais parce que je ne pouvais pas détourner les yeux. Tu étais devenu un homme – c'était évident. Et il y avait quelque chose à propos de toi que je voyais. Quelque chose qui m'attirait à chaque fois.

Isaac avait peur de demander.

— Qu'est-ce que c'était ? Pourrais-tu... pourrais-tu me le dire ? Parce que j'étais... différent ?

— Je ne sais pas, dit David en fronçant les sourcils. Je ne le pense pas. Mais tu étais beau. Ton sourire. Tes yeux. La manière dont tu riais avec Mervin quand il te racontait une blague idiote. Je te connaissais à peine, mais je te voulais tout le temps.

Il passa sa main dans ses cheveux.

— Je n'ai jamais pensé que ce serait possible, même pour une seconde. Pas jusqu'au jour de la construction de la grange. Là sur la poutre, quand tu as perdu ton équilibre... mon cœur s'était presque arrêté. Au début, je t'ai attrapé pour te sauver la vie.

— Je savais que tu ne me laisserais pas tomber.

C'était comme si Isaac pouvait toujours sentir la chaleur de l'emprise de David.

— Je ne pouvais pas résister de t'étreindre pour un instant. Et quand tu m'as regardé...

David fit le tour de la table, s'arrêtant à un pas de lui, ses yeux s'assombrissant.

— Et là, j'ai su. J'ai ressenti quelque chose pour toi – j'ai vu quelque chose – que je n'ai jamais ressenti. J'avais envie de crier de joie et de t'embrasser follement. Pour la première fois, j'avais pensé que peut-être, je n'étais plus le seul à Zebulon, après tout.

Ils s'avancèrent dans les bras l'un de l'autre, et Isaac aurait voulu savoir comment une chose si mal pouvait être si naturelle.

La voix de David était étouffée contre sa nuque.

— J'ai su que je devais dire non quand ton père a demandé. Je m'étais convaincu que tout était dans ma tête. Mais j'ai été faible.

— J'en suis heureux, dit Isaac en le serrant plus fort. Je suis si heureux.

— Puis, j'ai appris à te connaître vraiment.

David releva la tête et effleura la joue d'Isaac de ses doigts.

— Je pensais que je te voulais avant. Je n'avais aucune idée de ce que le désir était vraiment.

— En es-tu désolé ?

David sourit tristement.

— Je le devrais. Mais non.

— Je ne le regretterai jamais, dit Isaac en prenant le visage de David dans ses mains et l'embrassant. Aucun moment de cette relation. Nous trouverons un moyen. Il doit y avoir un moyen. Nous pouvons…

Ils entendirent des pas qui approchaient et en même temps, Anna parlant bruyamment. Ils s'éloignèrent l'un de l'autre si vite qu'Isaac trébucha sur ses propres pieds et tomba dans un bruit sourd sur son derrière juste au moment où Mary et Anna pénétraient dans la grange, essuyant la neige de leurs bottes et secouant leurs têtes, portant des coiffes blanches.

— Oh ! s'exclama Mary en souriant, mal à l'aise, son regard allant d'Isaac à son frère. Isaac, tu vas bien ?

Forçant un rire, Isaac se releva et essuya son pantalon.

— Juste désespérément maladroit, j'en ai peur.

Il regarda David qui rit et accorda une grande attention au tiroir de la commode à moitié fini, sur la table.

— Tu ne t'es pas fait mal, n'est-ce pas ? demanda Mary.

— Pour l'amour du ciel, il va bien. N'est-ce pas, Isaac ? dit Anna en posant bruyamment une assiette couverte d'un torchon blanc sur la table. Des biscuits au sucre.

— Merci, dit David.

— Mary les a brûlés un peu, mais ça devrait aller, dit Anna en haussant les épaules.

— Je ne l'ai pas fait !

Mary rougit violemment.

Avec un sourire, Anna lui donna un petit coup de coude.

— Je te taquine seulement. C'est si facile.

Isaac était à côté de la table, alors, il saisit un biscuit et prit une bouchée. Il ne put feindre son gémissement.

— Ils sont très bons !

— Merci, dit Mary en souriant largement.

— Très bien, nous avons du travail, dit sèchement David.

Le sourire de Mary s'évanouit, et elle se redressa.

— Nous ne voulions pas vous déranger. Viens, Anna.

— Et nous n'avons pas du travail, nous ? maugréa celle-ci alors qu'elles sortaient.

Dans le lourd silence, Isaac avala le dernier morceau du biscuit.

— J'essayais juste d'être gentil, dit-il.

— Je sais, soupira David en passant une main sur ses cheveux, les hérissant. Je suis désolé. Je m'excuserai auprès des filles, plus tard.

Il prit le marteau.

— Nous ne pouvons pas laisser ça se reproduire.

— Non, nous ne pouvons pas. Rien n'a changé, peu importe combien nous le voudrions, renchérit Isaac en prenant sa wastringue et en se penchant pour façonner la poignée du tiroir.

Les minutes avançaient à l'allure d'un escargot. Les seuls bruits qui s'entendaient dans la grange étaient les hennissements des chevaux dans leurs stalles, et le métal sur le bois. Quand Isaac risqua un coup d'œil à travers la table, il trouva le regard de David fixé sur lui. Ils détournèrent rapidement les yeux pour se concentrer à nouveau sur leur travail, et pour la première fois depuis qu'il travaillait à la ferme Lantz, Isaac souhaita se trouver ailleurs.

JE NE VAIS pas penser à David. Je ne vais pas penser à David. Je ne vais pas penser à David.

Évidemment, Isaac essaya de se détendre sur l'une des chaises en bois dans la salle à manger, toutes les meilleures attentions du monde ne pouvaient l'empêcher de se rappeler la sensation du contact de David – la douceur de ses baisers, le poids chaud de sa langue emplissant la bouche d'Isaac. Emplissant son corps. Le bonheur d'être enfoui à l'intérieur de David lui-même, l'amenant au soulagement et écoutant ses cris… jouissant en lui.

Plus jamais.

Le poids de cette certitude était insupportable. En seulement une journée, Isaac se sentait totalement perdu. Combien de temps continue-rait-il comme ça ? C'était impossible.

— Qu'est-ce qui ne va pas ?

Cillant, Isaac se concentra sur son petit frère Joseph, qui lisait sur l'une des chaises en bois à côté d'Isaac.

— Ce n'est rien.

— Tu soupires comme… s'il ne reste plus de tarte aux pommes et que tu n'en as pas mangé.

Isaac essaya de sourire.

— Je déteste quand il n'y en a plus.

— C'est le pire, acquiesça Joseph.

— Eh bien, ce n'est pas ça, dit Isaac en détournant les yeux. Rien d'aussi grave, ne t'inquiète pas.

Il déplia le lourd numéro hebdomadaire de *Die Botschaft*, qui faisait plus de soixante-dix pages et qui était arrivé par la poste ce matin. Il essaya de se concentrer sur une lettre de Fannie Miller de Neillsville, Wisconsin, qui écrivait pour parler de la bousculade pour regrouper les vaches après que la porte ne se soit pas fermée correctement.

Soupirant, Isaac tourna la page. En grandissant, ils avaient lu *The Budget*, le premier journal hebdomadaire Amish qui avait été fondé, il y avait un siècle de cela. Mais quelques communautés avaient trouvé qu'il devenait trop libéral et moderne, et Zebulon était l'une d'elles. *Die Botschaft* était plus conservateur, mais les deux journaux utilisaient le même format – une douzaine de pages de lettres de correspondants relayant des nouvelles et des histoires des autres communautés à travers tout le pays et jusqu'au Canada.

Chaque semaine, Isaac cherchait des nouvelles de Red Hills ou d'autres villes en Ohio où ses cousins vivaient. Une fois, il avait lu une lettre qui mentionnait son cousin John Byler et un accident avec une fourche à foin. Heureusement, John avait plutôt bien récupéré, selon le correspondant.

Évidemment, il n'y avait pas de photos dans les journaux Amish, et Isaac avait souhaité voir à quoi John ressemblait maintenant. Incapable de se concentrer sur un rapport d'Aylmer, Ontario, sur la chirurgie de Levi Stutzman, Isaac parcourut les dernières pages, regardant sans vraiment voir.

Le grand coup à la porte le fit sursauter, et il déchira un côté du journal où son poing s'était serré. Son souffle se coinça sur sa gorge, ses joues rougissant. Assis dans leurs chaises en bois, ses frères relevèrent les yeux avec espoir.

Père s'était retiré à la dépendance pendant une durée indéterminée, comme il en avait l'habitude après le souper. Isaac plia le journal avec des mains tremblantes, et alla à la porte. Il passa par la cuisine, où Mère et Katie se tenaient debout, attendant, des bocaux répandus sur la table derrière elles, leur mise en conserves des dernières courgettes de l'automne oubliée pour l'instant.

C'était si inhabituel à Zebulon d'avoir un visiteur si tard dans la journée, et Isaac marmonna une brève prière pour ne pas avoir de mauvaises nouvelles. Quand il ouvrit la porte à une bourrasque de vent et de grêles, ce qu'il vit fut pire.

— Diacre Stoltzfus, dit Isaac en forçant un sourire qui était plus une grimace. Bonsoir.

Il n'y avait aucune trace de sourire sur le visage du diacre.

— Isaac Byler. Je viens en visite officielle pour l'église.

Sa voix était presque un grognement, et bien qu'il ne soit pas le plus grand des hommes, il paraissait menaçant dans l'encadrement de la porte.

— Je suis sûre que tu sais pourquoi je suis ici.

Une pointe terrible de crainte envoya des frissons sur la peau d'Isaac. *Il sait. Oh Seigneur ! Il sait !* Sa respiration était irrégulière.

— Je ne pense pas que je le sache.

Le diacre Stoltzfus le considéra froidement. De la neige humide couvrait le bord de son chapeau, et son visage était plissé dans l'ombre, la lumière de la lanterne de la salle à manger apparaissant faiblement par la porte.

Isaac déglutit difficilement.

— Est-il arrivé quelque chose ?

Son esprit tournait à toute allure. *Mervin l'a dit, malgré tout.* Les paumes d'Isaac suaient malgré le froid glacial. *Oh Seigneur, s'il vous plaît, non !*

— Isaac !

La gorge serrée, il se détourna pour trouver Mère derrière lui.

— Oui ?

— Laisse le Diacre entrer tout de suite.

Elle sourit en s'excusant.

— Je suis tellement désolée, Jeremiah. Vous devez être transi de froid par ce temps. L'hiver est à notre porte, maintenant.

Isaac se tint sur le côté, et le diacre entra. Mère prit son chapeau et son manteau et les accrocha, puis elle appela l'un des garçons pour qu'il aille chercher Père.

— Pourrais-je vous offrir quelque chose de chaud à boire ? Thé ?

Mère conduisit le diacre à l'une des chaises en bois dans la salle de séjour.

Le diacre Stoltzfus secoua la tête, et resta debout. Ils étaient tous debout, patientant. Lorsque Père apparut, il serra solennellement la main du diacre. Isaac agrippa la chaise, de peur que ses genoux ne se dérobent sous lui.

— Votre fils a violé l'Ordre gravement. Il a péché contre Dieu, et contre notre communauté.

Oh, Seigneur, ayez pitié ! Isaac ne savait pas s'il devait pleurer ou vomir, ou peut-être s'enfuir dans la nuit et ne jamais revenir. Comment pouvait-il faire face à tout ça ? Que Mère et Père entendent ce qu'il avait fait… il pensait que la honte à elle seule pourrait le tuer. Il devait parler – devait leur faire comprendre –, mais comment le pourraient-ils ?

Il détourna les yeux du visage froid du diacre. Mère et Père étaient figés, regardant l'homme et attendant. Avant qu'Isaac ne puisse dire quoi que ce soit, le diacre Stoltzfus brisa le silence.

— La nuit dernière, votre Éphraïm et quelques autres garçons ont fumé des cigarettes et bu de l'alcool Anglais. Ils ont aussi poussé trois de nos jeunes filles à s'éclipser de leur maison et à les rejoindre dans la forêt sur la terre de Jonah Miller. Il a découvert la preuve, ce matin. Son fils a avoué sa participation dans tout cela.

Un soulagement terrible l'envahit, Isaac pivota pour regarder Éphraïm, qui était debout sur l'une des marches. Du défi se lisait sur son visage, ses poings étaient serrés.

— Nous n'avons rien fait de mal ! Ce n'était pas grave. Nous voulions juste nous amuser pour une fois !

— Éphraïm ! explosa Père.

Il indiqua le banc le long du mur, du côté du poêle où ils s'asseyaient durant l'hiver.

— Assieds-toi, ordonna-t-il.

Ses sourcils sombres étaient comme une entaille à travers son visage.

— Les enfants… montez.

Isaac essaya d'attirer l'attention d'Éphraïm alors qu'il passait devant lui, mais le regard de son frère était baissé sur le sol, sa mâchoire serrée. Isaac conduisit sa sœur et ses frères vers les escaliers. Naturellement, ils s'arrêtèrent tous en haut des marches, et Isaac les poussa sur le coin. Il était l'aîné, et c'était tout à fait normal qu'il ait le meilleur endroit pour écouter.

Il se mit précautionneusement sur ses genoux, hors de la vue si quelqu'un relevait les yeux. Katie, Nathan et Joseph se bousculèrent dans son dos. Il faisait sombre au deuxième étage, et la lumière des lampes s'arrêtait à mi-chemin des marches.

La voix forte et brusque du diacre Stoltzfus s'entendait facilement.

— Comme vous le savez, l'Ordre dit bien que les jouvenceaux de dix-sept ans peuvent venir au chant et sortir ensemble dans les règles. Ce n'était pas correct. Ce comportement sauvage ne sera pas toléré.

Après un instant de silence, Père parla, sa voix furieuse.

— Non. En effet.

— Hannah Lambright a confessé ses actes impurs, et a mentionné votre fils comme un complice de ses péchés.

Isaac se sentit malade. Que pourraient dire le diacre et ses parents s'ils découvraient *ses péchés* ?

— Nous nous sommes juste embrassés ! s'exclama Éphraïm. Ce n'était rien !

— Rien ! éclata Mère, sa voix faisant écho dans la maison.

Elle semblait furieuse, et près d'éclater en sanglots. Normalement, elle devait rester silencieuse et laisser Père faire face aux problèmes de ce genre. Encore une fois, Isaac imagina comment elle réagirait si elle savait les péchés qu'il avait commis, ces derniers jours. Il prit une inspiration tremblante, regardant les ombres de l'escalier.

Le diacre Stoltzfus poursuivit.

— Cette attitude est un péché qui va à l'encontre de Dieu et de nos gens. Nous devons nous protéger contre la tentation pour que Zebulon ne se désagrège pas dans la ruine qui a frappé les autres communautés.

Tremblant contre le dos d'Isaac, Katie murmura.

— Pourquoi Éphraïm ferait-il cela, Isaac ?

Nathan la fit taire, mais Isaac l'entoura de son bras et l'attira vers lui.

— Ça va aller, murmura-t-il. Ça va aller.

Les yeux de Katie étaient brillants de larmes.

— Mais pourquoi enfreindrait-il l'Ordre ?

— Tu le comprendras dans quelques années.

Il pressa un baiser sur son front et l'enlaça. Même si ce n'était pas de leur habitude d'être affectueux, cela paraissait mal de ne pas la réconforter.

— Il ne voulait rien faire de mal, continua-t-il.

La voix d'Éphraïm retentit à nouveau.

— Nous nous amusions juste un peu ! Le cousin de Jacob Esch en Pennsylvanie a sa propre voiture ! Ils vont aux fêtes des Anglais, chaque week-end. Nous ne faisons rien, et ce n'est pas juste !

— Tu sais très bien quelles sortes de tragédies naissent des rumspringas sauvages, quand les communautés ferment leurs yeux et espèrent que leurs jouvenceaux retrouvent le droit chemin ! éclata Père, sa colère se transformant en chagrin. Nous sommes venus à Zebulon pour garder nos enfants saufs. Nous ne voulions que le meilleur pour vous.

— Alors, ne vois-tu pas que plus tu essaies de nous arrêter d'apprendre et d'explorer, plus…

— *Apprendre* ? cria Père. Tu ne sais rien si tu penses que vivre hors des règles de l'Ordre est une manière d'apprendre. Durant ces années d'apprentissage, tu devrais faire tes corvées et écouter tes aînés. Tu fais honte à notre famille et à notre communauté. Tu ne respectes pas Dieu quand tu pèches comme cela. Tu feras ce que je dis ! Tu feras ce que l'Ordre te dit ! Il n'y a aucune autre façon. Il n'y aura pas de débat là-dessus.

Lorsqu'Éphraïm parla de nouveau, il semblait vaincu.

— Oui, Père, marmonna-t-il.

— Samuel, nous vous faisons confiance, à vous et à Ruth pour aider votre fils à faire face à ses péchés et à faire pénitence pour eux, déclara le diacre Stoltzfus. Pour que vous lui fassiez comprendre l'importance de l'obéissance.

— Nous le ferons. Je vous remercie d'avoir porté ce problème grave à notre attention, Jeremiah. Laissez-moi vous raccompagner.

Le plancher craqua sous leurs pas lourds, et Isaac eut un soupir de soulagement quand le diacre sortit. Il attira Katie plus près, Joseph et Nathan se bousculant contre eux alors qu'ils attendaient. La porte d'entrée se ferma avec un bruit sourd. Puis les pas lents de Père revinrent vers la salle de séjour.

Silence.

— Père, je…

— Arrête, déclara Père sans élever la voix, cette fois-ci. Éphraïm

Byler, tu n'as pas respecté l'Ordre et ta communauté. Tu n'as pas respecté Hannah Lambright. Tu n'as pas respecté ta famille. Et par-dessus tout, tu ne t'es pas respecté toi-même. Tes péchés ont apporté la honte et la douleur à ta mère et à moi. À l'église, dimanche, tu vas te tenir devant Zebulon et te repentir de ces péchés. Tu n'auras plus l'autorisation de quitter cette ferme à moins que nous ne soyons avec toi.

Après quelques instants, Éphraïm parla, étouffant son émotion qui ressemblait bien à de la colère.

— Pour combien de temps ?

— Jusqu'à ce qu'on te fasse confiance à nouveau. Comprends-tu ?

— Oui.

La voix d'Éphraïm n'était plus un murmure.

— Demain soir, nous commencerons à étudier la Bible ensemble. Maintenant, va au lit.

Aussi doucement qu'il le put, Isaac rassembla ses jeunes frères et sœur dans la chambre de Katie, et alluma une lampe. Nathan ouvrit la bouche pour protester, mais Isaac le foudroya du regard et ferma la porte à moitié. Il alluma une autre lanterne et attendit qu'Éphraïm entre dans leur chambre.

Les yeux flamboyants, Éphraïm entra. Quand il tira son bras en arrière, Isaac se précipita vers la porte, l'agrippant avant qu'elle ne se ferme brusquement. Il la poussa doucement.

— Cela ne va pas aider, siffla Isaac.

Serrant ses mains en poings, Éphraïm fit les cent pas dans la faible lumière de la lampe et les ombres qui obscurcissaient les coins de la chambre.

— Ce n'est pas juste ! Nous n'avons presque rien fait ! Partager quelques cigarettes et du whiskey que Daniel a achetés en ville. Maintenant, je vais être plus prisonnier que je ne le suis déjà !

— Je suis désolé, dit Isaac, voulant attraper son frère et l'apaiser, mais cela ne servirait à rien.

Éphraïm fit courir brusquement sa main sur ses boucles blondes.

— Et je ne sais pas ce qu'Hannah leur a dit, mais je l'ai à peine touché !

— Tu sais que tu n'es pas supposé sortir avec des filles, sans parler de les embrasser. Ne pouvais-tu pas attendre un petit peu plus ? Il ne te reste que deux mois pour avoir dix-sept ans. Ensuite, tu y seras autorisé.

Mais Isaac savait qu'il était hypocrite.

— Bien sûr que tu dirais ça ! dit Éphraïm en s'approchant de lui. Mon saint frère. Tu ne fais jamais rien de mal. Tu peux sortir avec les filles que tu veux, mais tu ne le fais pas. Si pieux et parfait !

— Je ne suis pas parfait, Éphraïm, murmura-t-il en se mettant en travers du chemin de son frère. J'ai enfreint l'Ordre aussi.

— Impossible, se moqua Éphraïm. *Toi* ? Qu'as-tu bien pu faire ?

Mais il arrêta de faire les cent pas et attendit avec un intérêt évident.

Avec un doigt sur la bouche, Isaac alla à la porte. Quand il l'ouvrit, Nathan trébucha contre lui. Celui-ci se redressa, ses joues boutonneuses rouges.

— Je ne suis plus un enfant. J'ai presque fini l'école. Je veux savoir !

— Retourne à la chambre de Katie jusqu'à ce que je revienne. Éphraïm et moi avons besoin de parler. Tu es encore un enfant et les enfants n'y sont pas autorisés !

Il ferma la porte à nouveau, écoutant ses marmonnements de colère et ses pas s'éloigner. Éphraïm attendait toujours avec un intérêt visible.

— Qu'as-tu bien pu faire ?

J'ai sucé la queue d'un homme. J'ai baisé un homme, et je me suis fait baiser. J'en ai aimé chaque seconde, et j'en veux plus.

— J'ai vu un film. Et j'ai fait des choses étrangères.

Son frère haussa les sourcils.

— C'est vrai ?

— Je ne suis pas aussi parfait que tu le penses.

Rien à voir.

— Mais tu ne t'es pas fait attraper.

La colère d'Éphraïm semblait le brûler à nouveau, et il s'effondra sur le côté du lit qu'il partageait avec Joseph.

— Nous n'avions pas pensé que quelqu'un trouverait la bouteille. Je suppose que nous avons laissé les cigarettes finies aussi. N'as-tu jamais fumé ?

Isaac secoua la tête et s'assied à côté de lui.

— Je l'ai à peine fini. C'était assez répugnant. C'est juste… Isaac, ne te sens-tu pas piégé ici, parfois ?

— Je n'y ai jamais pensé auparavant, dit Isaac en tirant sur un fil qui dépassait de la manchette de sa chemise. Mais ces derniers temps, je suis plus… curieux.

— Je sais que ce qui s'est passé à Red Hills était terrible. Consommer de la drogue et tout ça. Mais plus ils essaient de nous éloigner du monde, plus je veux le voir.

Il se mit à rire d'un air piteux avant de poursuivre.

— Si nous comptons les cigarettes et l'alcool, ce n'est pas si excitant. Ma tête m'a fait terriblement mal, ce matin.

— Tu aimes travailler dans la ferme, n'est-ce pas ? Tu es bon à cela. Mieux que je ne l'étais. Tu es doué avec les vaches. J'ai toujours pensé que tu serais heureux avec ta propre ferme.

— Je serais heureux. Mais ce sera dans quelques années, Isaac ! Les garçons à Red Hills ont leurs propres chariots quand ils atteignent l'âge de seize ans, la plupart du temps. Mais ici, à Zebulon, à vivre avec ces vieilles coutumes, nous avons à peine assez d'argent. Tu as dix-huit ans et tu n'as pas encore ton propre chariot. Tu dois l'avoir en premier. Tu dois *tout* faire en premier. J'en ai assez d'attendre. Je veux ma propre ferme, dit-il en agitant la main. Mon propre *lit*. Ça ne me dérangerait sûrement pas de le partager avec une épouse, mais pas mon frère.

Isaac grimaça.

— Je sais ce que tu ressens.

Bien sûr, il ne voulait pas le partager avec une épouse, et son imagination galopa sauvagement vers David – tous les deux nus, la peau glissante, la chair brûlante tandis qu'ils jouiraient ensemble dans un lit approprié, avec leurs mains, leurs bouches et leurs corps. Se blottir ensuite ensemble sous la couverture, saufs dans les bras l'un de l'autre, il entendrait la respiration de David…

— Isaac ?

Il cilla.

— Euh… oui ?

— Puis-je te dire un secret ? murmura Éphraïm.

Isaac hocha la tête.

— Je ne pense pas que je vais rester à Zebulon.

Il intervint.

— Où veux-tu partir ? Dans le monde extérieur ?

Isaac se sentit malade à la pensée de perdre un autre frère.

— Peut-être ? Je ne sais pas. Je veux juste découvrir ce qu'il y a là-bas, en dehors de notre communauté. Je me sens si enfermé ici. J'aime mon travail à la ferme. Mais je déteste toutes ces règles. Je déteste cette façon dont nous sommes contrôlés. Pas seulement les jeunes… mais les adultes aussi. Est-ce que le Seigneur se soucie vraiment de quelle largeur le bord de nos chapeaux doit être ? Ou que la longueur de la robe d'une fille doit aller jusqu'à son tibias ou le haut de ses chaussures ? Les règles sont différentes partout. Comment ça marche ? Quand tu y penses vraiment, rien n'a de sens. Il y a tellement de gens Anglais là, dehors. Est-ce qu'ils vont tous aller en enfer ?

— Je ne sais pas, dit Isaac en frottant son visage. Je ne sais plus rien.

— Donc… ce n'est pas seulement moi ? dit Éphraïm tandis que ses yeux s'éclairaient. Parfois, je me sens le seul avec ces questions.

— Ce n'est pas seulement toi, crois-moi.

Éphraïm soupira.

— Cela ne sert à rien d'en parler même avec Mère et Père. Tu l'as entendu, ce soir. Nous ne pouvons même pas poser de questions. J'ai l'impression que c'est tout ou rien. Quand j'étais petit, je n'avais pas compris pourquoi Aaron est parti. Maintenant, je le sais.

— Moi aussi, dit Isaac.

Isaac ne pouvait se rappeler d'avoir vu son frère paraissant si… adulte.

— Je suis désolé que nous ne nous soyons pas parlés avant. Je n'ai été préoccupé que par moi-même.

Et David.

— J'aurais voulu que nous posions plus de questions, et parler à Mère et Père de ce que nous ressentons, mais…

— Cela ne servirait à rien, termina Éphraïm en faisant courir ses mains sur ses hanches. J'ai réfléchi. Je vais rester encore une année ou deux. Voir à quoi ressembleraient les chants et les rendez-vous avec les filles. Je ne peux pas laisser Père avec tout le travail à la ferme. Je dois au moins attendre jusqu'à ce que Nathan finisse l'école.

La gorge d'Isaac était sèche.

— Et ensuite ?

— Je ne sais même pas si je vais aller vivre dans le monde extérieur. Mais je vais retourner à Red Hills, peut-être ? Abigail ou Hannah me laisseraient rester, j'en suis certain. Ou je pourrais aller ailleurs dans l'Ohio. Ou l'Indiana, puisque ces nobles de Pennsylvanie vont me regarder de haut. Peut-être que je pourrais m'installer dans le Minnesota… dans l'une des implantations dans le comté de Polk. Nous étions chanceux que Père ait trouvé une laiterie désirant acheter notre lait. Il y a des fermes là-bas qui travaillent avec les Anglais et où les gens gagnent très bien leurs vies. Ils ne sont pas aussi stricts que nous, mais ce sont des Amish. Je pourrais essayer. Je suis un bon travailleur. Je n'ai pas d'argent, mais si je vais dans une autre communauté Amish, ils vont m'aider aussi longtemps que je ne suivrai pas l'église d'ici. Je pourrai voir comment cela se passe ailleurs et y voir plus clair.

— Tu y as vraiment pensé.

— Beaucoup, récemment. Ne penses-tu pas à l'avenir ?

— Parfois, dit Isaac.

Il m'est impossible d'avoir la vie que je veux.

La porte s'ouvrit, et Nathan entra, suivi par Joseph. Nathan se dirigea vers son coffre de rangement, et souleva le couvercle.

— C'est l'heure d'aller au lit. Et c'est *notre* chambre aussi.

Joseph fit de même, mais sans paraître agité. Isaac tapota la jambe d'Éphraïm avec hésitation.

— Nous pouvons parler un peu plus, plus tard. Quand tu veux, d'accord ?

Un petit sourire souleva les lèvres de son frère.

— D'accord.

Bientôt, la lanterne s'éteignit et ils furent tous au lit, Nathan ronflant dès que sa tête se posa sur l'oreiller. Isaac s'agita tandis que le bruit s'élevait, poussant finalement Nathan sur le côté pour qu'il se retourne. Regardant vers l'obscurité, par la fenêtre, dans le silence provisoire, Isaac essaya d'imaginer son futur.

Là où son esprit avait toujours été curieusement vide en ce qui concernait le fait de vivre dans sa propre maison, maintenant, il pouvait l'imaginer si clairement – une cuisine accueillante, et deux rocking-chairs devant le feu, dans la salle à manger. Un lit confortable à l'étage où il se retirerait avec impatience, chaque nuit dans une chaude étreinte. Pas d'épouse à son côté, mais son David.

La gorge serrée, Isaac ferma les yeux, souhaitant qu'il puisse avoir ce futur qui ne serait jamais.

Chapitre Douze

— DAVID, PEUX-TU porter cette tarte à Eli Helmuth, cet après-midi ? Il est malade.

Au comptoir de la cuisine, Madame Lantz enveloppa la tarte dans du tissu, tandis qu'une bûche craquait et sifflait dans la cheminée.

Avec un regard vers Isaac, David avala une bouchée de sa tourte.

— Je ne peux pas. Isaac et moi allons en ville pour acheter de nouveaux outils. Ne l'ai-je pas mentionné ?

— Non, lâcha Anna de l'autre côté de la table de cuisine.

C'était la première fois qu'Isaac en entendait parler, mais il resta silencieux et finit sa dernière bouchée de tourte.

Madame Lantz agita la main.

— Peut-être que tu l'as fait. Je suis si distraite, ces derniers temps. Ce n'est pas grave, mon chéri. Je la lui apporterai moi-même.

Souriante, elle empila les casseroles et assiettes avant de prendre un seau et de disparaître par la porte de derrière pour aller au puits.

Anna sourit d'un air satisfait.

— Elle espérait que tu dirais non, David.

— Pourquoi ? demanda David en fronçant les sourcils.

Regardant sa sœur, Mary saisit quelques plats sur la table.

— *Anna* ! Ça suffit.

— Quoi ? demanda Anna en souriant d'un air diabolique. Tu sais que c'est vrai.

Isaac regarda l'échange en silence, son regard allant de l'une à l'autre.

David était tendu à côté de lui.

— Qu'est-ce qui est vrai ? demanda David.

Anna se pencha à travers la table et baissa la voix.

— Mère craque pour Eli Helmuth.

— Anna !

Les assiettes claquèrent alors que Mary les jetait sur le comptoir.

— Où as-tu entendu un tel langage ?

Soupirant, elle s'adressa à Isaac.

— S'il te plaît, excuse ma sœur.

— Je suis sûre qu'Isaac peut le supporter, Mary, dit Anna en levant les yeux au ciel. Il a entendu pire, j'imagine.

— Pas dans notre maison !

Mary pouvait à peine sortir les mots de sa mâchoire serrée.

— Ce n'est pas grave. Vraiment, dit Isaac en levant les mains. Je devrais retourner travailler et vous laisser tous… discuter.

Il se leva.

— Les filles, ça suffit !

Le ton de David ne tolérait aucun argument.

— Anna, je suis sûr que Mère ne montre qu'un intérêt amical pour Monsieur Helmuth.

Anna pressa ses lèvres ensemble.

— Elle est veuve, pas morte. Pourquoi ne devrait-elle pas montrer de l'intérêt pour Eli Helmuth ? Il est seul aussi, maintenant. Il n'y a rien de mal à ça.

— Bien sûr, convint David. Mais tu ne dois pas parler comme ça, Anna. Tu sais que ce n'est pas acceptable. Si Mère t'entendait…

La porte de la cuisine s'ouvrit avec un courant d'air froid, et ils se retournèrent tous pour voir Madame Lantz dans l'encadrement, de l'eau ballotant dans le seau.

Elle cilla.

— Pourquoi avez-vous tous l'air si coupable ?

— Rien ! dirent-ils tous à l'unisson.

Madame Lantz haussa un sourcil.

— Mmm-Hmm. Très bien alors, il y a du travail à faire. Vous, les garçons, devriez y aller maintenant pour revenir avant qu'il ne fasse nuit.

— Oui, Mère.

David attrapa un biscuit sur le banc de refroidissement, jetant un autre à Isaac.

Riant, elle essuya ses mains sur son tablier.

— Filez d'ici, alors. Isaac, éloigne-le des ennuis. Il conduit ce chariot trop vite.

— Je le ferai ! dit Isaac en agitant la main et courant après David pour prendre leurs manteaux et chapeaux.

David et lui ne parlèrent pas jusqu'à ce qu'ils se dirigent vers la route menant à la ville. Des bancs de neige bordaient la voie, s'amoncelant, là où elle avait été balayée sur le côté.

David soupira.

— Je n'aime pas être comme ça avec les filles. Mais avec la mort de Père, j'ai l'impression que je dois essayer de faire ce qu'il aurait fait.

— Bien sûr.

Isaac frottait la hanche de David avec ses mains gantées avant de savoir ce qu'il faisait.

— Désolé, dit-il en reprenant sa main.

David regarda autour de lui alors que Kaffi avançait sur la route, le chariot grinçant.

— Je ne le suis pas. Approche-toi plus près.

Le cœur battant, Isaac glissa vers lui jusqu'à ce que leurs hanches et leurs épaules se touchent.

— Je sais que j'ai dit que nous ne pouvions pas, mais j'ai pensé… c'est seulement pour quelques heures. Nous étions si bien ensemble. Nous méritons une soirée. Personne ne le saura. Qu'en penses-tu ? Si tu ne veux pas, nous pouvons…

— Je le veux, l'interrompit Isaac en prenant sa main, leurs gants se frottant ensemble. Seigneur, tu m'as manqué. Nous ferons attention.

Il savait que c'était irresponsable. Stupide, même. Mais s'asseoir près de David et sentir la chaleur de son corps, Isaac n'arrivait pas à s'en soucier.

— Tu ne sais pas à quel point, tu m'as manqué, déclara David en le regardant. À quel point j'ai envie de t'embrasser à nouveau.

Il retourna son regard vers la route.

— C'est une torture, Isaac.

— Nous ferons attention, répéta Isaac.

Il serra la main de David en retour, souhaitant que sa peau soit nue pour qu'il puisse la caresser.

David hocha la tête vigoureusement.

— Bien sûr. Nous allons nous assurer que nous serons seuls. Que personne ne nous attrapera cette fois. Nous avons été imprudents avant. Ça n'arrivera plus. Mais de temps en temps, nous pouvons nous échapper, et ils ne le sauront jamais.

Isaac entendit une voiture approcher et s'éloigna de David, enlevant sa main de la jambe de son amant.

— Nous allons faire en sorte que ça marche, dit-il en souriant, se sentant plus heureux qu'il ne l'avait été depuis des semaines. Tu penses vraiment que ta mère aime Eli Helmuth ?

David se mit à rire.

— Je ne sais plus quoi penser. Cela n'a jamais traversé mon esprit.

— Cela te dérangerait-il ?

David tira la bride de Kaffi alors qu'ils arrivaient à un panneau-stop. Il regarda des deux côtés et incita son cheval à avancer à nouveau.

— Je suppose que non. C'est étrange de la penser avec une personne autre que mon père. Mais je veux qu'elle soit heureuse. Elle le mérite.

Il vint à l'esprit d'Isaac que si Madame Lantz se remariait, David ne serait plus responsable de sa famille. Évidemment, apporter une tarte à Eli n'avait rien à voir avec le mariage. Pourtant…

— Anna se trompe rarement sur des sujets comme ça. Nous devons faire très attention devant elle. Elle a un esprit vif, et une langue acérée. C'est comme si elle grandissait très vite brusquement.

— C'est pareil avec Éphraïm. As-tu entendu parler de la fête que lui et ses amis ont faite ? Buvant et fumant ?

David se mit à rire.

— Bien sûr ! Madame Kauffman – la mère de Josiah et de Rebecca – est passée pour une supposée course afin d'informer Mère des nouvelles. Comment va Éphraïm ?

— En colère. Frustré. Il parle de partir, l'année prochaine.

David regarda Isaac intensément.

— Vraiment ? demanda-t-il avant de regarder la route de nouveau. Tu penses qu'il le fera ?

— Oui. Tôt ou tard.

— Il n'a pas d'argent, n'est-ce pas ?

— Non. Il est impatient. Plus Mère et Père essayent de le contrôler, plus il devient frustré.

David tira sur la bride de Kaffi à nouveau tandis qu'il tournait.

— Je ne peux imaginer comment c'est.

— Partir ? demanda Isaac, en ayant l'impression que son cœur s'était coincé dans sa gorge.

— Avoir la liberté de le faire, dit David en regardant la route.

— Mais…, commença Isaac avant de prendre une profonde inspiration. Nous le pourrions tous si nous le voulions vraiment.

— Non, dit-il.

David s'éclaira la gorge.

— Certains d'entre nous ont trop de responsabilités.

— Je suppose.

C'était tout ce qu'Isaac pouvait dire avant d'ajouter.

— Nous n'avons pas le choix.

Les mains de David s'étaient serrées en poings sur la bride alors qu'il inspirait profondément.

— Éphraïm est jeune. Le monde semble noir ou blanc quand tu as seize ans.

— N'est-il pas blanc ou noir selon nos parents ? Selon l'Ordre ?

— Je suppose que ça l'est. Une fois que nous rejoignons l'église, alors, nous devons suivre toutes les règles.

— Et entre-temps ?

— Nous prions pour le pardon, dit-il en hochant la tête. Le baptême nous nettoiera de tous nos péchés.

— Le crois-tu vraiment ?

Isaac n'était plus sûr de pouvoir le faire.

David sourit tristement.

— Je le dois.

Il secoua la tête.

— Mais oublions tout cela pour aujourd'hui. Il n'y a que toi et moi. Rien d'autre ne compte. Pas pour les prochaines heures, du moins.

Isaac était tout disposé à repousser les questions perturbantes.

— Allons-nous au magasin de bricolage sur la grande route ? Je ne savais pas que nous avions besoin de nouveaux outils.

En dessous du bord de son chapeau, David lui adressa un regard espiègle.

— Eh bien, nous pourrions utiliser certaines choses.

Il indiqua de la tête derrière lui vers une place à l'arrière du chariot. Un sac en plastique se trouvait là, un plan dépassait de la pile d'outils à main.

Isaac rit.

— Donc, où allons-nous exactement ?

De l'euphorie le traversa. C'était mal, mais il ne pouvait s'en empêcher.

La fossette sur la joue droite de David se creusa un peu plus.

— Tu verras.

— Un *MOTEL* ?

Isaac tendit la tête alors qu'ils tournaient vers le parking de Wildwood Inn. Il y avait une voiture sur une portion de route tranquille derrière eux, mais pas d'autres chariots en vue.

— Es-tu devenu fou ?

David se contenta de rire.

— Probablement, dit-il.

Il conduisit à l'arrière du bâtiment à un étage.

— Personne ne verra le chariot ici de la route.

— Mais, mais…, bredouilla Isaac. Qu'en est-il des employés de l'hôtel ? Que penseront-ils ?

— Ils penseront qu'on couche ensemble, ricana David. Et ils s'en ficheront tant que nous payons. En hiver, ils n'ont pas beaucoup de clients. Ça va aller, je connais la fille de la réception. Elle m'a dit que je pouvais attacher Kaffi et le chariot au poteau, à l'arrière du bâtiment.

Il tira le frein à main et la bride de Kaffi.

— Et comment la connais-tu ?

— Le cinéma en plein air. Jessica du snack, tu te souviens ? Quand je suis allé pour prendre les outils l'autre jour, je me suis arrêté là-bas et je lui ai demandé de me réserver une chambre.

Le poteau à l'arrière était large et en bois, près de la lisière de la forêt, à côté du motel. La zone avait été définie récemment, la neige d'hier avait été déblayée du sol.

— Donc, elle *sait* pour nous ?

Isaac se jucha sur le bord du banc, son genou oscillant, ne tenant plus en place.

— Je ne lui ai rien dit, répondit David en posant une main sur le genou de son amant. Je suis sûre qu'elle a compris que j'allais ramener quelqu'un ici, mais je n'ai pas dit qui. Je vais demander pour la chambre et elle ne te verra même pas.

— Mais je suis certain qu'elle m'a vu quand nous sommes arrivés, dit Isaac en enlevant ses gants et tirant sur la peau sèche autour de l'ongle d'un de ses doigts.

— Peut-être, peut-être pas. Le chariot a un toit, et le bureau de la réception est à l'autre bout. Mais même si elle t'a vu, elle ne dira rien à personne.

David s'assit avec un soupir.

— Mais si tu veux partir, nous le ferons. Je ne voulais pas te bouleverser. J'aurais dû te dire où nous allions. Je suis désolé, Isaac. Je voulais juste être avec toi. J'ai pensé que nous serions saufs ici, plus qu'à n'importe quel endroit à Zebulon.

La nervosité d'Isaac disparut face à la déception de David.

— Eh bien, nous avons fait tout ce chemin, tu as raison – nous sommes bien cachés là. Nous sommes bien loin de Zebulon aussi.

Il se sentit excité quand il pensa au fait qu'ils allaient avoir une chambre pour eux seulement. *Juste cette fois.*

— Qu'est-ce que tu attends ? Va récupérer la clé.

Avec un sourire, David sauta du chariot et attacha Kaffi au poteau.

— Je reviens dans une minute, dit-il.

Ce fut, en fait, quatre minutes avant qu'il ne revienne, et Isaac pensa qu'il allait exploser tandis qu'il attendait. Il tira son petit couteau et l'ouvrit, puis le ferma, l'ouvrit puis le ferma, l'ouvrit puis le ferma. Enfin, David apparut lui indiquant de la main l'une des chambres – numéro seize.

— Apporte le sac, lança-t-il.

Isaac regarda derrière lui. Le seul sac qu'il pouvait voir était celui en plastique qui contenait les nouveaux outils, donc, il l'attrapa et s'avança rapidement sur le béton. Le vent froid lui fit naître des frissons dans le dos, bien qu'il ne soit pas sûr que ce ne soit pas l'excitation de ce qui allait se passer.

La chambre numéro seize au Wildwood Inn sentait le renfermé, mais était propre. David alluma la lumière et ferma les rideaux de couleur marron. La chambre était principalement de couleur beige avec de l'orange et du jaune ici et là. Un tableau de champs de blé ondulant dans le vent était accroché au-dessus du lit double sur le mur opposé.

Un vrai lit.

Le pouls d'Isaac battit rapidement. De toutes ces fois où David et lui avaient déjà péché, celle-ci était la plus réelle en quelque sorte. Toutes ces fois où il avait rêvé de cela, ils allaient enfin partager un lit. *Tu ne coucheras point avec un homme comme on couche avec une femme...*

La commode en bois en face du lit était usée, mais bien polie, et une télévision était au-dessus. À côté du meuble se trouvait une autre petite commode, et au-dessus d'elle, il y avait un grand miroir. Isaac se tint debout, figé dans l'encadrement de la porte.

— Il y a un miroir.

David regarda la commode, puis revint sur Isaac.

— Oui, dit-il en haussant un sourcil. Tu ne t'inquiètes sûrement pas au sujet de *cette* règle maintenant puisque…

La chaleur l'envahit, et Isaac n'était pas certain qu'elle soit due au désir, ou à la honte.

— Je ne veux pas me voir.

— Isaac, dit David, son visage s'adoucissant.

— Je ne peux pas.

Peut-être que c'était stupide, mais à la pensée de se regarder quand il allait pécher aussi complètement le rendait incroyablement nerveux. Sa poitrine se serra.

— S'il te plaît, supplia Isaac.

— D'accord.

David tira la couverture jaune du lit et enleva le drap. Il couvrit le miroir.

— C'est mieux ? Je vais couvrir celui de la salle de bain aussi.

Il s'avança vers la porte et prit la main d'Isaac.

— Mais si tu veux partir, nous le ferons, dit-il.

Isaac regarda les carrés orange usés sur le tapis.

— Non. Je veux… Je te désire tellement. Mais je ne le devrais pas, David.

Il sentit les doigts de David lui relever le menton doucement, et rencontra son regard tendre.

— C'est stupide au sujet des miroirs, je sais, dit Isaac.

— Ce n'est pas stupide, dit David en pressant leurs lèvres ensemble. Tout va bien. Personne ne le verra. Pas même nos reflets. Il n'y a que toi et moi, tu te rappelles ?

À la sensation des lèvres de David sur les siennes, la crainte et la culpabilité d'Isaac disparurent. Il l'embrassa désespérément, attirant le poids du corps de David contre lui. Son amant avait le goût de la tourte… de viande, de beurre et de chaleur. *Il n'y a que nous.* Soudain, Isaac ne put supporter la pensée que quelque chose les sépare, et il tira sur leurs vêtements.

Ils respirèrent bruyamment dans le silence de la pièce alors qu'ils se déshabillaient, leurs doigts volant sur les boutons et les attaches. Glorieusement nu, Isaac roula au-dessus de David sur le lit, inspirant la faible odeur de sciure qui s'accrochait à leurs peaux. Et la pensée qu'ils aient, la même odeur fit bouillir le sang d'Isaac bizarrement.

Le souffle de David flottait sur le visage d'Isaac alors qu'il haletait.

— Seigneur, Isaac. Tu m'as tellement manqué ! Cela a été une torture d'être avec toi et ne pas pouvoir te toucher.

Il pressa des baisers passionnés sur le visage d'Isaac.

Roulant des hanches, le jeune homme pesa sur lui, leurs queues durcissant et leurs peaux devenues glissantes de sueur. Un radiateur Anglais s'ébranlait du côté de la porte, rendant la chambre aussi chaude que l'été.

— Oui, oui…, marmonna Isaac, follement.

— Où est le sac ? demanda David en l'embrassant encore.

— Oh… hum… là, quelque part. Je vais le chercher.

Mais David l'embrassait toujours, ses mains s'enfouissant dans les cheveux de son amant.

Souriant autour de la langue de David, Isaac le mordilla.

— Si tu veux le sac, tu dois arrêter de m'embrasser.

David grogna, dégageant ses jambes de celles d'Isaac.

— Fais vite, dit-il.

Le sac en plastique se trouvait sur le sol, près de la commode, et Isaac descendit du lit et accrocha son doigt à l'une des poignées. Les outils se heurtèrent alors qu'il le soulevait.

— Qu'as-tu ici ?

Il rampa sur le lit, et fouilla dans le sac, sortant une scie à découper tranchante avec une protection en plastique sur sa lame.

— Vas-tu me baiser avec ça ? le taquina-t-il.

— Non ! s'exclama David en se mettant à rire. Regarde encore. Il y a un tube là-dedans.

Isaac fouilla encore et trouva un tube en plastique. Il lut l'étiquette.

— Gel lubrifiant intime.

Il regarda David.

— Est-ce cela qu'utilisent les Anglais à la place de la graisse ?

David écartait déjà les jambes, posant ses genoux contre lui et exposant son entrée. Pas besoin de se faire prier, Isaac enleva le couvercle et pressa. Rien n'en sortit. Il secoua le tube, mais rien ne se passa.

— Le seau. Tu dois percer le seau.

Une fois qu'Isaac eut le gel sur ses doigts, il les introduisit à l'intérieur de David, sachant qu'il devait être patient, mais voulant désespérément l'empaler sur lui, s'enfoncer dans le corps de David et venir en lui, caché où personne ne pourrait voir. Le liquide glissant était tout aussi salissant que de la graisse de cheval, mais quand il enduisit son sexe, son doux glissement l'obligea à serrer la base de son érection, inspirant profondément alors qu'il reprenait le contrôle.

Les narines dilatées, David attira Isaac au-dessus de lui.

— Baise-moi, s'il te plaît, siffla-t-il.

Isaac gémit quand il enfonça sa queue dans la chaleur du cul de David. Il était tellement étroit, et il s'introduisit plus loin, embrassant le visage de son amant. David sourit, son entrée se resserrant autour de lui. Alors qu'Isaac commençait ses va-et-vient, il haleta mots et des sons qui résonnèrent bruyamment à ses propres oreilles. « *Oh, Oh, oui, oh, oui, oh, oh.* »

De la sueur glissait sur le front de David, ses cheveux humides partant dans tous les sens, alors qu'il agitait la tête sur l'oreiller.

— Oui, comme ça. Là, juste là. Je ne veux plus que ça s'arrête, Isaac. Nous ne pouvons pas arrêter. J'en ai besoin. J'ai besoin de toi !

Il enfonça ses doigts dans les hanches d'Isaac, ses talons sur son dos.

— Je t'aime.

Le souffle d'Isaac se bloqua, et l'émotion le submergea. Il arrêta ses va-et-vient, enfoui profondément à l'intérieur de David, ses bras tendus alors qu'il se tenait au-dessus de son amant.

— Vraiment ? demanda-t-il.

David prit le visage d'Isaac avec des mains tremblantes, ses yeux étincelants.

— Oui. Je t'aime, Isaac. Peu importe ce qui va se passer, je t'aimerai toujours.

— Nous ne nous arrêterons jamais, murmura Isaac, haletant tandis qu'il sortait et s'enfonçait de nouveau. Je t'aime tellement !

Isaac n'avait jamais bu une gorgée d'alcool, mais il ne pouvait imaginer autre chose de plus enivrant que la fièvre qui le saisissait. Il s'enfonça à nouveau en David et se mordit la lèvre pour s'empêcher de crier.

— Fais-le ! Crie ! Personne ne t'entendra.

Alors, Isaac cria.

Ses cris emplirent la chambre tandis qu'il pénétrait son amant, les cris de David emplissant l'espace entre eux jusqu'à ce qu'ils s'entendent comme une étrange et merveilleuse musique. Le plaisir exsudait de chaque pore de sa peau alors qu'Isaac grognait, ses yeux verrouillés dans ceux de son amant. Il voulait faire jouir David pour toujours, mais il ne pouvait pas se contrôler plus longtemps tandis que l'entrée de David se resserrait autour lui, sa bouche était grande ouverte.

— Fais-le, Isaac. Remplis-moi.

Hurlant aux cieux, Isaac se laissa aller, tremblant et jouissant dans le cul de son amant. Ils s'embrassèrent passionnément, leurs langues se cherchant. Il voulait rester à l'intérieur de David indéfiniment, mais celui-ci était encore dur entre eux. Il se redressa, sa queue flasque sortant de son amant.

Isaac baissa la tête pour sucer David, mais ce dernier gigota pour passer au-dessus de lui. Il glissa ses doigts dans le sperme qui s'écoulait de son ouverture, et alla derrière Isaac. Celui-ci se pencha en avant sur ses coudes, s'offrant impatiemment.

Il gémit quand David frotta ses doigts glissants sur l'entrée d'Isaac, tendant son cou pour regarder tandis que David transférait le liquide de son propre cul à celui de son amant. C'était complètement dépravé, et une phrase d'un vieux sermon lui traversa l'esprit.

Péché de chair.

Si l'enfer l'attendait d'une manière ou d'une autre maintenant, alors qu'il en soit ainsi.

— Oui, gémit-il. Donne-moi tout !

Il posa sa tête contre les draps bon marché alors que David faisait gicler une bonne quantité de lubrifiant et s'enfonçait à l'intérieur. Isaac ferma ses yeux, haletant, ses cris se mélangeant avec le grincement du lit, celui-ci martelant le mur.

Ce n'était que sons et sensations – son corps ouvert tandis que David le baisait comme un animal le ferait, avec de forts grognements qui étaient pratiquement des aboiements, ses doigts humides agrippant les hanches d'Isaac si durement qu'ils laisseraient sûrement des traces qui le feraient rougir et sourire.

Il s'imagina qu'il pouvait sentir le foin et l'odeur de sciure de bois, et l'engrais de la grange en même temps que leur sueur tandis que les hanches de David claquaient contre ses fesses. Le sexe flasque d'Isaac se réveilla alors que son amant appuyait sur son point sensible, mais Isaac se souciait seulement de la jouissance de David. Resserrant son entrée, il bougea avec les coups de reins de David, reculant pour rencontrer ses poussées.

Il ne fallut pas longtemps à David pour crier, et il se libéra, tremblant. Isaac pouvait le sentir profondément en lui, et la pensée de leurs semences se mélangeant le fit gémir. Il voulait boucher son ouverture pour les garder en lui pour toujours.

Je dois vraiment être malade.

Mais alors qu'il s'effondrait avec David au-dessus de lui, encore enfoui *en* lui, pressant de petits baisers sur sa nuque, et murmurant de tendres paroles d'éloge et d'amour, Isaac s'en fichait.

Qu'il en soit ainsi.

LA TEMPÊTE ARRIVA si violemment qu'Isaac pouvait difficilement croire que quelques minutes plutôt, la chaussée avait été dégagée et que le soleil de fin d'après-midi avait même pointé le bout de son nez. À cet instant, la neige fouettait la route, frappant leurs visages et faisant larmoyer les yeux d'Isaac. Il garda sa tête baissée, toutefois, son chapeau ne pouvait en faire autant. Mais pire encore que le froid glacial était que le monde était devenu blanc.

— Allume la lanterne ! cria David par-dessus le vent sifflant.

Isaac le fit, sachant que la lanterne dans sa boîte aurait peu de lumière pour les éclairer dans cette neige aveuglante.

— Peux-tu t'arrêter ? demanda-t-il.

— Je vais essayer !

Même avec ses gants, les doigts d'Isaac étaient engourdis alors qu'il agrippait le siège. La prochaine route était l'allée de quelqu'un, à en juger par la boîte aux lettres. La ruelle était étroite et longue, mais il y avait une autre route qui s'en détachait, et utilisant la place supplémentaire, David put tourner le chariot.

— Si la tempête augmente, nous serons coincés, dit-il en essuyant la neige de son menton. Mieux vaut attendre ici, tu ne crois pas ?

Isaac hocha la tête alors qu'une rafale secouait le chariot. Il y avait une forêt de l'autre côté de la voie, mais elle ne semblait pas offrir beaucoup de protection.

— Je suppose que nous aurions dû rester au lit un petit peu plus.

Isaac pouvait rester, toute la journée, caché là. Il n'avait même pas été tenté de jeter un coup d'œil à la télé. Se blottir contre David, sous les draps était ce qu'il voulait et plus encore. David lui avait raconté des histoires sur son père, et Isaac avait partagé son souvenir du temps où les poules s'étaient échappées et avait pondu des œufs dans des endroits insolites. Être ensemble à des kilomètres de la maison et sans avoir à écouter les pas avait été un rêve.

Si ses cheveux n'étaient pas déjà humides de la douche qu'ils avaient partagée, Isaac penserait qu'il avait tout imaginé. Cela avait été si chaleureux et sécurisant, et maintenant, de retour au monde réel, l'hiver montrait ses crocs. Les pointes de ses cheveux étaient gelées et cassantes.

Les dents de David claquèrent.

— Celui qui a pensé que les chariots n'avaient pas besoin de vitres n'a pas vécu dans le Minnesota !

Ils se serrèrent l'un contre l'autre, les bords de leurs chapeaux se heurtant. Il semblait qu'ils étaient seuls parmi les arbres, mais au moins, si quelqu'un passait, ils avaient une bonne raison de se presser l'un contre l'autre.

Bientôt, la neige s'éclaircit, et la tempête s'arrêta, comme par magie, ou l'allumage d'une lumière Anglaise. L'hiver pouvait être comme ça dans le Minnesota – un lion et un agneau. Plus lion, cependant.

David prit les rênes, les claqua, et ils s'engagèrent sur la route principale, les roues du chariot grinçant dans les congères. La neige tourbillonnait toujours autour d'eux, mais ils pouvaient voir maintenant.

— Rentrons à la maison, marmonna David.

David exhorta Kaffi à avancer, et Isaac alluma la lanterne à nouveau, heureux qu'il n'y ait pas autant de voitures dehors. Ils avançaient lentement à cause de la neige qui recouvrait la route, et il faisait presque nuit quand il indiqua le virage. Une lumière rouge éclairait la neige de l'autre côté de la route.

— Qu'est-ce que c'est ?

Puis, ils contournèrent le rond-point, et ils constatèrent eux-mêmes. La lumière rouge de trois voitures de police entourait la scène, et des fusées rouge orangé éclairantes faisaient étinceler la route. Une petite voiture bleue avait dérapé, son extrémité presque dans le fossé.

À l'avant, un chariot était froissé sur le côté, les roues se balançant en l'air, par le vent.

La respiration d'Isaac se bloqua. *S'il vous plaît, Seigneur… S'il vous plaît, non !* Il regarda David, dont les yeux étaient écarquillés alors qu'il tirait le frein à main et ramenait la bride, amenant Kaffi sur le côté de la route. Ils bondirent tous les deux, glissant sur les bancs de glace alors qu'ils couraient.

C'était clairement quelqu'un qu'ils connaissaient. Les visages de sa famille traversèrent l'esprit d'Isaac – Mère et Père et Éphraïm et Nathan et Katie et Joseph – et il marmonna une prière.

— S'il vous plaît, s'il vous plaît, s'il vous plaît…

Faites que ce ne soit pas eux. Faites que ce ne soit pas eux.

Un officier de police leva ses mains et arrêta leur passage.

— Vous devez reculer, les garçons. Désolé.

Isaac l'ignora, essayant désespérément de jeter un coup d'œil sur le chariot et le cheval. Il soupira de soulagement quand il remarqua la couleur de l'animal, qui était étendu brisé et immobile, son sang suintant dans la neige. Ce n'était pas Roy.

Cependant, il reconnut le cheval.

Il allait attraper David, mais celui-ci s'avançait déjà péniblement vers la forme noire sur le sol. Les yeux de Madame Lantz étaient fermés sous sa coiffe noire, et sa jambe ensanglantée était tordue horriblement, son long manteau et sa robe déchirés. Les officiers de police se penchaient sur elle. Le policier qui essayait de bloquer leur passage, un vieil homme avec une voix bourrue, attrapa David par les épaules.

— Mon garçon, tu dois reculer. L'ambulance est presque là.

David paraissait ne pas pouvoir parler, de petits halètements s'échappaient de ses lèvres alors qu'il regardait le corps recroquevillé de sa mère.

À côté, un homme d'âge mûr hurla alors qu'il faisait les cent pas.

— Ce n'était pas ma faute ! Je ne pouvais pas les voir jusqu'à ce qu'il soit trop tard ! Oh, mon Dieu ! Oh, mon Dieu !

Du sang coulait sur son visage, et il fit courir une main sur ses cheveux éclaircis, les faisant se dresser.

— Je suis désolé ! Seigneur, je ne pouvais pas les voir ! Il n'y avait pas de feux arrière, pour l'amour du ciel ! Comment étais-je supposé les voir par ce temps ? !

David était figé, ses yeux fixés sur sa mère. Le policier essaya de l'éloigner.

— Ils font tout ce qu'ils peuvent, mon garçon. La connais-tu ?

Quand David ne répondit pas, Isaac le fit.

— C'est sa mère.

Sa voix semblait étrangement lointaine, comme s'il y avait un bourdonnement dans ses oreilles. Il saisit la main de David, le cuir de leurs gants se collant ensemble. *Ce n'est pas réel. Ce n'est pas réel.* Il ferma les yeux pendant un instant, priant pour que lorsqu'il les ouvrirait, il se rendrait compte qu'il s'était juste endormi, et qu'il était encore dans le lit du motel avec les draps bon marché et David enroulé autour de lui. Il voulut pleurer lorsqu'il regarda à nouveau, mais il ne le pouvait pas. David était pâle et immobile.

— Alors, Mary est ta sœur ? demanda l'officier à David.

Mais David ne semblait pas l'entendre, son regard rivé sur sa mère, quelques pas plus loin.

L'estomac d'Isaac se tordit horriblement. La plainte du conducteur fit écho dans sa tête. « *Comment étais-je supposé les voir ?* » Oh Seigneur ! *Les.*

Isaac regarda autour de lui.

— Mary ! Mary ! appela-t-il.

L'officier leva les mains.

— Elle va bien. C'est un miracle, je dois dire. Elle a été jetée dans un amas de neige. Elle a manqué l'arbre de quelques centimètres. Elle est là-bas, expliqua-t-il.

Puis il lança à un autre officier.

— Bukowski ! Emmène ce garçon voir la fille !

Isaac exhala un long soupir et murmura une prière de remerciements qu'au moins, Mary soit saine et sauve. Il se tourna vers David, le regardant intensément. Il retira ses gants, les mit dans ses poches et prit son menton pour attirer son attention. Mais les yeux de David ne quittèrent jamais sa mère.

— David, veux-tu voir Mary ? Elle va bien. As-tu entendu ce qu'a dit le policier ?

Toutefois, Isaac ne pensait pas que David ait entendu quoi que ce soit. Il pivota vers l'officier.

— Je ne sais pas quoi faire.

— Ça va aller, je vais le surveiller. Va voir la fille, la pauvre est aussi en état de choc.

Isaac serra la main de David si fort qu'il lui faisait sûrement mal.

— Je reviens tout de suite. Je dois m'assurer que Mary va bien. Tu m'entends ?

Il voulait étreindre David, l'embrasser, et lui dire que tout irait bien. Mais il recula d'un pas douloureux alors qu'il s'éloignait, posant un pied devant l'autre.

Une policière – Bukowski, supposa Isaac – sourit gentiment et l'emmena à l'une des voitures de patrouille. De l'autre côté de la route, un officier dirigeait le trafic avec des baguettes lumineuses alors que quelques véhicules passaient. Il faisait nuit noire maintenant, à part les inquiétantes lumières colorées illuminant tout d'une lueur sanglante.

L'officier Bukowski ouvrit la portière arrière de la voiture.

— Mary, ma chérie ? Quelqu'un est là pour toi, dit-elle en reculant.

Mary était entourée de deux couvertures. Alors qu'elle tournait son regard vitreux vers Isaac, il s'accroupit et prit sa main gantée. C'était glissant et collant, et il se rendit compte avec une vague de nausée que c'était du sang. Mais il ne la lâcha pas.

— Mary ? C'est moi, Isaac. Ça va aller, ça va aller.

Son manteau et sa coiffe noirs n'étaient plus là, ses cheveux blonds répandus, sans épingles. À travers ses yeux rouges et bouffis, de nouvelles larmes glissèrent sur ses joues, formant une ligne sur les tâches en rouge.

— Isaac ?

— Oui. Je suis là. David est là aussi. Il s'occupe de votre mère.

Pas tout à fait exact, mais suffisamment proche.

Le visage de Mary se crispa.

— Elle criait, Isaac. Je ne pouvais pas l'aider. Et la vieille Nessie aussi. Quand la police est venue, ils lui ont donné un coup à la tête. Mais Mère ne crie plus, non plus.

Elle se mit à trembler, haletante.

— Est-elle morte ?

— Non, elle est vivante.

— Vraiment ? murmura-t-elle.

— Oui, l'ambulance arrive. Elle est vivante.

Mary acquiesça.

— Très bien. Je sais que tu ne me mentirais pas, Isaac.

Son estomac, qui était déjà noué d'horreur et de crainte, se tordit encore plus quand la culpabilité s'ajouta également.

— Je suis tellement désolé de ce qui est arrivé, Mary.

— Elle était nerveuse à propos de la tarte, alors je suis allée avec elle. Anna avait raison, elle aime bien Monsieur Helmuth. Je pense qu'il l'aime bien aussi. Il était si heureux de la voir.

Les mots s'échappaient de la bouche de Mary, et ses yeux étaient vagues.

— Quand nous sommes partis, continua-t-elle, il ne neigeait même pas. Nous allions nous éloigner de la route, mais il n'y avait nulle part où aller sur ce chemin. Puis, il y a eu un bruit fort et j'ai volé. J'étais enfouie dans la neige, et j'avais mal partout. Je ne voyais rien. Mais je pouvais l'entendre crier.

Un sanglot la secoua, et elle baissa son menton sur sa poitrine, ses cheveux couvrant son visage.

Isaac caressa sa tête d'un air impuissant.

— Ça va aller, murmura-t-il. Ça va aller.

Au début, il crut que les faibles gémissements venaient de Mary, mais ils devinrent forts et il réalisa que c'était l'ambulance qui approchait.

— Je reviens. L'ambulance est là. Reste là.

Il s'assura qu'elle était bien installée en sécurité avant de fermer la portière de la voiture doucement.

Alors que l'ambulance arrivait avec des lumières rouges clignotantes, Isaac se précipita vers David. Il entoura son dos d'un bras, ne se souciant pas de ce que les autres penseraient.

— Mary va bien. David ? Tu m'entends ?

David regardait toujours avec des yeux vides. Des flocons blancs recouvraient son chapeau et son manteau, et Isaac fut frappé par la pensée que s'ils le laissaient là, lorsque le matin arriverait, il serait enterré sous la neige et perdu pour toujours. Isaac essuya les flocons, désespéré soudain par le besoin de voir le chapeau et le manteau de David immaculés à nouveau.

— Ça va aller, il est en état de choc.

Le même policier qu'avant étendit une couverture sur les épaules de son amant.

— C'est très fréquent. Il peut venir dans l'ambulance. Va avec sa sœur, et nous vous emmènerons à l'hôpital.

Isaac hocha la tête stupidement alors que les ambulanciers s'activaient autour de Madame Lantz. Il était tenté de demander si elle allait s'en sortir, mais n'était pas sûr de pouvoir entendre la réponse.

Une pensée le traversa.

— Notre chariot est encore sur la route. Je ne peux pas le laisser là. Je ne crois pas que nous ayons attaché le cheval…

Il dirigea son regard vers Kaffi.

— Nous l'avons déjà déplacé. Ne t'inquiète pas, mon garçon. Le cheval va très bien.

— Je vous remercie, dit Isaac.

Il regarda les ambulanciers qui avançaient un brancard. Il se tint près de David, se pressant contre lui pour que son amant sache, quelque part dans son esprit, qu'il n'était pas tout seul.

Soudain, le conducteur de l'autre voiture surgit devant eux, les yeux écarquillés alors qu'il saisissait Isaac.

— Je suis tellement désolé ! Vous devez me croire ! C'était un accident !

Le policier intervint, écartant fermement l'homme.

— S'il vous plaît, vous devez comprendre ! Je ne pouvais pas m'arrêter à temps ! Je ne pouvais rien voir. Je ne savais pas qu'elles étaient ici, et j'ai appuyé à fond sur les freins, mais…

— Je vous crois, dit Isaac en touchant le bras de l'homme. Nous ne vous blâmons pas.

Le policier éloigna le conducteur, et l'officier Bukowski l'aida à pousser David dans l'ambulance alors qu'ils chargeaient le brancard à l'intérieur. David marcha comme l'une des créatures dans les vieilles bandes dessinées d'Aaron – un zombie, comme ils les appelaient. Il monta dans le véhicule d'urgence et Isaac serra ses épaules.

— Je serai juste derrière toi. Je viens à l'hôpital avec Mary. D'accord ? David ?

Mais David regardait seulement sa mère, qui portait un masque à oxygène maintenant, sa peau désespérément pâle. Sa jambe était dans une attèle, et un os dépassait horriblement de son genou.

Ravalant une vague de nausée, Isaac recula alors qu'ils fermaient la porte. Bukowski l'entraîna avec elle, et il fut vaguement conscient d'entrer dans la voiture de police, et il s'assit à côté de Mary, qui s'appuya sur lui, en pleurant.

Isaac la tint près de lui, et regarda le monde défiler, la sirène perçant la nuit horrible.

Chapitre Treize

LE SOL SOUS les bottes d'Isaac avait la couleur de Janvier – impitoyablement gris. C'était partout dans l'hôpital, comme si elle s'était infiltrée chez les autres personnes dans la salle d'attente. Les lampes au-dessus d'eux étaient trop lumineuses, et il aurait voulu qu'ils les éteignent.

Cela faisait une décennie qu'il n'avait pas vu de docteur. La varicelle s'était propagée dans la communauté comme une traînée de poudre, et Mère lui avait enfilé des gants sur ses mains pour qu'il ne se gratte pas le visage. Ils étaient allés voir un médecin à Red Hills qui consultait les Amish, mais à Zebulon, ils n'avaient pas de docteur. Les Amish qu'Isaac connaissait allaient seulement aux urgences. Autrement, ils utilisaient des remèdes domestiques se trouvant dans le journal ou allaient voir un chiropraticien à Warren pour leurs maux.

Il bougea légèrement dans le fauteuil rembourré, et retourna son petit couteau dans ses mains. Son chapeau se balançait sur un genou, et lorsqu'il releva les yeux vers l'horloge, sur le mur – qui semblait s'être arrêtée de fonctionner tant l'aiguille bougeait lentement – quelques personnes détournèrent la tête.

Isaac fit courir ses doigts sur la poignée de son couteau, la lame pliée soigneusement à l'intérieur. Il n'avait apparemment aucun morceau de bois à tailler, alors il examina le vieux métal. Il avait déjà regardé le couteau un million de fois durant les années qui avaient suivi le départ d'Aaron qui l'avait laissé sur son oreiller, mais maintenant, il paraissait étrangement nouveau. De l'extérieur, rien d'extraordinaire – un objet comme un autre. Mais la vérité cachée à l'intérieur pouvait trancher un cœur.

Des passages de la Bible traversèrent son esprit, comme si l'évêque Yoder et les prêcheurs étaient au-dessus de lui, leurs souffles durs dans ses oreilles.

Car si nous péchons volontairement après avoir reçu la connaissance de la vérité, il ne reste plus de sacrifice pour les péchés. Mais une attente terrible de jugement, et l'ardeur d'un feu qui doit dévorer les adversaires.

Il fit glisser le bout de ses doigts le long du joint du couteau.

Mais chacun est tenté quand il est attiré et amorcé par sa propre convoitise. Puis quand la convoitise a conçu, elle enfante le péché, et le péché étant consommé, produit la mort.

Isaac ouvrit le petit couteau, l'argent brillant au-dessus du gris éternel.

Si quelqu'un ne demeure pas en moi, il est jeté dehors, comme le sarment, et il sèche ; puis on ramasse les sarments, on les jette au feu, et ils brûlent.

— Monsieur !

Il sursauta, relevant son regard vers une jeune infirmière qui se tenait devant de lui. Ses lèvres pressées ensemble en une ligne fine.

— Euh… oui ?

— Les armes ne sont pas autorisées dans l'hôpital. Ou bien vous le cachez immédiatement ou j'appelle la sécurité.

— Oh. Je suis désolé.

Il ferma le couteau et le remit dans sa poche.

— Je ne pensais pas à mal.

L'infirmière soupira, son visage s'adoucissant alors qu'elle chassait une mèche de cheveux bruns qui s'était échappée de sa queue de cheval. Elle avait la peau noire, et son uniforme vert s'étirait sur son gros ventre.

— Bien sûr. Comment tenez-vous le coup ?

— Savez-vous où est mon ami David ? Il est venu dans l'ambulance avec sa mère. Je ne l'ai pas vu, et personne ne me dit rien.

Ils avaient emmené Mary pour un examen dès qu'ils étaient arrivés, et ils l'avaient fait entrer dans la salle d'attente sans aucun signe de David.

— Et sa mère va bien ?

— Êtes-vous de la famille ? Je ne suis pas autorisée à vous en parler si vous ne l'êtes pas ?

— Oui, répondit-il.

Un autre mensonge à ajouter à sa collection – il y en avait tellement que cela n'était pas la peine de les compter maintenant.

L'infirmière haussa un sourcil, mais s'assit sur le siège à côté de lui, se baissant avec une main dans le dos.

— Quel est votre nom ?

— Isaac.

— Ravie de vous rencontrer, Isaac. Je suis Danielle.

Elle fouilla dans sa poche et en retira un tube en couleur.

— Bonbons ?

Il hocha la tête et leva sa paume. Elle en déposa deux sur celle-ci, un orange et l'autre vert. Il suça le vert le premier, et sa saveur de citron se répandit sur sa langue.

— Merci.

— Pas de souci, dit Danielle, en faisant sauter un bonbon à la cerise dans sa bouche. Donc, Madame Lantz est en chirurgie. Cela va probablement prendre du temps encore.

— Qu'en est-il de Mary ?

— Des ecchymoses et des bleus, et ils vont la garder en observation pour la nuit. Mais elle ira bien. Elle a été vraiment très, très chanceuse.

Il repensa à Mary à l'arrière de la voiture de police, sa coiffe disparue, du sang et des larmes imprégnant son visage.

— Où est David ? Le fils de Madame Lantz.

— Nous l'avons placé dans une chambre tranquille pour qu'il puisse se reposer. Il est en état de choc. Je peux vous emmener le voir durant quelques minutes si vous voulez.

Isaac se redressa.

— Oui ! S'il vous plaît.

— Je vais vous montrer le chemin.

Avec un gémissement, elle se leva.

Il ne savait pas s'il devait offrir son aide ou pas, mais après il était trop tard, et elle le dirigeait en bas du couloir étonnement vite, étant donné sa condition, ses chaussures de tennis grinçant sur le sol. Elle n'essayait clairement pas de cacher le fait qu'elle était enceinte, et frottait même sa paume sur son ventre qui dépassait alors qu'ils avançaient.

Ils passèrent près de brancards, certains vides, d'autres, non, et des gens avec des presse-papiers les contournèrent, se précipitant ici et là. Isaac portait son chapeau, essayant de ne regarder aucun des patients alors qu'il suçait le bonbon orange. L'orange avait été son fruit préféré, il y avait quelques années de cela, mais aujourd'hui, la saveur était mielleuse et trop douce. Tout paraissait faux.

Après une pièce de plusieurs lits séparés par des rideaux, ils arrivèrent vers plusieurs portes. À la dernière, Danielle tourna la poignée, frappant doucement à la porte.

— David ? lança-t-elle. Vous avez une visite.

Des armoires fermées s'alignaient sur le côté gauche de la chambre terne, une autre pièce étroite avec un comptoir et un lavabo, la seule lumière venait d'en dessous des armoires. Contre le mur droit se trouvait un brancard, où David était assis sur le côté. Son chapeau et son manteau étaient suspendus sur un crochet sur le mur, et sa chemise bleue dépassait de son pantalon. Au moins, maintenant, il était assez réveillé pour rencontrer le regard d'Isaac, pourtant, la gorge de ce dernier se serra à la souffrance qui faisait briller les yeux pâles de son amant.

— Quelques minutes, d'accord ? dit Danielle en serrant doucement l'épaule d'Isaac, fermant la porte derrière elle.

— Seigneur, David !

Isaac laissa tomber son chapeau et étreignit son amant, se déplaçant entre ses jambes.

— J'étais si inquiet ! Je suis *si* inquiet. Mais Mary va bien, et ils s'occupent de ta mère. Elle va s'en sortir. Je le sais.

Un autre mensonge. Il avait tellement envie de sentir les bras de David, mais celui-ci était mou.

David dit quelque chose, ses mots étouffés contre l'épaule d'Isaac.

— Quoi ? demanda Isaac, alors qu'il reculait et caressait ses cheveux.

Une larme tomba de ses cils.

— C'est ma faute, Isaac. J'aurais dû aller chez Eli comme elle me l'avait demandé. Elle et Mary seraient saines et sauves à la maison.

— Non, non. Tu ne pouvais pas le savoir. Ce n'est pas de ta faute.

Il pressa un baiser sur le front froid de David.

— J'aurais dû y aller. Au lieu de cela, je…

Il s'interrompit en fermant les yeux.

— Je sais, dit Isaac.

… le péché étant consommé, produit la mort.

Un sanglot secoua Isaac.

— J'aurais souhaité que nous puissions revenir en arrière, et apporter la tarte à la place.

— J'aurais souhaité ne t'avoir jamais rencontré.

Isaac recula comme s'il venait d'être frappé, une poigne de fer serrant sa poitrine.

David l'attrapa, trébuchant du brancard.

— Non, je ne le pensais pas ! Pardonne-moi ! Oh, Seigneur, pardonne-moi !

Le comptoir s'enfonça dans le bas du dos d'Isaac alors que David se jetait désespérément contre lui, ses doigts se creusant dans la peau d'Isaac.

— Je ne le pensais pas, répéta David, ses paroles chaudes effleurant la joue d'Isaac. Je devrais le souhaiter, mais je ne le ferais pas. Je ne pourrais pas. Je ne peux même pas être réellement désolé pour les choses que nous avons faites. Je sais que je suis un pécheur, et que je le reste. Mais je ne peux pas être désolé quand je t'aime si fort.

Isaac ne savait pas quelles larmes il goûtait. Il frissonna alors qu'il forçait ses poumons à se gonfler. David était tremblant dans ses bras.

— Je t'aime aussi. Nous trouverons un moyen. Nous allons arranger ça.

Avec une profonde inspiration, David se figea. Pendant une minute, ils respirèrent seulement, se serrant l'un contre l'autre. Les cheveux de David chatouillèrent la joue d'Isaac, et il se frotta. Une horloge égrena les secondes, le monde loin d'eux à des kilomètres. *Nous allons arranger ça.* Ils le devaient.

… puis on ramasse les sarments, on les jette au feu…

Quand David se redressa, il regarda Isaac tendrement, effleurant de ses doigts la joue de son jeune amant.

— J'aurais souhaité avoir une photo de toi, mon Isaac.

Il pressa leurs lèvres ensemble.

Le baiser était douloureusement doux, les lèvres sèches de David adoucies par les larmes. Il tint la tête d'Isaac alors qu'il ouvrait la bouche et glissait leurs langues ensemble. Isaac fondit contre lui, tremblant. Ils devaient trouver un moyen. *Il m'aime. Nous nous aimons.*

— Toujours si sucré, murmura David contre ses lèvres.

Isaac allait expliquer pour les bonbons, mais il se contenta d'embrasser David à la place, appuyant leurs fronts ensemble.

— Nous allons trouver un moyen.

Alors qu'il reculait, David secoua la tête.

— Si seulement ça pouvait être vrai.

Une peur terrible serra l'estomac d'Isaac comme un serpent.

— *C'est* vrai. Il faut que ça le soit ! dit-il en agrippant les bras de David.

— Ne vois-tu pas ? Dieu me punit. Je dois me repentir ou ma mère va mourir. Tous les gens que j'aime vont payer pour mes péchés. Toi y compris.

— Non, dit Isaac, son cœur battant la chamade.

— Tu dois rester loin de moi.

— Non ! Tu ne sais pas ce que tu dis. Nous allons traverser ça ensemble !

David était passif dans ses bras, et Isaac voulait le secouer.

— Nous ne l'aurions jamais fait, Isaac. Nous nous mentions à nous-mêmes. En prétendant que cela ne finirait pas.

— Ne dis pas ça ! cria Isaac en tremblant alors qu'il reconnaissait la vérité dans les paroles de David. Je t'aime, et tu m'aimes. N'est-ce pas ?

Une larme glissa sur la joue de David.

— Je t'aime plus que tout. C'est pourquoi ça doit se finir. Nous nous mentions à nous-mêmes, Isaac. Nous pensions que nous pouvions briser les règles et ne pas faire face aux conséquences. Tu sais que c'est vrai.

Il serra la main de David.

— Ce n'est pas juste.

Une affreuse grimace déforma les traits de David.

— Peut-être que c'était la leçon de Dieu pour nous depuis le début.

Comme s'il avait été vidé avec une cuillère, Isaac s'affaissa contre David, leurs lèvres se rencontrant pour un dernier baiser. Non. *Ça ne pouvait pas s'arrêter là.*

De la lumière et un bruit lointain du couloir s'abattirent sur eux, et Isaac recula brusquement, clignant des yeux vers Danielle, son poing encore levé où elle avait frappé à la porte, figée.

Elle sourit tristement.

— Je suis désolé de vous interrompre. Mais il y a certaines personnes qui sont là pour vous voir. Ils sont vraiment inquiets. David, êtes-vous prêt pour cela ?

David passa une main sur son visage et ses cheveux.

— Oui, je vais bien.

Il tira sur sa chemise, la redressant et faisant courir ses pouces sur les bretelles de son pantalon.

— Nous étions juste…

Les mots se précipitèrent de la bouche d'Isaac, ses joues brûlantes.

— Nous étions…

Danielle leva la main.

— Vous n'avez pas à m'expliquer quoi que ce soit, mon beau. Et je ne le dirai à personne, alors respirez, d'accord ?

Il hocha la tête vigoureusement, prenant son chapeau, là où il l'avait jeté sur le sol.

— Je vous remercie, dit-il.

Elle ouvrit largement la porte.

— Prêt ?

Son regard fixé sur le carrelage blanc, Isaac suivit, David juste derrière, mais déjà hors de portée.

ISAAC ETAIT A peine entré dans la salle d'attente qu'il était éjecté en arrière, trébuchant alors que Mère jetait ses bras autour de lui. Il ne pouvait se rappeler de la dernière fois où elle l'avait enlacé. Fermant les yeux, il fut un enfant pendant un instant, même s'il devait s'empêcher de laisser sa tête tomber sur son épaule. Il inspira profondément son odeur – habituellement un mélange de farine et de sueur –, mais son manteau sentait seulement l'air glacial. Des flocons de neige étaient fondus sur sa joue.

— Josiah Raber est venu nous dire qu'il avait entendu dire qu'il y avait eu un accident avec le chariot des Lantz. Il vous a vu, toi et David, sur la route un peu plus tôt, et nous avons pensé…

Mère recula, baissant ses bras et regardant autour d'elle. Elle prit une profonde inspiration, rassemblant clairement sa maîtrise après son débordement.

La nausée le submergea, et Isaac garda ses yeux sur les vieilles bottes de son père à quelques pas de là.

— Nous allons bien.

Où Josiah nous a-t-il vus ? Près du motel ?

Il repoussa la pensée inquiétante. C'était honteux de même de s'inquiéter de ses secrets quand Madame Lantz pourrait bien mourir.

— C'était la mère de David, et sa sœur Mary.

Père s'avança et posa une main sur l'épaule d'Isaac.

— Oui, nous le savons maintenant. Nous sommes allés chez les O'Brien au bout de la route tout de suite après, et ils nous ont conduits ici. Dieu soit loué, tu vas bien.

Isaac se força à relever les yeux. Il imaginait que ses parents pouvaient voir à travers lui l'horrible vérité, mais ils le regardaient seulement avec une compassion silencieuse. Cela fut pire, en quelque sorte. Pourtant, il avait assuré David que ce n'était pas sa faute, Isaac ne pouvait nier que s'ils avaient apporté la tarte eux-mêmes, tout cela ne serait pas arrivé. Mais peut-être que cela aurait pu être le cas. Peut-être que ce serait David sur la table d'opération. Ou qu'il serait mort.

Il se concentra sur sa respiration – inspirant et expirant, inspirant et expirant – jusqu'à ce que la peur relâche sa prise. Si la main de Père n'avait pas été sur son épaule, Isaac pensait qu'il aurait pu exploser. Mais il devrait être fort maintenant. Il recula, gardant la tête relevée. Pour la première fois, il fut conscient des autres membres de Zebulon, formant un mur noir derrière ses parents, l'évêque Yoder et le diacre Stoltzfus parmi eux. Les Anglais dispersés les regardaient avec une sympathie curieuse.

Isaac regarda David, à proximité, voulant l'enlacer. Il força son regard à se détourner, son estomac se tordant alors que ses yeux croisaient ceux du diacre. Ce dernier le regardait avec son habituelle expression froide, et Isaac baissa le regard sur ses mains, réalisant avec un sursaut qu'il restait encore du sang sur elles.

— David, nous prions tous pour ta mère, déclara l'évêque. Le Seigneur nous teste, et sa volonté reste parfois un mystère.

David avait laissé son chapeau et son manteau dans la petite chambre, et ses cheveux partaient dans tous les sens. Personne ne l'approcha, et Isaac pouvait voir pourquoi. La tension semblait vibrer par tous les pores de sa peau. Le choc avait disparu pour laisser place à la colère et à la souffrance. David se racla la gorge, et Isaac pouvait sentir que la pièce retenait son souffle.

— Anna et les filles ? demanda David, sa voix brusque et sans émotion.

Joseph Kauffman s'avança.

— Ma Katie est avec elles. Ne t'inquiète pas.

— Je vous remercie. Vous n'étiez pas obligés de venir tous.

Un murmure de désaccord envahit la pièce, et l'évêque Yoder parla à nouveau.

— Évidemment que nous sommes venus. Allons rendre visite à Mary et prier avec elle. Elle a sans aucun doute besoin du réconfort de Dieu.

Danielle se manifesta.

— Je vais vous conduire jusqu'à elle.

Isaac voulait que David le regarde avant qu'il ne parte, mais celui-ci suivit simplement Danielle et l'évêque, disparaissant dans les profondeurs de l'hôpital. La tête d'Isaac bourdonna, et il laissa Père le diriger vers une chaise. Au-delà de la salle d'attente, il y avait de constants cris, bips et activité.

Se penchant sur Isaac, Mère caressa ses cheveux.

— Nous devons t'emmener à la maison. Tu es épuisé.

— Non, je vais bien. Je veux rester.

Il s'éloigna de son contact.

— Au moins, jusqu'à…

Au moins, jusqu'à ce que nous sachions si Madame Lantz est morte ou vivante.

— Où alliez-vous David et toi ? demanda Père.

Isaac haussa une épaule, se concentrant pour respirer de façon régulière tandis qu'une part de lui-même voulait s'agenouiller et se confesser.

— Au magasin de bricolage. Nous avions besoin de nouveaux outils.

Il ne pouvait supporter de regarder ses parents dans les yeux. Il agrippa son couteau dans sa poche.

Heureusement, Madame Yoder appela ses parents de l'endroit où tous les Amish étaient rassemblés, discutant de quelque chose avec attention. Isaac serra le couteau et ferma les yeux, souhaitant plus que tout qu'Aaron soit là. Il essaya d'imaginer où Aaron était à cet instant. Vivait-il dans une grande ville ? Une petite ville ? Était-il marié ? Isaac essaya de l'imaginer avec dix ans de plus, mais il ne le pouvait pas.

Mais que pouvait faire Aaron ? Il ne pouvait s'occuper de la mère de David. Il ne pouvait remonter le temps pour qu'Isaac et David fassent un autre choix. Que dirait-il s'il savait la vérité ? Les enseignements de l'église étaient les mêmes à l'extérieur – coucher avec un homme était une abomination. Même si Aaron avait tourné le dos à l'église, il ne pourrait jamais accepter la vraie nature d'Isaac. N'est-ce pas ?

Une main timide se posa sur le bras d'Isaac, et il cilla quand il vit Danielle s'asseoir à côté de lui.

— Vous tenez le coup ?

Il acquiesça. C'était étonnant qu'elle l'ait vu embrasser David – qu'elle ait été témoin de leur péché – et pourtant, il n'y avait aucun jugement dans son regard. *Peut-être qu'Aaron aurait fait la même chose.*

— Puis-je vous demander quelque chose ?

— Euh… oui, répondit-il.

— Comment ont-ils tous su si vite ? Je croyais que vous n'aviez pas de téléphones.

L'ombre d'un sourire étira les lèvres d'Isaac.

— Vous seriez étonnée de voir à quel point les nouvelles peuvent se propager vite quand cela concerne des Amish. Et quand il y a une urgence, nous allons chez nos voisins Anglais pour nous conduire. Nous…

Il s'interrompit quand June entra dans la salle d'attente avec Eli Helmuth. Isaac fut sur ses pieds et se dirigea vers elle sans réfléchir.

— June.

— Salut, sourit-elle. Isaac, n'est-ce pas ? Tu es le jeune homme qui travaille avec David.

— Vous vous êtes rencontrés ? demanda Mère, ses yeux intenses.

C'était comme si son puits de mensonges était à sec, et Isaac hocha simplement la tête. Il réalisa qu'il avait aussi utilisé son prénom, ce qui allait sûrement déclencher toutes les alarmes de Mère.

— Juste une fois, dit June. David m'a aidé avec ma barrière, et Isaac a été d'une grande aide aussi.

Elle se secoua pour éloigner la neige de son écharpe brillamment colorée, ce qui allait avec le rouge de son manteau. Isaac était venu chez June plusieurs fois avec David, depuis la première et bouleversante nuit, et il était vrai qu'ils avaient réparé une fois une barrière brisée.

— Je suis sûr que David sera reconnaissant que vous soyez venue.

La voix d'Eli était grave.

— Comme je vous suis reconnaissant de m'avoir conduit ici.

— Oh, bien sûr ! dit June en agitant la main. C'était le moins que je pouvais faire. Je suis passée par la route de l'accident et harcelé les policiers jusqu'à ce qu'ils me disent le nom des accidentées. Je suis allée directement chez eux. Anna a pensé que Monsieur Helmuth voudrait sûrement venir à l'hôpital.

Eli était un vieil homme maintenant, probablement dans la soixantaine, mais il était toujours digne et fort, sa longue barbe légèrement grise.

— Y a-t-il du nouveau ? demanda-t-il, solennellement.

Alors que les autres le renseignaient, June s'approcha d'Isaac. Danielle était partie, et ils s'assirent ensemble.

— Comment va Anna ? demanda-t-il.

— Bouleversée. En colère. Morte d'inquiétude. Les autres petites ont à peine dit un mot.

June soupira, jouant avec la pince en plastique qui attachait ses cheveux lumineux. Il y avait comme des ailes de papillons dessinées dessus.

— Cela ne semble pas juste, n'est-ce pas ? dit-elle.

Isaac secoua la tête.

— Comment va David ?

— Mal, répondit Isaac.

Il frissonna.

— Il se blâme. Si nous n'… si nous n'avions pas… Madame Lantz nous avait demandé d'apporter la tarte, mais nous étions très occupés, alors elle et Mary y sont allées, murmura-t-il. Nous étions égoïstes.

— C'était un accident, Isaac. Cela n'a pas d'importance ce que David et toi n'avez pas fait.

Elle fit une pause avant de continuer.

— Ou ce que vous avez fait.

Les yeux sur ses genoux, Isaac hocha la tête alors qu'il se concentrait sur sa respiration. *Sait-elle ? Peut-elle l'affirmer ?* Il frémit.

— Tu as besoin d'une bonne nuit de sommeil. Je peux vous reconduire avec tes parents si tu veux. Ils prévoient plus de neige pour cette nuit, nous devons y aller bientôt.

— Je ne peux pas. J'ai besoin de rester avec… Je dois rester.

Il releva les yeux alors qu'un silence envahissait la pièce. David et l'évêque Yoder étaient de retour, accompagnés d'un homme de petite taille qui portait la même tenue verte que Danielle, bien qu'il ait une coiffe sur ses cheveux sombres. C'était appelé des blouses, supposa Isaac, cependant, il ne pouvait pas se rappeler comment il le savait.

L'homme se racla la gorge.

— Je suis le Docteur Ling. David m'a demandé de vous parler de sa mère. Son état est très grave, mais nous avons pu la stabiliser et opérer sa jambe. Elle souffre d'une fracture ouverte à la jambe droite ainsi que de blessures internes, et d'une commotion cérébrale.

Alors que le docteur Ling continuait de parler, la tête d'Isaac fut envahie d'un étrange bourdonnement, comme s'il regardait chaque personne dans la pièce de loin, même s'ils étaient assis là. David gardait les yeux baissés, et Isaac le pria silencieusement de le regarder, juste pour un instant. Il pouvait entendre la voix de David clairement dans sa tête.

Je ne peux pas être désolé quand je t'aime si fort.

Pourtant, se tenant debout avec la main de l'évêque Yoder sur son épaule, David avait l'air de l'homme le plus désolé qu'Isaac n'avait jamais vu.

— Nous devons rentrer, dit June.

Isaac cligna des yeux. Joseph Kauffman et Eli Helmuth parlaient avec David maintenant, et celui-ci acquiesçait, l'expression vide. Le jeune homme cligna des yeux à nouveau en regardant June.

— Va-t-elle aller mieux ? Je n'ai pas écouté.

June toucha son bras légèrement.

— Nous ne savons pas encore. Elle est entre la vie et la mort pour le moment, mais le docteur est optimiste.

— Entre la vie et la mort, répéta Isaac, sa langue épaisse.

Puis Mère et Père furent là, le mettant doucement sur ses jambes.

— Viens maintenant, Isaac. Il n'y a rien que nous puissions faire ce soir, à part prier. Tu as besoin de te reposer, dit Père.

Mère pressa sa main sur sa joue.

— Tu es très pâle.

— Je vais vous reconduire, dit June aux parents d'Isaac.

Mère et Père échangèrent un regard, et Père acquiesça.

— Je vous remercie.

Puis brusquement, Isaac bougea, et ils quittèrent la salle d'attente.

— Non. J'ai besoin de rester.

Il s'arrêta dans son élan alors qu'ils le conduisaient vers les portes en verres qui s'ouvraient et se refermaient à chaque fois qu'une personne entrait ou sortait.

— David… il a besoin…

— Eli restera avec lui, et Martha Yoder aussi, dit Mère, ne ralentissant pas. Il n'y a rien d'autre que tu puisses faire, cette nuit.

— Si !

Le pouls d'Isaac battit rapidement, et les lampes lumineuses autour d'eux devinrent floues. Pleurait-il ? Pourquoi pleurait-il ?

— David !

Il se débattit pour échapper à leur emprise. Il devait voir David ! Ne comprenaient-ils pas ? Il ne pouvait pas le laisser seul. Ils s'aimaient.

— Je ne peux pas partir !

Isaac regarda le chemin par lequel ils étaient venus, mais David était déjà hors de vue.

— Non !

— Isaac, pour l'amour du ciel ! s'exclama Mère en agrippant son bras. Ça va aller, nous pouvons revenir dans la matinée.

Mais il était envahi d'une terrible crainte qu'il ne puisse jamais revoir David.

— Je dois rester !

Puis Danielle fut là, ses mains sur ses épaules, dures, mais en même temps, douces.

— Isaac, vous devez respirer ! C'était une journée traumatisante, et c'est normal que vous soyez dépassé. Rentrez et reposez-vous, et je vais dire à David que vous avez demandé après lui. Ça vous va ?

D'une certaine manière, Isaac se retrouva à hocher la tête, sa voix tranquille le calmant.

Elle sourit.

— Je vais m'assurer que David et Mary aillent bien. Allez-y maintenant.

Il neigeait de nouveau, et les flocons s'accrochèrent dans les cheveux d'Isaac. Il avait dû laisser son chapeau, mais un instant plus tard, Mère le posait sur sa tête. Ils se serrèrent tous dans le siège avant du grand pick-up de June, Isaac au milieu entre Mère et Père à sa droite. June se pencha sur lui et attacha sa ceinture autour de sa poitrine. Elle sentait comme les fleurs, mais il ne savait pas laquelle. Lilas, peut-être.

— Il y a une autre ceinture sur la droite, Monsieur Byler.

— Ça va aller. Nous avons foi en la protection de Dieu, dit Mère. Mais merci.

Isaac se demanda si Mère lui demanderait d'enlever la ceinture, mais elle ne le fit pas. June semblait vouloir dire autre chose, mais elle tourna la clé à la place. L'engin vibra, et Isaac put sentir l'air froid des ventilations sur son visage. June tourna quelques boutons, et l'air diminua. Elle mit en route les essuie-glaces, et ils se déplacèrent le long du pare-brise, repoussant la neige. Isaac croisa ses bras devant lui pour ne pas heurter June ou Mère avec ses coudes.

L'heure numérique au-dessus de la radio indiquait dix heures, et il y avait seulement quelques véhicules sur la route. Isaac regarda les lumières venant vers eux, les essuie-glaces allants et venants doucement. Il y avait de l'air chaud qui sortait des ventilations maintenant, mais il frissonna.

Le monde semblait assourdi, et il ferma les yeux, pouvant presque imaginer qu'il était à la maison dans son lit, et que la prochaine fois qu'il se réveillerait, Nathan ronflerait dans son oreille, l'odeur chaude de biscuits frais lui chatouillant le nez tandis que Mère travaillerait, toujours la première à se lever.

Mais évidemment, il était toujours dans la voiture de June, où David et lui avaient mangé du popcorn et du Pepsi, et avait été tenté par le monde extérieur. Bien que leur vraie faiblesse soit venue plus tard, cette nuit-là – et presque tous les jours qui avaient suivi.

— Nous devons voir comment vont Anna et les filles, dit Mère, sa voix trop forte. Les informer des dernières nouvelles.

— Oui, j'ai déjà dit à Anna que je reviendrais pour faire le point. Mais si vous voulez y aller vous-mêmes, je vous conduirai.

June appuya sur le clignotant et ralentit pour tourner à gauche.

Mère et Père échangèrent un regard, ayant une de leurs conversations silencieuses. *Tic, Tac, Tic…* Une flèche verte étincela au-dessus du volant.

— Si cela ne vous dérange pas d'y aller sans nous, répondit Père, nous vous serions reconnaissants. Nous voulons rentrer et voir comment vont nos enfants, et la neige semble empirer à nouveau.

— Cela ne me dérange absolument pas. Ça ne me prendra que quelques minutes.

June ralentit et tourna encore une fois pour se diriger vers Zebulon.

Isaac leva ses mains devant les ventilations, pensant à la neige qui devait bloquer la dépendance et qui aurait besoin d'être balayée. Il pensa aussi à la morsure du froid durant les petites heures de la nuit quand le grand poêle aurait besoin de plus de bois, chacun se rassemblant dans leurs lits avec des nez froids et les pieds portant les grosses chaussettes que Mère tricotait.

Alors qu'ils approchaient de la maison, Isaac essaya d'imaginer David à l'hôpital, assis peut-être à côté de Mary. Mais il ne put seulement penser qu'à lui dans une autre vie, dans une chambre insouciante de couleur beige et orange, leurs corps rougis et ardents.

$$Chapitre\ Quatorze$$

LA MAISON DES Lantz était inchangée depuis le matin précédent, bien que la neige sur l'allée ne soit plus marquée par les petits pas des sœurs de David quand elles allaient à l'école. Isaac ralentit Silver alors qu'ils atteignaient la maison, et lorsque la porte s'ouvrit, ce fut Anna qui jeta un coup d'œil.

Elle disparut encore une fois, mais la porte resta entrouverte, alors Isaac attacha Silver et se précipita à l'intérieur, resserrant son chapeau sur sa tête. Sur le seuil, il fit une pause. Il était sur le point d'enlever ses gants, et de toquer sur la porte, mais Anna fut là de nouveau.

— Restez à vos places et finissez votre petit-déjeuner. Je vous l'ai dit, c'est seulement Isaac, lança-t-elle par-dessus son épaule avant de mettre sa cape noire et de sortir à l'extérieur.

Sa coiffe blanche était de travers sur ses cheveux blonds, et elle la redressa.

— Désolée. Il m'a fallu une éternité pour qu'elles mangent un morceau. J'ai prié Madame Kauffman de rentrer autour de minuit, et si je ne les nourris pas, je n'en verrais jamais la fin.

— Ce n'est pas grave.

Il y avait des cernes sombres sous ses yeux, et elle sourit d'un air triste.

— Je suppose que tu n'as pas de nouvelles.

Elle leva la main.

— Attends…

Elle ouvrit la porte à nouveau et jeta un coup d'œil à l'intérieur avant de la fermer.

— Je voulais juste m'assurer. Alors, du nouveau ?

— Non. Je voulais retourner à l'hôpital, mais j'ai pensé que je devrais venir et m'assurer que tout allait bien ici en premier. J'ai supposé que c'est ce que David aurait voulu.

— C'est très gentil de ta part, Isaac. Nous allons bien. Nous attentons des nouvelles. Cette femme Anglaise au bas du chemin nous a dit qu'elle allait ramener Mary à la maison, ce matin. Elle a été très gentille. Tu ne me sembles pas avoir beaucoup dormi non plus. As-tu pris un petit-déjeuner ? J'ai du café frais.

— Non, ça va. Ma mère m'a assez fait manger, dit-il, puis il rougit. Non pas que je m'en plaigne.

Anna sourit tristement.

— Ça va aller, Isaac.

Elle se redressa, prenant une profonde inspiration.

— Maintenant, dis-moi. Penses-tu que ma mère va mourir ? Tu étais là, n'est-ce pas ? Le policier a dit que David et un autre garçon étaient sur la route, là où l'accident s'était produit. Et tu étais à l'hôpital aussi. June a dit qu'elle était optimiste. Es-tu optimiste, Isaac ?

— Bien sûr ! Et… et j'ai prié toute la nuit, tout le monde est en train de prier…

— Je m'en fiche des prières, explosa Anna. Je sais que je n'ai pas le droit de dire ça, mais c'est la vérité. J'ai prié aussi, mais cela ne changera rien. Je sais que je dois avoir foi en Dieu. Que cela est sa volonté. Mais ce n'est pas juste ! Ça ne l'est pas !

Isaac déglutit difficilement.

— Je sais, dit-il. Mais je pense que c'est un bon signe qu'elle ait survécu à l'opération. J'avais peur qu'elle ne le fasse pas. Ils ont dit qu'elle était entre la vie et la mort. Peu importe ce que cela veut dire.

Les yeux humides, Anna laissa échapper un soupir tremblant.

— D'accord. Merci. Et tu as vu Mary ? Elle va réellement bien ?

— Oui. Physiquement, du moins. Elle était en état de choc, mais elle va bien.

Ils se tournèrent tous les deux quand ils entendirent le bruit d'un chariot qui approchait. L'estomac d'Isaac se tordit lorsqu'il vit Mervin aux rênes, et sa mère à côté de lui.

Anna soupira.

— Je sais que tout le monde n'a que de bonnes intentions, mais...

Elle plaqua un sourire sur son visage quand le chariot s'arrêta devant la maison.

— Bonjour, Madame Miller, Mervin, lança-t-elle.

Isaac hocha la tête vers eux alors qu'ils descendaient et s'approchaient. Il avait peur de croiser le regard de son ami, rougissant lorsqu'il se rappela la dernière fois qu'ils s'étaient parlés, et ce que Mervin avait entendu dans la grange. Son ancien ami garda ses yeux sur Anna, ses bras portant des plats.

— Bonjour, Anna.

Madame Miller portait un autre plat.

— Je voulais m'assurer que vous ayez assez de nourriture, et Mervin a insisté pour me conduire ici, comme les routes sont encore glissantes, ce matin.

— Je vous remercie. C'est très gentil. S'il vous plaît, entrez. Laissez-moi vous aider avec cela.

Anna prit les plats de Mervin et ouvrit la voie.

Mervin ne les suivit pas, et Isaac donna un coup de pied dans la neige alors que le silence s'étirait, leurs souffles se transformant en nuées dans l'air de l'hiver. Mervin avait toujours eu beaucoup de choses à dire et peu de temps, mais pas ce matin. Finalement, Isaac ouvrit la bouche et lâcha la première chose qu'il eut à l'esprit.

— Comment va Sadie ?

Des sourcils pâles disparurent sous le chapeau noir de Mervin.

— Elle va bien, répondit-il.

— Bien. C'est bien.

Isaac ne trouvait plus ses mots, son esprit cherchant inutilement.

— Vas-tu la reconduire du chant, ce dimanche ?

— Isaac, arrête, s'il te plaît.

Il avait l'impression que ses poumons étaient remplis de plomb.

— Je sais que les choses ont changé, mais… je… tu es mon meilleur ami, murmura-t-il.

Mervin baissa la voix, son ton grave.

— Tu sais que tu peux te repentir, Dieu te pardonnera. Il n'y a pas de péché trop grand. As-tu essayé de surmonter ça ? Si tu pries assez fort, je sais que tu peux le faire.

Isaac pensa aux prières silencieuses qu'il avait faites ce matin. La première était pour Madame Lantz, mais la deuxième était totalement égoïste et faible… une demande pour qu'il puisse être avec David à nouveau. Qu'ils trouvent leur chemin à travers cela ensemble, même s'il savait dans son cœur que la seule vie qu'ils auraient à Zebulon était séparée.

Mervin poursuivit, avec un coup d'œil à la maison, sa voix se faisant basse.

— Je sais que tu penses que tu es différent, mais tu ne l'es pas ! Il te fait penser de folles choses. Tu te souviens comment son frère a influencé les filles ? Elles sont mortes à cause de lui ! Je sais que ce n'est pas toi, Isaac. Cela ne pourrait l'être, dit-il en tapotant le bras d'Isaac.

Malheureusement, Isaac recula, et la main de Mervin retomba.

— J'aurais voulu te dire ce que tu veux entendre. Mais c'est moi. David m'a seulement aidé à le voir.

— *Aidé* ? Il…

Mervin rougit.

— Isaac, tu sais ce que la Bible dit. Tu sais comment les choses sont supposées être. Tu dois rejoindre l'église. Te marier. Je devrais tout dire à l'évêque. Je pourrais aller moi-même en enfer pour avoir gardé ton secret ! Et qu'en est-il de tes parents ? Pense à eux !

— Ne le dis pas, s'il te plaît !

Isaac regarda autour de lui et baissa la voix.

— Je t'en prie, Mervin.

— Que vas-tu faire ? Continuer à mentir à tout le monde ? Pour combien de temps ?

Alors que les paroles de Mervin pesaient sur lui, Isaac sentit que la neige à ses pieds était comme du sable mouvant. Il pivota et se retrouva dans la grange, le sang battant à ses tempes. Il attrapa une pelle et commença à dégager un chemin vers la maison, là où Mervin se tenait toujours debout, les épaules affaissées.

Pour combien de temps ?

Isaac jeta la neige fraîche sur les bancs qui alignaient déjà l'allée. *Se pencher, soulever, et jeter. Se pencher, soulever et jeter.* Bientôt, il s'essouffla, et de la sueur humidifia ses cheveux sous son chapeau. Il entendit le bruit du chariot de Mervin et de sa mère s'éloigner, et Anna l'appela, mais il ne s'arrêta pas. *Se pencher, soulever et jeter.*

Que vas-tu faire ?

Quand le bruit d'un moteur approcha, Isaac s'arrêta, ses mains se resserrant sur la pelle si durement que la poignée craqua. Sa poitrine se souleva, et son souffle emplit l'air comme de la fumée. Qu'allait-il faire ? Pour la première fois, il trouva la réponse. Pour la première fois, il le dit à haute voix.

— Je vais partir.

Le pick-up de June apparut, et les paroles d'Isaac s'évaporèrent dans le vent. Il aperçut le chapeau de David à travers le pare-brise, et il se précipita, glissant vers la maison, la pelle oubliée dans la neige. Anna surgit de la porte, pointant du doigt derrière elle, où ses petites sœurs l'avaient sûrement suivi. Les trois filles s'entassèrent sur le seuil, se bousculant pour voir.

Le cœur d'Isaac battit tandis que David descendait et aidait Mary qui semblait très petite sous sa cape noire, à faire de même. Anna se précipita vers sa sœur, s'arrêtant devant le véhicule et l'étreignant doucement. Isaac resta immobile, quelques pas plus loin, et June descendit de derrière son volant dans son long manteau rouge, lui adressant un petit sourire.

Anna embrassa la joue pâle de Mary.

— Je vais te faire réchauffer de l'eau pour un bain, et il y a plein de nourriture. Madame Miller et Mervin ont apporté du pain aux pommes… ton préféré.

Elle cligna des yeux pour repousser les larmes.

— Et je suis désolée pour ce que je t'ai dit, hier matin. Je ne le pensais pas.

Mary sourit faiblement.

— Je sais.

Anna regarda David.

— Eh bien ?

Il hocha la tête.

— Elle va s'en sortir. Elle ne pourra pas marcher durant quelques mois, et elle sera à l'hôpital jusqu'à la semaine prochaine au moins, mais elle va aller mieux.

Le soulagement était merveilleusement chaleureux alors qu'il envahissait Isaac.

Prenant un soupir tremblant, Anna cligna des yeux rapidement, et David embrassa son menton. Puis, son regard croisa celui d'Isaac, et sa mâchoire se serra.

— Que fais-tu ici ? demanda David, bref.

La gorge comme du papier de verre, Isaac répondit.

— Je balayais la neige.

— Tu ne devrais pas être ici.

Le sourcil de Mary se haussa.

— David, qu'est-ce qui se passe ?

Elle se tourna vers Isaac.

— Je suis heureuse que tu sois là. Je voulais te remercier pour hier. Je n'ai jamais eu aussi peur, et tu m'as soulagée.

— Mais je n'ai rien fait.

Elle sourit doucement.

— Tu étais là, et c'est ce dont j'avais besoin.

Isaac devait détourner les yeux, la culpabilité le figeant.

— Je suis heureux d'avoir pu aider.

David parla à nouveau, d'un ton plat.

— Je voulais seulement dire que je ne peux pas te payer. Je ne sais pas ce qui va arriver. Les soins de l'hôpital vont être importants.

Prenant une profonde inspiration, Isaac regarda les yeux pâles de David, forçant sa voix à ne pas trembler.

— Je ne m'attendais pas à ce que tu me paies. Je veux juste aider.

— Nous le voulons tous, ajouta June. Je suis sûre que David l'apprécie, Isaac.

David acquiesça, raide, et tourna les talons, s'éloignant vers la maison où ses petites sœurs attendaient sur le seuil.

— Anna, si tu veux rendre visite à ta mère, je peux t'y conduire quand David aura fini de se nettoyer, continua June. Nous avons laissé Monsieur Helmuth là-bas entre-temps, et bien sûr, je peux te ramener plus tard.

Anna hocha la tête vigoureusement.

— Ça va aller, n'est-ce pas ? demanda-t-elle à sa sœur. Je sais que nous ne sommes supposés monter dans les voitures qu'en cas d'urgences, mais cela compte tout de même, n'est-ce pas ?

— Je suis certaine que l'évêque Yoder aurait été d'accord, dit Mary. Cela prendrait du temps avec le chariot, et il reste beaucoup de neige sur les routes.

Isaac regarda David ouvrir ses bras à ses petites sœurs, qui se bousculèrent autour de lui. Il s'accroupit et leur parla, les embrassant et les étreignant alors qu'ils sanglotaient de soulagement.

Se sentant comme un intrus, Isaac recula avec un hochement de tête à June, repoussant la neige jusqu'à ce qu'il trouve la pelle. Le besoin d'avoir David seul et de l'enlacer était presque insupportable. Cependant, David avait indiqué clairement qu'il ne voulait pas ça.

— Isaac ? appela Mary.

Il revint sur ses pas.

— Oui ?

Elle était encore si pâle, mais ses yeux étaient chaleureux.

— Tu as vraiment aidé. Merci. J'espère…

Elle baissa la tête, haussant les épaules.

— J'espère te revoir bientôt.

Elle tourna les talons et revint vers Anna avant de disparaître dans la maison.

Isaac retourna vers la grange et souleva un nouveau tas de neige, gardant sa tête baissée, et son esprit vide.

Se pencher, soulever et jeter.

LE POIDS DE David l'épingla sur la table de travail, sa paume sur la bouche d'Isaac pour étouffer ses cris. Isaac ne pouvait pas bouger, et alors que David s'enfonçait en lui, chaque coup étira Isaac plus largement, plus profondément jusqu'à ce qu'il pense qu'il pourrait voler en éclats de la meilleure des façons. Il ferma les yeux et le sentit à l'intérieur de son corps et à l'extérieur en même temps. Sa concentration était focalisée sur son cul, comme si ses bras et ses jambes n'existaient plus, et que tout son être était le centre d'un plaisir brûlant.

Mais ensuite, David disparut, et Isaac fut seul, la chair de poule sur sa peau nue, la table où il était penché aussi froide de la glace sous lui. Il essaya de se mettre debout, mais ses jambes le lâchaient, à chaque fois. Il poussa avec ses mains, mais maintenant, la table était vraiment de la glace, et il était impuissant. La glace craquait. Il appela David, mais il n'y avait aucun son.

Avec un halètement, Isaac se réveilla. Il avait levé le bras et frappé son frère, et Nathan ronfla, marmonnant avant de se retourner. Isaac se figea, attendant. Dans l'autre lit, Éphraïm leva la tête.

— Isaac ? demanda-t-il, le regard troublé.

— Ça va. Rendors-toi, murmura Isaac.

— Mais…

— J'ai dit : rendors-toi ! ordonna Isaac, sèchement.

D'un air vexé, Éphraïm se retourna. Joseph semblait dormir comme une souche, et alors que les faibles grognements de Nathan se transformaient en ronflements à nouveau, Isaac exhala. Il n'aurait pas dû être aussi sec avec Éphraïm, mais tout ce qu'il voulait, c'était rester seul. *Je suis un frère horrible.*

Il avait promis à Éphraïm qu'ils parleraient plus, mais il avait été absorbé dans son propre monde. Quelques fois, il revenait au présent quand il faisait ses corvées dans la grange, trouvant Éphraïm attendant avec impatience, et il réalisait à ce moment-là qu'il n'avait aucune idée de ce qu'avait dit son frère. La dernière fois, Éphraïm lui avait marmonné d'oublier ça.

Je me ferai pardonner. Plus tard.

Après son rêve, Isaac était à moitié dur sous sa chemise de nuit, et il se demanda s'il pouvait être assez silencieux pour trouver un soulagement et se rendormir. Cela faisait des jours depuis l'accident maintenant, et il n'avait pas revu David. Chaque matin, lorsqu'il arrivait chez les Lantz pour travailler, David était déjà parti depuis l'aube pour l'hôpital.

Non pas qu'Isaac reprochait à David d'aller voir sa mère. Mais il se sentait complètement à la dérive. Mary et Anna étaient déjà débordées en s'occupant de leurs sœurs quand elles n'étaient pas à l'hôpital. Isaac n'allait plus à la maison pour le déjeuner, bien qu'elles lui apportent de la nourriture la plus grande partie du temps, Mary s'attardant tandis qu'il feignait le plus grand intérêt à son travail.

Si seulement elle savait. Isaac frotta le dos de la main à travers sa chemise de nuit. Il était très tendu, comme un cheval dont le maître tirait les rênes trop brutalement. C'était comme si son corps ne pouvait comprendre la soudaine absence de David après avoir senti son contact si souvent. Isaac avait besoin de soulagement, mais la pensée de marcher en traînant ses pieds dans la neige jusqu'à la dépendance pour plus d'intimité fut assez pour refroidir son désir intense.

Il tira la couverture à son menton et se retourna vers la fenêtre, les genoux collés contre sa poitrine. Il faisait noir dehors, et il ne pouvait voir plus que l'obscurité à travers le carré de verre. Il avait besoin de fermer les yeux et de se rendormir, l'aube arriverait bien trop tôt.

Dans la matinée, Isaac s'habillerait, mangerait son petit-déjeuner, ferait ses corvées et attèlerait Silver au vieux chariot. Il agiterait la main pour saluer les filles Lantz tandis qu'il arriverait et balaierait toute la nouvelle neige pour s'assurer que Mary et Anna aient un chemin dégagé pour le lavoir et le puits.

Ensuite, il travaillerait dans la grange où il avait connu tant de joie. Pas seulement le plaisir de ses accouplements furtifs avec David, mais aussi la compagnie qu'ils avaient trouvé… les heures à discuter de tout et de rien, et les silences confortables. Ils avaient été de parfaits étrangers, mais maintenant, ils avaient trop partagé.

Il finirait les projets que David avait abandonnés, faisant de son mieux pour se rappeler ce qu'il avait appris. Il espérait de tout son cœur que David apparaîtrait pour lui dire que tout allait bien. David l'embrasserait, le toucherait et murmurerait qu'il l'aimait, puis il verrouillerait la porte et ils se cacheraient.

Mais David n'était jamais venu. À la fin de la journée, Isaac monterait au grenier à foin et allumerait la lampe pour réchauffer l'eau de la douche. Il se tiendrait debout nu et tremblant dans la stalle, une main sur le mur glacé alors qu'il caresserait sa queue de l'autre, fermant ses yeux et prétendant que David était là. Quand la jouissance disparaitrait, la douleur serait encore pire qu'avant.

« *Tu dois rester loin de moi.* »

Frissonnant, Isaac regarda le ciel s'éclaircir peu à peu alors que la voix de David faisait écho dans son esprit. Il savait qu'il devait faire ce que son amant lui avait demandé. Mais s'il s'éloignait de David et de la ferme Lantz… où irait-il ? Il serait coincé à la maison. Il n'y avait aucun autre travail pour lui à Zebulon. Il reviendrait au point de départ. Comme si ce qu'il avait fait n'avait rien signifié.

Le vent frappa la fenêtre, et Isaac pouvait presque imaginer que c'était un train. L'idée qu'il avait osé évoquer seulement une fois, emplit son esprit, repoussant la crainte, la culpabilité et le désespoir jusqu'à ce qu'une seule chose reste. Il enfouit son visage sous la couverture et articula silencieusement.

Je vais partir.

Chapitre Quinze

— ISAAC.

Son cœur bondit quand il regarda David à l'entrée de la grange. Il avait scié si intensément qu'il n'avait pas entendu la porte s'ouvrir. C'était le milieu de l'après-midi, mais c'était sombre et humide comme Janvier l'était souvent, bien que la lanterne à côté de lui sur la table de travail ne donnait pas seulement de la lumière, mais dégageait aussi de la chaleur. Il avait travaillé si durement qu'il avait accroché son chapeau, et relevé les manches de son manteau. Il essuya son sourcil avant d'enlever ses gants.

— J'ai fini le cadre de lit pour les Hooley. C'est la table de chevet. Et la nouvelle table pour la cuisine pour la fille de l'évêque Yoder est prête à être livrée. Je la lui apporterai demain. Ensuite, il y a le…

— Isaac, arrête. Je t'en prie.

Non. Ne le dis pas.

David ferma la porte derrière lui, et la chaleur le parcourut, son corps vibrant alors qu'il se rappelait les choses qu'ils avaient faites derrière cette porte close. L'envie de se jeter contre David et de, finalement, le toucher encore une fois fit tourner la tête d'Isaac. Mais David ne verrouilla pas la porte, et le fossé entre eux lui semblait mesurer des kilomètres, au lieu de quelques pas. Il y avait des cernes sous les yeux de David, et une fatigue qui le faisait en quelque sorte apparaître plus petit.

David enleva son chapeau et le roula entre ses mains, la tête baissée.

— Isaac...

— Comment est-elle installée ? Est-ce que la rampe lui va ? Mon père et Éphraïm sont venus hier pour m'aider à la mettre.

Isaac joua avec les outils répandus sur la table, les prenant puis les posant.

— Ils n'étaient pas obligés de le faire. J'allais la construire. Mais oui, elle est parfaite. Merci. Et je te remercie aussi pour tout le travail que tu as fait sans moi. Je trouverai un moyen de te payer.

Isaac secoua la tête.

— Cela m'importe peu.

Avant que David ne puisse argumenter, il poursuivit.

— Ta mère doit être heureuse d'être à la maison. Cela devait être étrange d'avoir passé Noël avec toutes ces décorations lumineuses. Le font-ils souvent à l'hôpital ? Poser toutes ces lumières étincelantes ? Je me rappelle à Red Hills, il y avait cette maison Anglaise sur la route qui avait le plus grand arbre en face, avec tellement de lumières. Une fois, j'ai demandé à Mère pourquoi nous ne pouvions pas décorer, et elle a dit que les bougies à la fenêtre étaient assez pour Jésus, et le reste n'était qu'orgueil, que les Anglais avaient oublié la vraie signification de Noël. Pourtant, Mère et Père nous donnent toujours quelque chose. Joseph a eu un yoyo cette année, et il ne peut le lâcher un instant.

Isaac s'ordonna d'arrêter de babiller.

Dans le silence qui suivit, David soupira longuement et posa son chapeau sur la table.

— Isaac, tu ne peux plus venir ici.

Il agrippa le côté de la table, ayant l'impression que sa tête allait à tout moment se détacher de ses épaules. Il se força à regarder David, la large table encore entre eux.

— Je t'ai dit que je ne pouvais pas te payer. Et je t'ai dit que tu devais rester éloigné.

Isaac déglutit difficilement.

— Tu ne penses pas vraiment que l'accident était le châtiment de Dieu, n'est-ce pas ? demanda-t-il.

David passa une main sur son visage.

— Je ne sais pas. Cela n'a plus d'importance maintenant. Ce qui est fait est fait. Dans tous les cas, tu sais que nous ne pouvons pas revenir à ce que nous étions. C'est impossible. Nous l'avions toujours su, même si nous ne l'avions pas admis. Maintenant, nous devons être des hommes, et faire face à nos responsabilités. Nous avons eu notre rumspringa.

De la fureur envahit Isaac.

— C'était plus que ça !

Il abattit le marteau, fissurant un morceau de bois. Kaffi sursauta, effrayé dans sa stalle, reniflant et martelant le sol, Silver hennissant tout près. Isaac posa ses paumes sur la table.

— Et tu sais que ce n'est pas impossible. Tu sais qu'il y a un moyen.

David secoua la tête, abattu.

Isaac prit une profonde inspiration et le dit à haute voix.

— Nous pouvons partir. Nous pouvons aller dans le monde extérieur où il y a des gens comme nous. Où il y a des gens qui ne nous jugeront pas. Je t'aime, David. Plus que tout. Nous pouvons être ensemble. Nous pouvons être libres.

Le rire amer de David fit écho dans la grange.

— Je ne serai jamais libre, Isaac. Comment pourrais-je m'éloigner d'elles après tout ce qu'elles ont perdu ? Surtout maintenant ? Mère sera dans un fauteuil roulant, les prochains mois. Nous pouvons à peine payer les frais d'hospitalisation. La communauté nous aide, mais ce n'est pas assez. Elles sont sous ma responsabilité.

— Qu'en est-il d'Eli Helmuth ? Il a certainement prévu de demander ta mère en mariage ? Anna a dit qu'il a, à peine, quitté son chevet.

— Peut-être, mais malgré cela, je ne peux pas les laisser. Pas après Joshua.

— Donc, tu seras piégé ici dans une vie que tu ne veux pas, et pour quoi ? Expier les péchés de ton frère ?

— Et les miens ! éclata David en tremblant. Tu connais les choses que j'ai faites. Je dois me racheter.

— En étant misérable ?

— En étant saint. Vivre une vie simple. En rejoignant l'église, et en me dévouant à Dieu. Si je prie suffisamment fort…

Isaac leva les mains pour l'arrêter avant de les laisser tomber à ses côtés.

— Si tu pries suffisamment fort ? Que se passera-t-il ? Tu vas arrêter d'être un… tu vas arrêter d'être gay ?

Le mot semblait toujours aussi étrange sur sa langue, mais il savait qu'il devait le dire à haute voix.

— Je ne sais pas. Je dois essayer.

La poitrine de David se soulevait rapidement, et il regarda Isaac, implorant.

— Si nous essayons tous les deux, nous pourrions être amis. Après un certain temps.

Les poings serrés, Isaac étouffa un cri.

— Amis ? Alors, nous allons tous les deux rejoindre l'église ? Nous marier ? Devrais-je épouser ta sœur, David ? Elle m'aime… nous le savons. Ensuite quoi ? Irais-je m'étendre avec Mary de la manière dont je l'ai fait avec toi ? De la manière dont je *veux* le faire avec toi.

David cilla et ferma ses yeux.

— La toucherai-je comme je l'ai fait avec toi ? Durant tout ce temps, en fermant les yeux et voyant ton visage. Entendant ta voix dans mon oreille. Goûtant ta queue dans ma bouche. Te sentant à l'intérieur de moi. Étant en toi. Cela serait seulement dans ma tête, mais Mary saurait que ce n'est pas elle que je voudrais vraiment, même si elle ne sait pas qui c'est. C'est ce que tu veux ?

Frissonnant, David ouvrit les yeux.

— Non, murmura-t-il.

Alors qu'Isaac prenait une profonde inspiration et disait les mots, il se rendit compte avec un étrange calme qu'ils étaient vrais.

— Je ne rejoindrai jamais l'église, David. Si tu dois rester à Zebulon, je ne peux t'arrêter. Mais je ne peux pas rester. Je ne sais pas quand je partirai, mais je sais que je vais le faire.

Les yeux pâles et brillants, David acquiesça. Il prit une profonde inspiration, et empoigna une scie.

— Je devrais travailler.

— Tu as besoin d'aide maintenant plus que jamais, dit Isaac en indiquant la table de travail et les outils. Ça m'est égal que tu ne puisses pas me payer. Au moins, laisse-moi faire ça.

David déglutit difficilement.

— Je suis un homme faible, Isaac. Je ne peux supporter de t'avoir près de moi sans te…

Il secoua la tête.

— Tu en as fait suffisamment. Merci, mais je ne veux pas que tu reviennes.

Je vais partir.

Isaac se força à mettre ses gants et son chapeau. Il sortit Silver de sa stalle, caressant son cou et priant silencieusement de ne pas être malade. De savoir qu'il avait touché et embrassé David pour la dernière fois, il y avait quelques semaines de cela – qu'il ne le ferait jamais plus – le fit se sentir complètement vide.

Il passa à quelques centimètres de David, mais il garda les doigts fermement serrés sur les rênes. À la porte, Isaac s'arrêta. Sa voix était sans émotion, et il regarda les dernières lueurs de lumières à travers le balancement des branches vers l'horizon stérile.

— Mais tu me veux toujours ? Tu m'aimes encore ?

La voix de David était un murmure.

— Toujours, Eechel.

Isaac le laissa derrière, ne sachant pas si cela rendait la chose meilleure, ou pire.

LE POULET ET les pommes de terre étaient comme une masse dans l'estomac d'Isaac. La discussion au dîner avait été heureusement dominée par le projet détaillé de Katie sur les têtards, et comment ils deviendraient des crapauds. Plus que n'importe lequel d'entre eux, Katie avait toujours aimé l'école. Maintenant, alors qu'Isaac bougeait sur le banc en bois sous la fenêtre de la salle à manger, il l'observa, assise dans le fauteuil à bascule de Mère, lisant avidement un manuel. La coiffe noire de Katie était tombée sur son épaule, et elle tourna une longue mèche de cheveux autour de son doigt, ses yeux allant de gauche à droite tandis qu'elle lisait.

On leur apprenait à peine la science à l'école, et Isaac n'avait aucun doute que le manuel avait une touche chrétienne. Ils avaient appris principalement l'Anglais, l'écriture et la lecture. Des maths basiques et un peu d'histoire... mais de l'histoire Amish, bien sûr. L'école leur apprenait assez pour s'en sortir avec les Anglais quand ils le devaient, mais pas grand-chose d'autre.

Il se souvint de la première fois qu'il avait entendu le mot *évolution*, et les cris de protestation d'Aaron alors que Père lui saisissait le livre interdit de son coffre, et descendait les marches pour le jeter dans le poêle. Plus tard cette nuit, dans leur lit, Aaron avait parlé et parlé, bouillonnant silencieusement et disant à Isaac toutes sortes de choses qu'il n'avait pas comprises. Isaac avait hoché la tête, mais Dieu avait sûrement créé l'univers ?

Il enfouit sa main dans sa poche pour sentir le couteau, regardant sa sœur et écoutant le craquement et le grincement du poêle. Bien que leurs lits ne soient jamais assez chauds en hiver, la salle à manger était trop chaude. De la sueur glissait dans le bas du dos d'Isaac.

Père lisait sa vieille Bible noire dans le fauteuil à côté de Katie, se balançant doucement avec son pied nu. Nathan lisait son livre scolaire avec indolence, où il était affalé sur un autre banc. Dans le coin, Joseph se tenait debout, jouant avec son yoyo.

Éphraïm parcourait le journal sur une chaise près du poêle, tournant les pages bruyamment. Isaac aurait voulu pouvoir demander à Éphraïm de venir à l'étage pour parler avec lui, mais bien sûr, s'il le faisait, l'intérêt de chacun serait piqué, et il y aurait des questions auxquelles il devrait répondre. Si ce n'était pas pour aujourd'hui, ce serait pour demain, ou le jour suivant.

Katie tourna une autre page. Bientôt, elle finirait l'école. Sa vie se réduirait à élever des enfants, cuisiner, nettoyer, coudre, et mettre en conserves. Peut-être qu'elle s'installerait dans son rôle, heureuse. Peut-être pas. Non pas qu'elle ait le choix. Isaac tira sur son col. Non pas que chacun d'eux le faisait. Il aimait la charpenterie, et s'il aimait autre chose plus encore ? Comment le saurait-il ?

Il avait dû soupirer tandis qu'il bougeait, parce que Mère releva ses yeux du bureau, le grattement de son crayon sur une feuille s'arrêtant.

— Tu vas bien, Isaac ? Tu es très silencieux, ce soir.

Il hocha la tête, mais elle le regardait toujours avec un froncement de sourcils. Une des bretelles de sa coiffe blanche était tordue, elle la redressa distraitement. Alors qu'elle allait ouvrir la bouche à nouveau, il lui demanda.

— Qu'écrivez-vous ?

— Un article pour le journal sur Madame Lantz.

— Je pensais que Marvin Adah avait déjà écrit à propos de l'accident.

— En effet, mais celui-ci concerne les frais d'hospitalisation. Si tout le monde pouvait lire le journal et envoyer aux Lantz ce qu'ils peuvent, cela aiderait. Même si c'est un dollar, dit-elle en retournant à sa lettre.

Il était vrai que *Die Botschaft* était distribué dans des milliers de maisons.

— Ne serait-il pas mieux d'avoir une assurance comme les Anglais ?

La main de Père se figea là où il caressait sa barbe grise, et il mit un ruban sur sa page.

— Notre assurance est notre foi en Dieu, Isaac. En notre communauté, dit-il en fermant la Bible. Que se passe-t-il, aujourd'hui ?

Il n'y avait aucune raison de remettre la chose à plus tard.

— Je ne vais plus travailler avec David Lantz.

Dans le silence qui suivit, Isaac pouvait sentir tous les yeux rivés sur lui. Il regarda à travers la vitre calcinée de la porte du poêle et se concentra pour garder sa voix régulière.

— Vous savez qu'il n'a pas pu me payer depuis l'accident. Il m'a dit de ne plus revenir.

Cela lui tordait l'estomac de prononcer les mots à haute voix. De penser que demain matin, il se réveillerait et ne partirait pas. Revenu au point de départ. Il y avait sûrement des barrières qui devaient être réparées. Il était bon à ça.

Il pensa aux hectares de leur ferme, et pendant un instant horrible, il fut frappé par la pensée qu'il ne partirait jamais plus. Que sa vie entière serait ici, dans cette maison, Nathan ronflant à côté de lui durant la nuit, les trains grondant hors de portée. Il prit une profonde inspiration, la douleur effleurant ses côtes.

— Mais il a besoin de ton aide plus que tout. Même s'il ne peut pas te payer, tu as encore des choses à apprendre de lui, dit Mère.

Plus de silence. Finalement, Isaac regarda Père, qui l'observait avec un regard fixe spéculatif qu'Isaac ne pouvait déchiffrer.

— Vous êtes-vous disputés ? demanda Père.

— Non, rien de tel.

C'était une demi-vérité, peut-être.

— C'est seulement parce que David ne peut plus me payer, et il pensait que ce n'était pas juste. Je lui ai dit que ça m'était égal, mais il avait décidé. Je peux vous aider ici. Il y a la traite à faire, et nous pouvons être prêts pour la plantation.

Éphraïm intervint, le journal abandonné sur ses genoux, un froncement de sourcils plissant son visage.

— Mais tu ne veux pas travailler pour la ferme. Père et moi, nous nous débrouillons très bien sans toi. Nathan et Joseph ont fait beaucoup de corvées également.

Père adressa un regard noir à Éphraïm.

— Mais nous accueillerons ton aide, évidemment, Isaac.

— Bien sûr, ajouta Éphraïm. Je ne voulais pas dire… C'est juste que tu aimes la charpenterie. Ne peux-tu commencer à le faire à ton compte ? Nous pourrions construire un atelier de travail ici, n'est-ce pas ? Ou peut-être que tu pourrais aller travailler pour les Anglais.

— Éphraïm ! fulmina Mère. Pourquoi suggérer une telle chose ? Tu sais que les hommes ne travaillent pas hors de la communauté à Zebulon.

— Mais qu'est-il supposé faire ? demanda Éphraïm. Il n'aime pas le travail de ferme, et vous le savez.

Cependant, avant que qui que ce soit puisse dire quelque chose, Isaac intervint.

— Ce n'est pas grave.

Il sourit, ses lèvres serrées en une ligne.

— Pour l'instant, je veux donner un nouvel essai à la ferme.

Sa poitrine se serra. L'envie de se lever et de s'enfuir dans la nuit fut écrasante. *Je vais leur faire plus de mal si je reste, et fais semblant.*

Pivotant sur sa chaise, Mère soupira.

— Tu étais hésitant à travailler avec David, au début, mais cela te convenait, Isaac. Tu semblais si heureux pendant ces quelques mois. Comme si tu avais trouvé ta place.

Elle lança un regard à Père.

— Nous espérons que tu décideras de rejoindre l'église, bientôt.

Isaac hocha la tête.

— Comment va Mary ? demanda Mère. Elle semblait bien au dernier service. Ayant meilleure mine.

Père et elle échangèrent un autre regard, et il hocha la tête.

— Il est temps que tu aies ton propre chariot. Nous savons que tu étais inquiet à propos de l'argent, alors nous avons mis un peu de côté sur chacune de tes payes au lieu d'une seule part. Il y a un homme qui construit des chariots dans le comté de Polk. Si le temps s'éclaircie, Père pourra t'emmener la semaine prochaine.

— Ton propre chariot ! s'exclama Nathan, son visage s'illuminant. Combien de temps avant d'avoir le mien ?

Éphraïm leva les yeux au ciel.

— Moi avant. Tu es encore à l'école.

Isaac joignit les mains pour les empêcher de trembler. Il s'humidifia les lèvres.

— Je ne sais que dire.

Je ne vais jamais conduire Mary ni aucune autre fille à la maison. Ne perdez votre argent pour moi. Je suis gay.

— Êtes-vous sûrs que nous pouvons nous le permettre ? Vous savez que cela ne me dérange pas d'attendre. Peut-être au printemps…

Mère secoua la tête, clairement exaspérée.

— Mais pourquoi veux-tu attendre ?

— Avez-vous entendu parler de la police qui est venue parler à l'évêque Yoder sur l'utilisation des triangles rouges ? demanda Éphraïm, du défi s'entendant dans sa voix. Qu'en pensez-vous, Père ?

La mâchoire de Père se serra.

— Je pense que la police devrait s'occuper de ses affaires.

— Mais d'autres Amish les utilisent, insista Éphraïm. C'est trop dangereux sur les routes. Regardez ce qui est arrivé à Madame Lantz. Je ne comprends pas en quoi c'est une mauvaise chose d'être en sécurité.

Mère fit un bruit de langue.

— Nous suivons l'Ordre et remettons notre vie entre les mains du Seigneur. Tu le sais. Nous n'avons pas besoin des coutumes des Anglais.

Du sang sur la neige. La torsion de la jambe de Madame Lantz… un os blanc dépassant de sa peau nue. Les lumières rouges illuminant le visage pâle de David.

— Alors pourquoi Dieu n'a-t-il pas protégé la mère de David ? lâcha Isaac. N'ont-elles pas, Mary et elle, prié assez ?

Ses mots emplirent l'air, épais comme la chaleur oppressive du poêle. Sa famille le fixa, même Éphraïm était silencieux maintenant, les yeux écarquillés. Mère et Père se regardèrent, et Père se racla la gorge.

— Ce n'est pas à nous de mettre en doute le Seigneur. C'en est fini de cette discussion. M'as-tu compris ?

— Peut-être que si vous aviez été là, vous vous poseriez des questions aussi, poursuivit Isaac. Si vous aviez vu le sang, et écouté comment…

Père abattit sa main sur le bras de son fauteuil.

— Plus un mot !

Isaac pouvait seulement acquiescer, et après quelques moments, chacun retourna à ce qu'il faisait avant. Dans le silence lourd, il écouta le bruit du yoyo de Joseph alors que la ficelle s'abaissait et se relevait, et du crayon de Mère grattant le papier à nouveau. Les pages tournèrent, et le feu étincela tandis qu'Éphraïm ouvrait la porte du poêle et mettait une autre bûche.

Quand Père parla à nouveau, sa voix était vide de toute émotion.

— Nous irons au comté de Polk lorsque le temps s'éclaircira. Tu as attendu trop longtemps, Isaac. Un homme a besoin de son propre chariot.

C'était vrai… un homme Amish avait besoin de son propre chariot. Mais avec chaque inspiration, Isaac devint certain qu'il serait un homme différent.

Chapitre Seize

— ISAAC ! Nathan ! appela Mère d'en bas. Ils arrivent !

Isaac le savait déjà, depuis que l'horloge avait montré huit heures et demie, et les gens de Zebulon étaient très ponctuels quand cela concernait l'église. Il se tint debout devant la commode et agita son rasoir dans l'eau du bassin. C'était ce que les hommes Anglais utilisaient, avec une poignée en plastique.

Nathan lui donna un petit coup de coude.

— J'ai besoin de mes bretelles de pantalon.

Il fouilla dans le tiroir, celui du bas.

Isaac recula, examinant le rasoir.

— Pourquoi penses-tu que nous ne pouvons pas avoir des bords en caoutchouc sur nos roues ou des cadres en plastique pour nos lunettes, mais que les rasoirs en plastique sont acceptables ?

— Je sais pas, répondit Nathan en attachant ses bretelles. Parce que l'Ordre le dit. L'évêque Yoder sera là d'une minute à l'autre, tu pourras lui demander. Il te dira la même chose que Père dirait.

Nathan baissa la voix.

— C'est notre manière de faire.

Isaac traça la lame du rasoir du bout de son doigt.

— Qu'est-ce que tu as ? Tu sembles à moitié endormi.

— Je suppose que je suis fatigué, dit Isaac en haussant les épaules, tourbillonnant l'eau froide et laiteuse encore une fois. Il faisait froid, la nuit dernière. Et je suis resté éveillé avec tes ronflements.

Nathan leva les yeux au ciel.

— Je n'y peux rien si je suis bouché, ces derniers temps. J'ai saigné du nez à l'école l'autre matin aussi. Mère me fait manger des citrons aspergés d'ail. Elle l'a lu dans le journal et apparemment, cela a fait des merveilles pour quelqu'un dans l'Indiana. Père dit que nous irons chez le chiropraticien si cela arrive encore.

Isaac fronça les sourcils.

— Peut-être que tu devrais voir un vrai docteur.

— Nan. Je suis probablement allergique à quelque chose.

Nathan sourit d'un air diabolique.

— Peut-être que je suis allergique à *toi*.

— Ha-ha !

— Mais tu sembles très distrait, Isaac.

Isaac cilla en regardant son frère, réalisant avec un sursaut que Nathan arrivait à son épaule maintenant.

— Tu grandis.

— Ouais, c'est ce qui arrive, Isaac, dit Nathan en haussant un sourcil. Tu vas bien ?

Une vague d'affection réchauffa sa poitrine.

— Ouais. Je vais bien. Ne bouge plus.

Il fit entrer son doigt dans la partie la plus claire de l'eau du bassin et humidifia une mèche rebelle des cheveux de Nathan pour l'aplatir.

— Ai-je l'air bien ?

Isaac arrangea les cheveux sur le crâne de Nathan, essayant d'aplatir ses cheveux.

— C'est juste cette mèche qui dépassait.

— Non, je veux dire…, commença Nathan en se mordant la lèvre. Jeremiah et Ira disent que j'ai des boutons et je peux sentir des bosses. Est-ce que c'est vraiment affreux ? Parce que le visage de Samuel Yoder est dégoûtant, et je ne veux pas lui ressembler.

Il y avait quelques vilaines marques rouges sur le menton et les joues de Nathan, mais Isaac avait vu pire.

— Ce n'est pas affreux. Nous avons des boutons parfois, mais ils disparaissent lorsqu'on grandit.

Nathan soupira.

— Je sais que c'est vaniteux de me soucier de mon apparence. D'ailleurs, tu as manqué un endroit. Ici.

Nathan prit le rasoir et le plongea dans le bassin avant de le passer doucement sur le menton d'Isaac.

— Mais pourquoi n'avons-nous pas de miroirs, juste pour nous assurer que nous n'avons pas l'air ridicule ? demanda Nathan.

— L'évêque Yoder sera là d'une minute à l'autre. Tu pourras lui demander.

Avec un clin d'œil, il tapota l'épaule de Nathan.

Celui-ci sourit.

— Tu peux lui demander au sujet des rasoirs le premier. Allez, viens, nous ferions mieux d'y aller.

— Nathan...

Isaac agrippa l'épaule de son frère.

— C'est naturel de se sentir ainsi. De t'inquiéter de ton apparence. C'est naturel d'être curieux sur des choses. Alors, ne te sens pas mal à cause de ça. Peu importe ce que les prêcheurs disent.

— D'accord, répondit Nathan en hochant la tête.

Un bruit de pas s'entendit dans l'escalier, et bientôt, Éphraïm apparut sur le seuil.

— Êtes-vous sourds ? Ils sont là. Nous devons aller à la grange.

Éphraïm avait raison, bien sûr, et ils se dépêchèrent de descendre, dépassant les bancs rassemblés dans la pièce principale, tous leurs meubles poussés contre le mur. Chaque surface brillait grâce à Mère et Katie, qui avaient nettoyé de l'aube jusqu'au crépuscule, criant sur quiconque oserait laisser une seule empreinte de doigts.

Même dans l'hiver glacial du Minnesota sous un ciel de plomb, l'église perdurait. Les hommes déposèrent les femmes à la maison, et continuèrent pour placer leurs chariots près de la grange, attachant les chevaux à une longue barrière. Il y avait déjà quelques hommes, se tenant debout dans leurs vêtements sombres, de la neige empilée autour de leurs bottes. Isaac redressa son chapeau et tira sur ses gants, ses yeux cherchant le visage de David.

Il était sur le point de suivre ses frères vers la grange, quand un autre chariot s'avança vers la maison avec Mary qui tenait les rênes. Ils avaient apparemment acheté un nouveau cheval pour remplacer Nessie. Le pouls d'Isaac battit plus vite alors que le chariot s'arrêtait, David quelques mètres derrière, suivait dans le sien avec Anna et les petites serrées contre lui.

Isaac porta son attention sur Mary et sa mère. Madame Lantz grimaça, et Isaac pouvait imaginer à quel point un voyage en chariot pouvait être douloureux avec sa jambe dans un plâtre.

— Peux-tu sortir le fauteuil roulant de l'arrière ? lança Mary.

Alors qu'il faisait le tour du chariot, Isaac pouvait voir que l'arrière avait été remplacé, le nouvel axe plus propre que l'autre métal noir qui accrochait le chariot ensemble. Mais il n'y avait pas de triangle rouge, bien sûr. Il ouvrit l'arrière et sortit le fauteuil roulant tandis que David descendait de son chariot.

— Je peux le faire.

— Je l'ai.

Bien que les nouvelles rafales de neiges aient été balayées devant la maison, les roues du fauteuil s'enfoncèrent dans la couche de neige. Isaac grinça des dents alors qu'il le tirait vers l'avant du chariot. C'était stupide, mais cela lui donna une amère satisfaction de ne pas avoir fait comme David l'avait demandé.

— Nous sommes très bien, David, dit Madame Lantz, prenant la main d'Isaac.

Il prit une grande partie de son poids, Mary la stabilisant du siège. Isaac l'aida à descendre dans le fauteuil alors que David surveillait. Madame Lantz sourit faiblement, son visage grimaçant. Les bleus sur sa joue avaient disparu pour ne laisser qu'une trace jaune, mais les points de suture sur sa tempe étaient sombres sur sa peau pâle.

— Nous avons une rampe pour vous à la porte arrière, dit Isaac.

— Comme c'est gentil ! Merci.

Mère apparut.

— Bien sûr, Miriam ! Le diacre nous a dit que tu étais déterminée à ne pas manquer un autre service, alors Isaac et Samuel ont construit une rampe avec quelques vieilles planches. C'est un plaisir de te voir. Entre où il fait plus chaud !

— Merci de ton aide, Isaac, dit Mary en souriant doucement, puis elle agita les rênes du nouveau cheval pour aller vers la grange.

Anna poussa David tandis que leurs petites sœurs entraient dans la maison.

— Nous allons bien. Va détacher Kaffi.

Isaac regarda du coin de l'œil David qui tournait les talons. Alors que Mère accueillait plus d'arrivants, Isaac poussa le fauteuil roulant autour de la maison vers la rampe. Madame Lantz se tourna légèrement et toucha son gant, il s'arrêta, Anna à côté de lui.

— Isaac, je veux juste te remercier. Les filles m'ont dit à quel point tu les avais aidées pendant que David était avec moi. Les premiers jours, j'étais à peine réveillée, mais cela m'a réconforté de savoir que lorsque j'ouvrirais les yeux, il serait là. Et c'était réconfortant aussi de savoir que tu t'assurais que mes filles soient bien prises en charge.

— Bien sûr, c'était le moins que je pouvais faire.

Madame Lantz soupira.

— Te voir nous manque à tous. Notre David est bien têtu, et évidemment, il a raison : ce ne serait pas juste pour toi de travailler sans être payé. Tu en as déjà fait suffisamment. Mais nous voudrions parfois te voir pour le déjeuner. Tu es toujours le bienvenu.

Isaac déglutit difficilement.

— Je vous remercie. J'apprécie vraiment.

La rampe tint, et il dirigea le fauteuil roulant vers le haut, où Madame Lantz insista pour qu'Anna s'accroupisse et nettoie les roues avec un tissu qu'elle sortit de sa cape. Mary apparut derrière eux.

— C'est très gentil de ta part d'avoir fait une autre rampe, Isaac. Je te remercie.

Il haussa une épaule.

— C'était facile. Je vais l'emmener chez Noah Raber demain, puisqu'il accueillera l'église, la semaine prochaine. Ensuite, il pourra la donner aux Miller, et ainsi de suite. Mais je suis certain que vous allez remarcher en un rien de temps.

Il n'en était pas certain, bien entendu, quand il se souvenait de l'os blanc exposé.

— Nous prions tous pour ça, dit Mary.

Isaac s'était à moitié attendu à ce que David apparaisse aussi derrière Mary, mais il semblait qu'il jouait son rôle et était resté avec les hommes alors que d'autres familles arrivaient. Anna s'accroupit, nettoyant les roues. Elles étaient en caoutchouc, mais il supposait que l'évêque Yoder avait fait une exception. Isaac ne pouvait imaginer les Anglais faire des fauteuils roulants en acier.

— Oh, Isaac, je voulais te demander une autre faveur si ce n'est pas trop, dit Madame Lantz en souriant. Cela te dérangerait-il de reconduire Mary et Anna à la maison pour le chant ?

Il cilla, conscient du regard de Mary sur son visage.

— Euh… n'est-ce pas David qui les ramène d'habitude ?

Madame Lantz connaissait très bien la signification de raccompagner Mary à la maison, même si Anna les accompagnait.

Il y avait une étincelle dans ses yeux.

— En effet, mais ce soir, il reconduit Grace à la maison. Tu sais, la fille de John. Une si charmante jeune fille, n'est-ce pas ?

Mary sourit tandis qu'elle nettoyait la neige de sa cape noire.

— *Enfin* ! Nous ne savons pas ce qu'il attendait.

Isaac tenait toujours une des poignées du fauteuil roulant, et il resserra ses doigts dessus, alors que son estomac se tordait.

— Euh… oui, dit-il en essayant de sourire.

Lorsqu'il baissa le regard, il attrapa le regard vide d'Anna où elle s'était agenouillée. Les lèvres serrées, elle sourit à Isaac si tristement qu'il haleta. Elle se mit debout et plia le chiffon humide en un carré impeccable.

— Aujourd'hui, nous devons ramener Mère à la maison, et revenir pour le chant, donc, tu nous ferais une faveur. Bien que cela pourrait être juste moi, annonça Anna bruyamment. Je suis sûre que Jacob Miller n'a d'yeux que pour Mary.

Le sourire de Mary disparut.

— Non, il ne le fait pas ! bredouilla-t-elle.

L'expression d'Anna était innocente.

— Je suppose que nous verrons bien.

— Isaac, je…

Mary rougit jusqu'à la racine de ses cheveux blonds.

— Eh bien, tu sais, je préférerais que tu me reconduises, toi.

Il ne le savait que trop bien, et se détestait pour ça alors qu'il descendait à reculons la rampe. Il aurait voulu être l'homme qu'elle voulait qu'il soit.

— Ce n'est pas un problème, de toute façon. Je ferais mieux d'aller accueillir les autres.

Tandis qu'il s'enfuyait, il entendit Mary et sa mère siffler quelque chose à Anna, mais il ne pouvait les comprendre au-dessus du bourdonnement dans ses oreilles. Plus il attendait chaque jour, plus dur ce serait… pas seulement pour lui, mais pour toute personne qui se souciait de lui. Les personnes qu'il aimait lui-même. Alors qu'il se précipitait vers la grange, il se répéta les trois mots qu'il ne devait pas oublier, encore et encore.

Je vais partir.

Il ne chercha pas David du regard, cette fois-ci, tandis qu'il rejoignait l'un des groupes d'hommes, hochant la tête dans leur direction et serrant des mains. Alors qu'ils parlaient de quelque chose, Isaac se perdit dans ses pensées. Les jours avaient continué depuis qu'il avait arrêté de travailler avec David, et il avait fait ses corvées, et réparé des barrières, frissonnant dans les champs et la neige jusqu'aux genoux.

Qu'est-ce que j'attends ?

Il n'avait toujours pas pensé à quand il allait partir. *Où partir.* Son esprit était vide alors qu'il pensait à disparaître au-delà de l'horizon avec les trains, allant… Où ? À Zebulon, le reste du monde était comme un immense vide – même Red Hills était aussi inaccessible que la lune. Il devrait être enthousiaste par les possibilités qui s'offraient à lui, mais de la sueur humidifiait sa frange sous son chapeau.

Ce ne serait jamais le bon moment pour partir, et il le savait. Isaac glissa sa main dans sa poche pour tenir le petit couteau. Il comprenait finalement pourquoi Aaron s'était enfui dans la nuit. La pensée de dire à Mère et Père qu'il allait les abandonner – abandonner la vie simple – semblait impossible. Ils demanderaient pourquoi, et que répondrait-il ? Pourrait-il le dire haut et fort ?

Le penser seulement rendait ses paumes et sa bouche sèches. Et s'il leur disait, devineraient-ils à propos de David ? Condamnerait-il celui-ci à une vie de murmures et de regards obliques ? À quoi bon leur dire la vérité ? Alors que son esprit tournait, Isaac acquiesça à quelque chose qu'avait dit Joseph Schrock, souhaitant se cacher et rester seul.

La vérité rendrait les choses pires, blesserait davantage sa famille. S'il leur disait qu'il partait, ils feraient leur possible pour lui parler et le dissuader. Il pouvait imaginer les larmes de sa mère, Père sur le seuil, d'abord calme et raisonnable, puis sa voix s'élevant, de la colère s'infiltrant à travers les fissures.

Non, il laisserait une lettre, où il pourrait leur dire la vérité sur qui il était. Ils ne comprendraient jamais. Ses voisins non plus. Il imagina le visage affecté de Mary. Ce serait déjà mal de briser son cœur parce qu'il ne l'aimait pas… mais révéler la vérité à propos de son frère et lui était impensable. Les choses qu'ils avaient faites, et qu'elle ne comprendrait jamais. Personne à Zebulon ne le ferait.

Les choses qu'ils avaient faites. Les souvenirs affluèrent… le souffle de David sur sa nuque alors qu'il étirait Isaac et l'emplissait. La fossette dans la joue de David tandis qu'ils riaient à propos d'une plaisanterie stupide. L'odeur de transpiration de la grange, respirant dans le foin, la poussière et les animaux pendant qu'il s'agenouillait, les doigts de David agrippant ses cheveux. L'eau chaude de la douche, son amant insistant pour qu'Isaac entre en premier parce qu'il n'en avait jamais assez. La caresse humide de la langue de David, ses lèvres douces tandis qu'ils s'embrassaient et s'enlaçaient, en sécurité et…

— *Isaac !*

Il cilla et se trouva seul dans la grange. Il pivota vers son vieil ami Mark qui l'observait, la tête inclinée. Une mer de manteaux et chapeaux noirs s'approchait de la maison, David parmi eux, bien qu'à cet instant, tous les hommes se ressemblaient d'une manière effrayante. Le cœur d'Isaac se serra à la pensée qu'il ne reverrait plus David.

Mais pourquoi cela avait-il de l'importance maintenant ? Même s'il le voyait tous les jours, ce ne serait jamais pareil. Il ne toucherait plus David à nouveau. Il n'écouterait plus ses battements de cœur sous sa joue pendant qu'ils seraient dans les bras de l'un l'autre. Il ne rirait plus avec lui ou parlerait des choses qui avaient de l'importance, et d'autres qui n'en avaient pas. Ils ne découvriraient plus de nouvelles choses ensemble.

David avait parcouru son chemin aussi loin qu'il avait osé avant de retourner au point de départ. Maintenant, Isaac pourrait continuer seul.

— Tu viens ? demanda Mark en lui donnant un coup d'épaule.

— Désolé. Je rêvassais.

— Tout va bien ?

— Euh… oui.

Isaac força ses jambes à avancer. La pensée des prochaines trois ou quatre heures, serré à l'intérieur de la maison pendant que les prêcheurs débitaient leurs longs discours lui donnait envie de s'enfuir maintenant avec seulement ses habits sur le dos.

Mark le suivit.

— T'es-tu disputé avec Mervin ? Je lui ai demandé ce qui n'allait pas avec toi, récemment, et il est devenu tout bizarre.

Mervin. La poitrine d'Isaac se serra. Il n'aurait pas seulement à s'asseoir durant le service, mais il le ferait à côté de quelqu'un qui pouvait à peine le regarder dans les yeux maintenant.

— Non, tout va bien.

Un jour, il expliquerait tout à Mervin. À cet instant, il était comme un étranger.

Ils avancèrent à travers la neige, et heureusement, Mark ne posa plus d'autres questions. Avec chaque pas qui le rapprochait de la maison, Isaac savait qu'il était temps qu'il trouve son propre chemin.

<h1 style="text-align:center">Chapitre Dix-Sept</h1>

JUNE ETAIT DEJA sur son porche quand Isaac tira la bride de Silver. Elle resserra un pull-over ouvert autour d'elle et mit son pied dans sa botte, sautillant.

— Tout va bien ? lança-t-elle. Est-ce David ? Sa mère ?

— Non, ils vont bien !

Isaac descendit d'un bond et attacha Silver à la barrière avant de se dépêcher vers la maison. Il tapa des pieds sur le porche pour enlever la plus grande partie de la neige de ses bottes.

— Je voulais juste…

Maintenant qu'il était ici, avec June frissonnant et le regardant avec expectative, il hésita.

Cela lui avait pris quand même deux semaines depuis qu'ils avaient organisé le service dans leur maison pour trouver le courage d'aller vers June, se promettant chaque jour qu'il le ferait le jour suivant. Un déluge de pluie hors saison avait endommagé la fine toiture de la maison, et il avait passé la semaine sur une échelle, par un vent cruel, remettant l'inévitable. Jusqu'à aujourd'hui.

— Viens à l'intérieur, Isaac. Il fait froid comme… très froid dehors.

June le dirigea vers la maison.

Son visage se hérissa alors que sa peau glaciale se réchauffait, et il enleva ses gants, frottant ses mains. June avait des crochets en acier en forme de pâquerettes près de la porte qui ressemblaient aux leurs en bois dans leur maison, et Isaac accrocha son chapeau et son manteau. Il défit ses bottes et fut heureux que Mère ait recousu le trou qu'il avait dans la chaussette qu'il portait. Après avoir passé une main dans ses cheveux, il s'assura que ses bretelles de pantalon étaient impeccables.

June enleva ses propres bottes et mit des pantoufles en peau de mouton.

— Maintenant, mets-toi à l'aise.

Un panneau en bois orné de fleurs délicatement taillées était accroché au mur dans l'entrée. Isaac traça les mots de ses doigts.

Que Dieu bénisse cette maison.

Une vague de désir déferla en lui.

— David a fait ça.

Il y avait quelque chose à propos de l'angle des pétales des fleurs.

— Oui, en effet, dit June en inclinant la tête sur le côté. Êtes-vous tous les deux encore fâchés ? Je lui ai demandé, mais il me dit à peine un mot. Je déteste voir deux amis en mauvais termes.

Mauvais termes. Cela convenait pour décrire les hectares de souffrance qui se trouvaient entre eux.

— Je ne l'ai pas vu depuis l'église, le dimanche d'avant le précédent.

L'image de David s'éloignant après le chant, avec Grace à côté de lui comme si c'était sa place restait gravé dans sa mémoire.

— Je suppose que je le verrai demain pour le prochain service.

— Je ne l'ai pas vu depuis des semaines. Il m'a dit qu'il ne pouvait pas continuer notre petite affaire. Je n'ai rien touché dans l'atelier, cependant. J'espérais qu'il change d'avis. Il a besoin de l'argent maintenant plus que jamais, mais il semble déterminé à rejoindre l'église. Suivre toutes ces règles.

La poitrine d'Isaac se serra stupidement.

— Il sera baptisé bientôt.

June soupira.

— Alors, je suppose que c'est ainsi.

Elle sourit tristement.

— Eh bien, veux-tu quelque chose à boire ? Peut-être du thé ou du café ?

Bien qu'il veuille dire oui, Isaac secoua la tête. Il devait faire ça, maintenant, ou il le remettrait encore une fois.

— Pensez-vous que vous pourriez me trouver le numéro de téléphone de mon frère ?

Ses sourcils se haussèrent.

— Ton frère ?

— Aaron. Il est parti avant que nous emménagions ici. Il est allé dans le monde extérieur. Je n'ai aucune idée d'où il pourrait être, et je dois le trouver.

June hocha la tête.

— D'accord. Allons à mon bureau à l'étage et voyons ce que nous pouvons trouver.

Un long tapis vert et rose se trouvait sur le milieu des marches, étouffant leurs pas, et des photos encadrées étaient accrochées au mur. Regardant les proches de June sourire, il fut frappé par la perte douce-amère, comme s'il avait déjà laissé sa famille derrière. Il n'aurait aucune photo à prendre avec lui.

Les murs à l'étage étaient d'un jaune pâle, et plus de photos étaient accrochées là aussi. Ils dépassèrent des portes ouvertes, et Isaac regarda les chambres, toutes soignées et accueillantes, avec des couvertures Amish sur les lits. Le bureau était au bout du couloir, dominant le devant de la maison. Isaac jeta un coup d'œil à Silver, qui attendait patiemment en bas.

De gros flocons de neige tombaient, et il espéra que la route ne serait pas trop glissante pour le voyage de retour. Pendant un instant, l'image de neige rouge envahit son esprit… l'horrible angle de la jambe de Madame Lantz, les sanglots désespérés de Mary, l'immobilité de David. Il frissonna.

June ouvrit le couvercle d'un petit ordinateur sur le bureau en bois léger – une autre création de David, Isaac le parierait. Le bureau avait des étagères avec des livres alignés, et une horloge rouge faisait un tic-tac bruyant sur le mur. Isaac résista à l'envie de toucher les livres colorés. Il pouvait imaginer ce que dirait Père de la collection trop étrangère de

June.

Alors que l'ordinateur s'allumait, June tira une autre chaise pour lui, et ils s'assirent côte à côte. Isaac avait vaguement le tournis. *Je le fais vraiment.*

June mit des lunettes sur le bout de son nez, et tapota quelques boutons. Une fenêtre apparut au milieu de l'écran sous le mot *Google.*

— Aaron Byler ? Voyons s'il est sur Facebook.

— C'est un site, n'est-ce pas ? Où vous parlez avec des gens ? Mon ami Mervin m'en a parlé.

— Ouais. Je joue au Scrabble avec mes sœurs à Rhode Island, chaque matin. D'accord, voilà les Aaron Byler qui existent. Pas beaucoup, heureusement. Maintenant, regarde les photos sur les profils. Elles sont petites, je sais.

Elle lui montra un bouton.

— Presse seulement ce bouton pour descendre au bas de la page. À moins que tu veuilles que je le fasse ?

— Non, ça va aller. Je peux le faire.

Il se pencha sur le bord de sa chaise alors qu'il observait les visages. Il y en avait une poignée, et son cœur rata un battement quand il plissa les yeux sur les visages de la troisième photo. Un homme blond à droite, sa tête rejetée, avec une femme brune et souriante à côté de lui, regardant la caméra. C'était comme si Isaac pouvait entendre l'éclat de rire d'Aaron dans la pièce. Sa respiration s'accéléra, sa main tremblante alors qu'il le montrait du doigt.

— C'est mon frère.

Il lut les mots sous la photo.

Vit à San Francisco, CA
En couple
De Red Hills, Ohio

Il faisait trop chaud brusquement, et Isaac tira sur son col. June posa sa main sur son épaule.

— Veux-tu un verre d'eau ? Ne bouge pas.

Elle disparut, ses pas s'éloignant dans le couloir. Isaac fixa Aaron dans la petite photo jusqu'à ce que tout devienne flou, et il haleta. Puis, June fut de retour, pressant un verre dans sa main. Il l'avala et essuya ses yeux avec ses manches.

— Merci. Je suis désolé, je ne m'attendais pas… Je ne sais pas à quoi je m'attendais. Je ne pensais pas que ce serait aussi facile.

June sourit d'un air piteux.

— C'est la magie de l'internet. Une bénédiction et une malédiction si tu veux mon avis. Maintenant, nous pouvons essayer de trouver son numéro de téléphone si tu veux. Comment te sens-tu ?

— J'ai peur.

Il prit une profonde inspiration, son pouls battant rapidement.

— Et s'il ne veut pas me parler ? murmura-t-il.

— Oh, mon chéri, je suis certaine qu'il le fera.

— Cela fait longtemps déjà, et il nous a laissés. Il m'a laissé.

Isaac cligna des yeux en regardant la photo de son frère.

— Il a toujours aimé rire. Surtout quand nous n'étions pas supposés le faire. Maman et papa auraient… Mère et Père, je veux dire.

Il passa la main sur son visage.

— Les choses étaient si différentes alors. Nous étions toujours des Amish, mais ce n'était pas comme ici. Aaron ne pouvait pas le supporter. Je ne peux imaginer ce qu'il penserait de Zebulon.

Isaac toucha le petit couteau dans sa poche.

— Cela a dû être une décision bien difficile qu'il a prise, dit June en redressant ses lunettes, et se penchant vers l'écran. C'est un très beau jeune homme. Tout comme toi. Isaac, je suis certaine qu'il voudra te parler. Mais il n'y a qu'une seule façon de le découvrir. Si tu veux, je peux l'appeler d'abord. Ou tu peux y penser durant un jour ou deux.

Une partie de lui avait envie de s'enfuir – de laisser la maison ensoleillée de June et ses fleurs taillées derrière lui. Mais il remettrait seulement l'inévitable.

Le genou d'Isaac rebondit.

— Vous pensez que vous pouvez me trouver ce numéro de téléphone ?

Elle sourit et revint vers l'ordinateur.

— Voyons voir les Pages Blanches de San Francisco et voir ce qu'ils peuvent nous trouver.

Tandis qu'elle tapait sur les boutons, Isaac but plus d'eau, ses doigts étaient humides alors qu'il attrapait le verre frais.

June fredonna.

— Eh bien, il n'y en a qu'un seul.

Elle arracha un petit morceau de papier jaune d'un bloc-notes et le posa sur le bureau avant d'écrire dessus avec un stylo.

Isaac s'approcha plus près. Le bas du papier était replié légèrement, et le haut semblait collé sur le bureau. Le nom d'Aaron était rédigé d'une écriture impeccable avec des nombres en dessous. June prit le téléphone sans cordon du coin du bureau.

— Veux-tu que je lui parle en premier ? Ce ne sera peut-être pas lui... son numéro pourrait être sur liste rouge, ou il pourrait seulement avoir un téléphone portable. Beaucoup de personnes n'utilisent plus de téléphones fixes, ces derniers temps.

L'envie que June le fasse pour lui était forte, mais Isaac secoua la tête.

— Je peux le faire.

— D'accord, donc, tu dois composer le un, d'abord. Tu sais comment ça marche ?

Isaac haussa les épaules.

— En quelque sorte, mais je n'ai jamais appelé personne auparavant. Il y avait un téléphone à l'école à Red Hills, mais nous aurions eu des problèmes si nous l'avions touché. Il était sur un mur et il avait un cadran rond.

June sourit.

— J'avais l'habitude d'en avoir un. J'ai acheté ce téléphone sans fil, il y a quelques années maintenant.

— Mais ce n'est pas comme les téléphones qui sont aussi de petits ordinateurs ?

— Nous appelons ceux-là des Smartphones. Non, c'est juste un simple et vieux téléphone. Je peux composer le numéro, si tu le souhaites.

— Je vous remercie.

Isaac se sentait en quelque sorte moins coupable, même si utiliser le téléphone était un péché grave. Bien sûr, c'était le moindre de ses crimes, et cela n'aurait pas d'importance s'il partait de Zebulon.

Quand. Pas. Si

June pressa un bouton et le téléphone s'alluma. Isaac pouvait entendre de faibles bips alors qu'elle composait le numéro. Une vague de nausées l'envahit. Et si Aaron ne répondait pas ? Et si c'était une grossière erreur ? Et si Aaron ne voulait pas lui parler ? Et si…

— Ça sonne, murmura June en lui donnant l'appareil.

Tremblant, il le leva à son oreille. June sourit d'un air encourageant, et leva les pouces avant de fermer la porte du bureau. La sonnerie continua, et Isaac pensait qu'il allait vomir sur la moquette ronde et colorée sur le sol de June.

— Allô ? répondit une femme.

Le cœur d'Isaac battit si fort qu'il fut certain qu'on pouvait l'entendre jusqu'en Californie. Sa gorge était sèche de nouveau.

— Euh…

— Allô ?

Une pause.

— Si c'est le même télévendeur d'un peu plus tôt, je jure que je vais…

— Non, l'interrompit-il en se raclant la gorge. Je veux dire, je ne le suis pas.

Il y eut un faible écho de ses paroles dans son oreille.

— J'essaie de trouver Aaron Byler. Je ne suis pas un télévendeur.

Il ne savait pas ce que c'était, mais il était plus sûr de dire qu'il n'en était pas un.

— Désolée. Une seconde.

Sa voix baissa alors qu'elle lançait.

— Bébé ? C'est pour toi !

Après quelques battements de cœurs, il y eut un déclic.

— Allô ?

Isaac haleta, et des larmes lui montèrent aux yeux.

— *Allô ?*

Une pause puis :

— Qui est à l'appareil ?

Il sortit à peine les mots.

— Aaron ? C'est moi.

Un silence.

— *Isaac ?* Oh mon Dieu !

— Oui.

Un sanglot lui échappa, et il haleta pour respirer, agrippant le téléphone contre son oreille si fort que ça lui fit mal.

— C'est tellement bon d'entendre ta voix ! J'ai toujours souhaité qu'un jour, tu me retrouves ! Tu vas bien ? Que s'est-il passé ?

— Je vais bien. Eh bien, pas vraiment. Tu me manques tellement. Je n'arrive pas à croire que je te parle.

La voix d'Aaron était emplie d'émotions.

— Moi non plus. Seigneur, Isaac ! Tu n'as aucune idée d'à quel point, c'est bon d'entendre ta voix. Tu sembles différent.

Il se racla la gorge.

— Très bien, dis-moi ce qui se passe. Quelque chose est-il arrivé ? Quelqu'un est-il blessé ?

— Non, nous allons tous très bien. Mère et Père, et Éphraïm, Nathan, Katie et Joseph. Abigail et Hannah aussi, pour autant que je sache. Attends, tu ne connais pas Joseph. Il est né après ton départ.

Aaron exhala.

— D'accord, c'est bien. Il n'y a aucune urgence ?

— Non. Je suis juste… J'avais besoin de te parler.

— Isaac, tu peux me parler de tout, je te promets. Peu importe ce que tu veux me dire, je suis là, d'accord ?

Il prit un soupir tremblant.

— D'accord.

Pourtant, les mots étaient sur le bout de sa langue, et il écouta la respiration d'Aaron.

— Comment est-ce à Zebulon ? J'ai entendu dire que l'Ordre était très strict.

— Comment ? Tu es parti de Red Hills avant que nous venions ici. Je ne savais même pas si tu savais que nous étions partis.

— Abigail et moi nous sommes écrits l'un à l'autre. Elle devait cacher mes lettres puisque j'avais été excommunié.

Il ricana.

— Même sans les téléphones et l'électricité, les commères Amish trouveront toujours un moyen d'avoir toutes les nouvelles. Elle m'a raconté ce dont elle parlait avec maman.

— Comment va Abigail ? Je sais qu'elle a eu un autre bébé, le mois dernier. Mère nous annonce les grandes nouvelles d'elle et Hannah, mais peut-être qu'Abigail te parle plus.

— Elle va bien. Elle est très heureuse. Et vous lui manquez, mais elle est contente d'être restée à Red Hills. Hannah et elle sont toujours très proches, mais Hannah ne sait pas qu'elle m'écrit. Hannah a toujours été une vraie partisane des règlements, étant l'aînée, et depuis que j'ai été mis au banc… toutefois, Abigail m'a dit qu'elle avait entendu dire que tu travaillais avec le fils de Jeremiah Lantz, David. Je suis étonné que papa t'ait laissé hors de la ferme.

— Je…

Isaac essuya ses yeux impatiemment et se concentra sur sa respiration.

— Je travaillais.

— Que s'est-il passé ?

Il ne savait pas s'il devait répondre.

— Aaron, je ne sais pas si je peux rester ici.

Il y eut une pause.

— D'accord, prends une profonde inspiration. Tout va bien. N'aie pas peur, dit Aaron.

Isaac pouvait à peine parler.

— Je ne sais pas quoi faire.

— Tu peux venir vivre ici.

Un autre sanglot secoua sa poitrine, et Isaac trembla.

— Vraiment ? murmura-t-il.

— Bien sûr ! Isaac, tu peux venir demain. Aujourd'hui ! Tu es mon frère. Nous avons une chambre d'amis, elle est à toi.

Le soulagement le traversa comme un souffle chaud.

— Nous ? demanda-t-il en reniflant bruyamment. La jeune femme qui a répondu sur le téléphone ?

— Ma femme. Son nom est Jen. Nous avons une maison de ville à Bernal Heights. Je vis à San Francisco. Je suppose que tu le sais puisque tu as trouvé mon numéro.

— Quand est-ce que tu t'es marié ?

C'était étrange de penser à Aaron vivant une nouvelle vie. Durant toutes les années où il était parti, Isaac l'avait toujours imaginé quelque part seul.

— Il y a quelques années. Attends, laisse-moi réfléchir… quatre ans. Jen va me botter le cul si je ne me souviens pas de notre anniversaire de mariage. Elle est la meilleure chose qui ne me soit jamais arrivée.

— Comment l'as-tu rencontrée ?

Isaac réalisa qu'il n'avait aucune idée de comment les Anglais sortaient ensemble.

— Aux urgences après que je sois tombé de ma moto.

— Tu as conduit une moto ? Mais elle a des roues en caoutchouc, laissa échapper Isaac.

— Une fois que tu as laissé toutes les règles derrière toi, tu vas trouver qu'elles ne sont pas toutes logiques. Les voitures et les motos sont plus efficaces que les chevaux et les chariots.

C'était vrai, bien sûr, et Isaac avait été dans la voiture de June lui-même. Pourtant, son estomac se noua. Il força sa concentration sur l'histoire d'Aaron.

— Donc, ta femme a été à l'hôpital aussi ?

— Elle était médecin de garde, et je n'aurais jamais pensé que je serais si content d'avoir le poignet brisé. Cela a demandé quelques efforts, mais je l'ai convaincue d'écrire son numéro sur mon plâtre. Elle m'a fait promettre de ne pas l'appeler jusqu'à ce que je l'enlève en pensant que je changerais d'avis à ce moment-là.

Il se mit à rire avant de continuer.

— Elle ne s'était pas rendue compte à quel point un homme qui avait eu une vie simple pouvait être patient.

Isaac sourit. C'était comme écouter l'histoire d'un livre.

— Elle a l'air gentille. As-tu un travail ?

— Je suis professeur de maths au collège. J'ai eu mon diplôme de fin d'études et je suis allé à l'université.

— Diplôme ?

— Désolé. C'est un examen. Au lieu de retourner au lycée, j'ai pris des cours du soir et puis j'ai passé le Bac. Ça veut dire que tu es assez diplômé pour avoir l'équivalent d'un diplôme d'études secondaires.

La pensée d'aller en classes et d'apprendre tout sur le monde fit sourire Isaac.

— Pourrais-je faire ça ?

— Absolument, Isaac, tu peux *tout* faire. Tout est possible.

Aaron parlait avec ferveur, et Isaac pouvait fermer les yeux et imaginer l'expression sincère sur le visage de son frère. Ses yeux noisette et ses cheveux blonds étaient comme ceux de Mère, mais il avait toujours brillé d'une manière dont Mère ne le faisait pas. Évidemment, Aaron devait avoir presque trente ans, maintenant. Isaac se demanda s'il ressemblait à un adulte. C'était difficile à dire d'après la petite photo de Facebook.

— Cela fait neuf ans.

— Je sais. Seigneur, Isaac… je voulais tellement vous voir tous, mais après votre déménagement à Zebulon, j'ai su que cela serait pire pour vous. Et je ne pouvais pas revenir avec un chapeau à la main pour confesser mes péchés et demander le pardon. Je ne pouvais pas rejoindre l'église. Je ne pouvais pas.

— Je sais. Je ne te blâme pas, soupira Isaac.

La voix d'Aaron trembla.

— Si j'avais pu vous prendre avec moi, je l'aurais fait. Tous. Mais vous deviez faire le choix vous-mêmes. Mère et Père sont-ils… vont-ils bien ?

Isaac hocha la tête, mais Aaron ne pouvait pas le voir, naturellement.

— Oui, répondit-il. Après ton départ, Mère a pleuré, et puis elle a essayé de prétendre que tout était normal. Père était en colère, et ensuite, il est devenu silencieux, comme à son habitude. Éphraïm était furieux. Je ne savais pas quoi ressentir. Et maintenant, je vais leur faire la même chose encore une fois.

— Je sais combien cela est difficile. J'ai souffert pendant des mois avant de partir. *Des années.* Je savais que la vie simple n'était pas pour moi, mais j'ai essayé de faire en sorte que ça marche. Cela ne m'a fait aucun bien. Isaac, tu dois être courageux et vivre ta vie. Tu ne peux pas rester pour l'amour de la famille. Cela ne marchera pas si ce n'est pas ce que tu veux. Tu ne seras jamais heureux.

Il prit une profonde inspiration.

— Si tu décides de rester, c'est très bien aussi. Mais ça doit être ce que tu veux vraiment au plus profond de toi.

Isaac regarda les motifs en tourbillon de bleus, verts et violets du tapis. Il savait ce qu'il voulait au plus profond de lui-même.

— Je veux partir, murmura-t-il.

La voix d'Aaron craqua.

— D'accord.

Puis il se racla la gorge.

— D'accord, répéta-t-il. Alors, organisons-nous.

— Mais je n'ai pas d'argent. Comment vais-je venir là-bas ?

— Je payerai, ne t'inquiète pas. Je peux t'acheter un ticket en ligne. Ne bouge pas, laisse-moi chercher ça sur Google…

— D'accord.

Isaac inspira, expira, inspira, expira. *Je vais partir.*

— Très bien, tu peux prendre un bus Greyhound à Grand Forks, juste à côté de la frontière, dans le Nord du Dakota. Penses-tu pouvoir arriver jusque-là ? Cela ne fera qu'une heure de trajet de là où tu te trouves. Tu prendras le bus à six heures du soir. Cela te prendra quelques jours pour arriver en Californie, et il y aura un tas de transferts. Je t'aurais bien pris un billet d'avion, mais tu n'as pas de carte d'identité.

— Ça va aller. Ça n'a pas d'importance combien de temps cela va prendre. Je peux m'arranger.

— Je ne peux pas prendre de congés sans préavis, mais je vais voir si je peux venir te prendre à la moitié du chemin. Peut-être à Salt Lake City ou…

— Tu n'as pas besoin de faire ça. Je peux venir là-bas tout seul. Je le veux. Vraiment.

— Tu en es sûr ? Demande aux chauffeurs de t'aider si tu te perds, et appelle-moi s'il y a un problème – peu importe l'heure.

— Nous avons pris le bus quand nous avons quitté l'Ohio. Je peux le faire.

— Je sais que tu le peux. Quand veux-tu venir ? Je dois savoir quel jour pour acheter le ticket.

Isaac voulait répondre demain. Mais la pensée d'emballer ses affaires et de s'enfuir si tôt le paralysa.

— Isaac, ça va aller. Tu n'es pas obligé de décider maintenant. Tiens-moi juste au courant. Tout dépend de toi.

Il expira.

— D'accord.

Cependant, juste alors que la terreur commençait à disparaître, le soupçon de culpabilité et de honte le submergea, déployant ses grandes ailes jusqu'à ce qu'Isaac suffoque. Combien de temps pouvait-il prendre l'argent d'Aaron et rester sous son toit sans lui dire la vérité ?

— Isaac ? Ça va ? Je sais que c'est effrayant. Tu vas t'en sortir, je te le promets.

Il réalisa qu'il haletait doucement dans le téléphone.

— Il y a autre chose. Je dois te dire autre chose, même si tu vas me détester.

— Je ne pourrais jamais te détester.

La voix d'Aaron était forte et ferme. Entièrement confiant comme il l'avait toujours été.

— Peu importe ce que ça peut-être, tu peux me le dire.

Pendant un instant, Isaac respira seulement tandis qu'Aaron attendait. Puis il déglutit difficilement.

— Tu te rappelles que je travaillais avec David Lantz.

— Oui. Mais plus maintenant.

Les mots tourbillonnaient dans l'esprit d'Isaac, et il se débattit pour trouver les bons.

— Je ne suis pas comme toi, Aaron.

— D'accord. Dans quel sens ?

— Je ne veux pas d'une épouse. David et moi… nous…

Isaac pensa que sa poitrine allait exploser alors que la pression le faisait suffoquer.

— Y-a-t-il quelque chose entre vous ? demanda Aaron calmement.

Il sortit les mots comme s'il lançait une pierre dans les champs.

— Il y avait. Nous savions que c'était mal, mais nous ne pouvions pas nous arrêter.

— Es-tu en train de me dire que tu es gay ? Un homosexuel, je veux dire. Que tu désires des hommes ? Que tu aimes les hommes ?

Aaron le disait si naturellement, comme s'il discutait du temps qu'il faisait. Isaac se pencha sur ses genoux, pressant le téléphone contre son oreille douloureuse.

— Oui, murmura-t-il.

— Alors, c'est comme ça que tu es né, et il n'y a aucun mal à ça. *Aucun.* Isaac, je t'aime juste comme tu es, et c'est ce que feront des tas de gens. Merci de me l'avoir dit. Je suis si fier de toi.

Isaac pouvait à peine en croire ses oreilles.

— Tu ne penses pas que c'est un péché horrible ? La Bible dit…

— Isaac, la Bible dit d'horribles choses. Nous pourrons en parler quand tu seras là. Mais non, je ne pense plus que c'est un péché. La plupart des gens à San Francisco s'en moquent. Les choses changent chaque jour dans la ville. Dans le monde. Les gays peuvent se marier dans certains états. Isaac, il y a tellement de choses qui t'attendent. Tout ira bien. Tout ira parfaitement bien.

Pour la première fois, Isaac commençait à le croire.

— D'accord.

— J'ai hâte de te revoir.

— Moi aussi, dit-il, tandis que le poids à l'intérieur de lui disparaissait. Bientôt. Plus tard, cette semaine, d'accord ? J'ai juste besoin de deux jours. Il y a l'église demain, alors, je peux dire au revoir à Mervin. Je ne vais pas lui dire que je vais partir, mais je voudrais le voir avant de le faire.

— Je comprends. Qu'en est-il de David ?

Bien que la honte et la culpabilité aient disparu pour le moment, la douleur les remplaça.

— Je ne pense pas qu'il me parlera, mais je le verrai une dernière fois, au moins. C'est déjà ça.

— Il ne veut pas partir ?

Isaac serra les lèvres d'amertume.

— Il le veut, mais il a trop peur.

Il passa une main sur son visage.

— Il ne peut pas laisser sa mère et ses sœurs. Après ce que son frère a fait à Red Hills, c'est comme s'il devait faire pénitence pour ça.

— C'est vraiment très dur de tout laisser derrière. Mais s'il change d'avis, je lui achèterai un ticket aussi. Il y a des chambres pour tous les deux.

— Merci. Aaron, je… je ne sais pas ce que j'aurais fait sans toi, dit-il en reniflant et essayant ses yeux avec ses manches.

— Tu ne vas jamais le savoir. Appelle-moi quand tu sauras le jour, et nous organiserons ça. À bientôt, Isaac. Je t'aime.

— Je t'aime aussi. Au revoir.

Après un moment, il y eut un clic, et un bruit sonore emplit ses oreilles. Isaac regarda le téléphone et devina, pressant un des boutons. La lumière s'éteignit, et il regarda les sept lettres.

TERMINÉ.

Combien de temps il resta assis là, il ne le sut pas. Puis il se déplaça, et fut dans le couloir, où l'une des portes menait à une salle de bain. Les ombres s'allongeaient, et à l'intérieur, il prit une profonde inspiration et appuya sur l'interrupteur avec son doigt. Des lumières chaleureuses apparurent au-dessus de lui, et Isaac se regarda dans un immense miroir ovale au-dessus du lavabo.

Son visage était taché, et ses cheveux étaient hérissés par endroit. Il se pencha plus près, examinant ses yeux rouges et bouffis, scintillants encore de larmes. « *Une couleur ambrée – c'est brillant et magnifique, mais solide en même temps* ». Repoussant une autre vague d'émotions, Isaac tourna les robinets. Toujours aussi facilement, l'eau s'écoula, et il se rinça le visage. Une serviette était accrochée sur le mur, et il se sécha.

Isaac roula des épaules et se regarda dans le miroir. C'était la première fois qu'il se voyait correctement depuis Red Hills, sans compter quelques moments furtifs. Maintenant, il pouvait se voir pendant des heures s'il le voulait, sans personne pour lui dire que c'était trop vaniteux. Mais June était en bas, se demandant probablement ce qu'il fabriquait.

Il se regarda une autre minute, sa poitrine montant et descendant alors qu'il reprenait son souffle. Il fouilla son reflet, bien qu'il ne sache pas ce qu'il cherchait. Il ne savait pas qui il était.

— Mais je vais le découvrir, murmura-t-il.

Avec un profond soupir, il se redressa et éteignit la lumière.

L'odeur du chocolat chaud embaumait l'air, devenant plus forte tandis qu'Isaac descendait les marches.

— Je suis là ! lança June.

Suivant le son de sa voix, Isaac la trouva dans la cuisine. June se tenait debout devant le poêle, remuant quelque chose dans une marmite. Deux tasses se trouvaient sur le comptoir.

Elle indiqua la table ronde d'un signe de tête.

— Assieds-toi, mon beau. Ce sera prêt dans une seconde.

Il le fit, jetant un coup d'œil sur la pièce. Le grand réfrigérateur se trouvait dans le coin, et le garde-manger ouvert était rempli de nourriture. Il y avait une fenêtre au-dessus du double lavabo, avec des rideaux jaunes qui étaient pratiquement transparents. Sur le mur, du côté de la table, un bloc de papier y était accroché. C'était écrit *À faire*, et le journal était dans un encadrement en bois sculpté des mêmes fleurs que le panneau dans l'entrée. David était partout dans la maison, et pendant un moment fou, Isaac se demanda s'il pouvait demander à David de lui confectionner quelque chose qu'il emmènerait à San Francisco.

Quand June posa une des tasses devant lui, Isaac l'entoura de ses mains avec gratitude.

— Merci.

— Quand tu veux. Donc, comment ça s'est passé ?

— Bien. Je vais… je vais partir. Plus tard cette semaine. Aaron a dit qu'il peut acheter un ticket de bus pour moi en ligne. Si vous pouviez me conduire à Grand Forks.

— Je t'emmènerai où tu veux.

Son sourire était indéniablement triste.

— Nous ne nous connaissons pas, mais tu vas me manquer. Et je sais que ce sera pareil pour David.

Isaac but son chocolat chaud pour ne pas avoir à dire quoi que ce soit. Il se brûla la langue.

June soupira.

— David est déchiré de l'intérieur. Je sais que tu l'es aussi. Il ne parlait jamais de ce qui se passait entre vous, et je n'ai jamais demandé. Mais c'était aussi clair que le jour pour moi. Vous étiez très proches à un moment. Mais plus maintenant.

— Non, dit Isaac en déglutissant difficilement. Plus maintenant.

Il agrippa la tasse.

— J'ai dit à Aaron. Que je suis… vous savez.

Il regarda June.

— Vous savez ce que je veux dire, n'est-ce pas ?

Elle serra son avant-bras.

— Oui, je sais. C'était très courageux de ta part. J'ai la ferme conviction que nous sommes tous comme le bon Dieu nous a fait, et que l'amour revêt toutes formes et tailles. Et il n'y a aucun mal à ça.

Isaac sourit, ses lèvres sèches relevant les coins de sa bouche.

— C'est ce qu'a dit Aaron.

— Eh bien, ça doit être quelqu'un d'intelligent, ton frère.

Elle prit une gorgée de chocolat chaud.

— Donc, comme je te l'ai dit, je suis heureuse de te conduire à Grand Forks ou n'importe où. Mais j'ai une condition.

— Bien sûr, acquiesça Isaac.

— Va voir David avant de partir. Dis-lui où tu vas et vois si tu peux le convaincre de venir avec toi.

Ses yeux brillèrent.

— Je sais, je sais... cela doit être son choix. Mais essaie seulement, Isaac. S'il reste à Zebulon, j'ai peur de ce qu'il va advenir de lui. Rejoindre l'église et se marier à une femme... ce n'est pas ce qu'il veut. Je pense que ça va le tuer à petit feu, et ça me brise le cœur.

Isaac cligna rapidement des yeux, et hocha la tête, ne faisant pas confiance à sa voix.

— Très bien, nous avons un marché.

Elle essuya ses yeux.

— Terminons notre petit plaisir, et ensuite, tu ferais mieux de rentrer. Tu as des plans à faire.

Alors qu'il regardait vers le futur, il y avait trop de sentiments contradictoires qui faisaient rage en lui, puis Isaac ferma les yeux et se concentra sur cet instant, avec le doux chocolat chaud sur sa langue.

Chapitre Dix-Huit

C'EST MON DERNIER jour à Zebulon.

Isaac regarda fixement le plafond, écoutant le boucan de Nathan à côté de lui. Il faisait encore nuit dehors, mais il pouvait entendre faiblement Mère et Père remuer dans leur chambre. Un autre dimanche commençait. Il irait à l'église, et verrait tous les gens qu'il avait connus toute sa vie. Il verrait Mary et Mervin. Il verrait David.

Isaac ferma les yeux à la pensée que cela pourrait bien être la dernière fois. Il éloignerait David des autres au déjeuner, et il le supplierait de partir avec lui. Non pas parce que June l'avait fait promettre, mais parce qu'il le regretterait toujours s'il n'essayait pas encore une fois. Peut-être s'il n'était qu'un naïf pathétique. Il frissonna et tira la couverture jusqu'à son menton. David l'avait rejeté. Il avait fait son choix. *Mais peut-être…*

Non. Isaac ne pouvait se laisser à espérer. Il lui demanderait, mais il connaissait déjà la réponse de David.

Il avait dormi par à-coups après avoir décidé de son plan. Mère et Père s'attendraient à ce qu'il vienne au chant, mais il prétendrait être malade, ce soir. Mary et Anna seraient conduites par quelqu'un d'autre. Isaac ne pouvait s'empêcher d'avoir un sourire satisfait. *Ou David devrait les conduire et laisser sa cour à Grace attendre le prochain chant.*

Durant le chant, Isaac irait chez June pour s'occuper du ticket de bus et lui demander de le prendre au bout de la route, Lundi soir, pour l'emmener à Grand Forks en avance. Il n'y avait pas beaucoup de choses qu'il prendrait avec lui, et il pourrait inventer une excuse si quelqu'un le voyait avec son sac. Il avait plus de trente dollars qu'il avait économisés, mais ce serait suffisant puisqu'Aaron achèterait le ticket de bus.

Il laisserait la lettre sur son oreiller, le lundi soir, et personne ne la verrait jusqu'à ce qu'il soit trop tard. C'était impardonnable, mais c'était mieux que d'imposer à ses parents la vérité. Il espérait qu'ils comprendraient tous. Il ravala la boule dans sa gorge. Mère et Père ne le feraient jamais, mais il ne pouvait pas les blâmer.

Cependant, il espérait que Katie et ses frères pourraient lui pardonner un jour. Surtout Éphraïm. Celui-ci allait probablement le détester de l'avoir laissé derrière. Mais il n'avait même pas dix-sept ans. Peut-être qu'une fois qu'il irait au chant et aurait des rendez-vous, Éphraïm s'installerait. Peut-être.

Demain, Isaac passerait un dernier matin à la maison à traire les vaches et à faire ses corvées avant de partir. Mais aujourd'hui, il serait avec sa communauté. Les gens de Zebulon n'étaient pas parfaits, mais ils étaient bons et gentils pour la plupart.

Blotti dans le lit avec ses frères qui dormaient, Isaac se demanda quelle sorte de personnes il rencontrerait dans le monde. Lorsqu'il pensa à June, et à Danielle l'infirmière, sa poitrine se détendit. Il y avait de bonnes personnes dans le monde. Et au moins, avec Aaron pour le guider, la perspective était légèrement moins effrayante.

Les Anglais l'aimeraient-ils ? Allait-il leur sembler étrange ? Trouverait-il sa place ? Il pouvait prendre des cours comme Aaron l'avait fait. Peut-être irait-il à l'université aussi. Il n'avait aucune idée de ce qu'il étudierait. Il supposait qu'il pouvait faire tout ce qu'il voulait. Les possibilités étaient sans limites… et écrasantes. Le pouls d'Isaac battit plus vite, et il essaya de se concentrer. *Va au bout de cette journée, d'abord.* De la grange, il entendit le coq chanter.

Nous y voilà.

Le petit-déjeuner fut comme tous les autres, mais il savoura chaque morceau des tranches de la viande que sa mère avait préparée, du porc, de la semoule de maïs, et un mélange de farine délicieux et nourrissant. Pourtant, au moment où il arriva devant la grange de Samuel Schrock pour l'église, son petit-déjeuner pesait comme du plomb dans son estomac. Il avait amené le vieux chariot comme d'habitude, et pris son temps pour détacher Silver, caressant son cou.

Il avait neigé plusieurs centimètres, la nuit, et le ciel avait sa couleur grise habituelle, le vent mordant. Les hommes se rassemblèrent dans la grange en groupes tranquilles, les femmes et les filles étaient déjà à l'intérieur de la maison. Alors qu'il observait les hommes, Isaac reconnut immédiatement la courbe des épaules de David ; la forme de ses fesses et l'étroitesse de ses hanches.

Il fut frappé par le désir de courir à travers l'amoncellement de neige et de jeter ses bras autour de lui, de respirer l'odeur de sciure qui l'entourait toujours.

Au lieu de cela, il carra les épaules et s'avança vers l'endroit où Mervin, Mark, et quelques autres jeunes hommes discutaient. Ils l'accueillirent tous avec des hochements de tête et des sourires appropriés pour un dimanche, pourtant, Mervin bougea à peine la tête. Mark les regarda avec un froncement de sourcils, et Isaac espéra qu'il ne demande rien. Heureusement, il fut bientôt le temps de former la ligne et d'entrer.

Quand ils enlevèrent tous leurs manteaux et leurs chapeaux pour les accrocher, Isaac regarda automatiquement sur la droite pour avoir un aperçu de David. Les cheveux de son ancien amant arrivaient au-dessus de ses oreilles maintenant, et bientôt, ils seraient trop longs pour les couvrir complètement. Il aurait une barbe, et se raserait avec attention la partie supérieure de son menton et au-dessus de ses lèvres. Il serait un homme Amish approprié.

Un goût amer dans sa bouche, Isaac détourna les yeux.

À côté de lui, Mervin était un mur de tension. Isaac n'osait pas regarder dans sa direction, et se demanda si son ami parlerait avec lui assez longtemps pour permettre à Isaac d'essayer de faire la paix, et de lui adresser une sorte d'au revoir. Peut-être qu'il n'y aurait aucune paix avec Mervin.

Évidemment, le service fut sans fin. Tandis que la congrégation chantait les hymnes, les prêcheurs prirent les candidats qui allaient rejoindre l'église à l'Obrote – en ce jour, c'était la cuisine des Schrock, qui avait une porte. Isaac regarda David sortir avec les autres. Ils approchaient du moment où ils rejoindraient officiellement l'église. Au moins, Isaac ne serait pas obligé d'en être témoin.

Mais je peux toujours convaincre David de partir avec moi. Il ne devait pas espérer, mais le grain de lumière dans le cœur d'Isaac disait : *peut-être, peut-être, peut-être.*

Au moment où le prêcheur termina le long sermon, Isaac s'agitait sur son siège. Peu importe ce qui arriverait aujourd'hui, et sa confrontation avec David, il voulait que ça se termine. Il soupira de soulagement lorsque le prêcheur recula, mais ensuite, l'évêque Yoder se dressa devant eux. Ses cheveux blancs étaient devenus clairsemés, et son visage étroit était solennel.

— Il y a cinq jeunes hommes aujourd'hui qui vont devenir nos frères et sœurs devant le Christ.

Il fit un signe vers un banc, et le diacre Stoltzfus le souleva de la cuisine et le plaça devant la congrégation.

Avec tous les autres, David se mit debout. Isaac haleta. *Non, non, non. Pas encore !*

Comme toujours, les bancs pour l'église étaient tous entassés dans la salle de séjour où ils seraient adaptés, et les personnes présentes tendirent leurs cous, se déplaçant jusqu'à ce que David et quatre autres fassent leur chemin vers le devant et s'assoient.

— Si vous n'avez pas changé d'avis depuis ce matin, mettez-vous à genoux.

L'évêque Yoder se dressait devant eux, le diacre à proximité, tenant une cruche d'eau.

Tous les cinq s'agenouillèrent.

De la bile remonta dans la gorge d'Isaac. C'était déjà trop tard. David avait fait son choix en faveur de l'église et de Dieu. Il n'y aurait aucun retour en arrière. Aaron s'était enfui après son baptême, mais David était différent. S'il donnait sa parole au Seigneur, il irait jusqu'au bout. Isaac voulait bondir sur ses pieds, crier et hurler jusqu'à ce qu'ils arrêtent le rituel.

Il avait besoin d'une autre chance pour convaincre David de choisir le bonheur. De choisir la liberté. *De me choisir.* Ses mains tremblèrent, et Isaac les serra ensemble. Devoir assister au baptême de David était sûrement le châtiment de Dieu pour la décision d'Isaac de partir et de laisser sa famille et sa communauté derrière.

Un silence complet régna sur la pièce.

— Croyez-vous et affirmez-vous votre croyance que Jésus-Christ est le fils de Dieu ?

Sur toute la ligne, chacun des cinq répondit :

— Oui, je crois que Jésus-Christ est le fils de Dieu.

David fut le dernier, et Isaac put à peine entendre sa voix. C'était comme si c'était seulement le fantôme de David qui était présent. Des larmes lui montèrent aux yeux.

— Allez-vous rester fidèles à l'église, même si elle vous mène vers la mort ou la vie ?

Ce serait la mort. Si ce n'était pas physique, ça l'était certainement pour l'âme de David. Isaac tremblait alors qu'il luttait pour ne pas sangloter. Il ferma les yeux, ne se souciant pas que quelqu'un puisse le remarquer. Un par un, ils répondirent.

— Oui.

— Oui.

— Oui.

— Oui.

Silence.

Le cœur battant, Isaac ouvrit les yeux et se pencha vers Mervin, essayant d'apercevoir David à travers la foule. Ce dernier était toujours à genoux avec son dos leur faisant face.

Ce fut à peine un murmure.

— Non.

Alors que des halètements choqués emplissaient la congrégation, David se mit debout. Sa poitrine s'élevant et redescendant rapidement, il leur fit face.

— Non, dit-il, sa voix devenant forte. Je ne peux pas.

Il regarda sa mère et ses sœurs.

— Je suis désolé. Je ne peux pas.

L'évêque Yoder et le diacre Stoltzfus étaient pétrifiés, regardant David avec incrédulité. Le diacre paraissait sur le point de briser la cruche avec la force de son emprise.

Mary et Anna étaient assises côte à côte, avec des expressions abasourdîtes, et Madame Lantz laissa échapper un gémissement dans son fauteuil roulant près de l'entrée.

— *Nooooon !* Pourquoi ? Pourquoi Dieu me punit-il de la sorte ? *Je t'en prie, David ! Je t'en prie !*

Eli Helmuth se leva de son banc et s'accroupit près de Madame Lantz alors qu'il implorait David.

— Réfléchis-y. Tu peux…

— Je ne peux pas, dit David en secouant la tête. Je vous en prie, pardonnez-moi, Mère.

Puis ses yeux rencontrèrent ceux d'Isaac à travers la pièce.

— J'espère que vous me pardonnerez tous.

Il sortit de la pièce, s'enfuyant presque.

Isaac était sur le point de se mettre debout avant qu'il ne sache qu'il bougeait. Mervin le tira vers le banc, son bras tremblant tandis qu'il pressait la hanche d'Isaac, l'épinglant sur son siège. Isaac essaya de se libérer, ne se souciant de personne s'il courait après David. De l'agitation emplit la pièce, mais quand il leva les yeux, il trouva les yeux perçants du diacre fixés sur lui.

Mervin agrippa le bras d'Isaac.

— Es-tu fou ? Assieds-toi, siffla-t-il.

Isaac arrêta de lutter, et Mervin desserra son emprise. Le jeune homme regarda son ami pour la dernière fois.

— Cela n'a plus d'importance maintenant. Mais merci. Pour tout.

Puis, il se leva et enjamba les autres dans sa ligne avant que Mervin ou qui que ce soit ne puisse réagir. Il entendit Père l'appeler, étonné, mais Isaac ne regarda pas en arrière tandis qu'il s'enfuyait de la maison des Schrock. Le chariot de David était déjà hors de vue en bas de l'allée, et Isaac se précipita vers la grange.

Il détacha Silver et la chevaucha, prenant appui sur la barrière. Il ne l'attraperait jamais avec son vieux chariot, alors il exhorta sa jument à aller plus vite, enfonçant ses talons, et se penchant sur sa nuque, murmurant à son oreille. Après quelques reniflements, Silver trotta avant de galoper.

— Vas-y, ma belle, c'est ça !

Isaac resserra ses cuisses. Sans selle, il n'avait pas été capable de rester sur le dos de Kaffi cette nuit-là quand l'étalon était allé plus vite, mais rien ne l'empêcherait de rattraper David maintenant.

Il ne s'était pas arrêté pour son chapeau ou son manteau, et ses doigts nus étaient gelés sur les rênes. Le vent était si glacial que son front piquait, mais Isaac ne s'arrêterait pas. Il aperçut le chariot de David devant lui tandis que la route tournait et plongeait, et il réalisa que David retournait à sa maison. Isaac pria pour ne pas trouver de plaques glaciales sous la neige fraîche alors qu'il exhortait Silver à aller encore plus vite.

Devant la grange des Lantz, David pivota et le regarda s'approcher. Tirant les rênes, Isaac glissa du dos de Silver… et droit dans les bras de David. Leurs souffles haletants assombrirent l'air de Janvier tandis qu'ils s'étreignaient. Isaac serra David, enfouissant son visage dans son cou.

— Isaac, dit David en s'accrochant à lui. Je suis désolé. J'étais si stupide. Si faible. Pardonne-moi, je t'en prie. Pardonne-moi.

— Oui, oui, oui !

Isaac leva son visage et embrassa David durement. Celui-ci prit son visage dans ses mains.

— Je veux être avec toi.

— Je t'aime tellement, déclara Isaac en l'embrassant encore.

David n'avait pas son chapeau ni son manteau non plus, et ils frissonnèrent, tous les deux, mais leurs lèvres étaient chaudes.

David se redressa.

— Tu avais raison – nous devons partir. Il n'y a plus rien ici pour

nous. Pas si nous voulons une chance d'être heureux. Je ne peux abandonner ma vie à ma mère et mes sœurs.

Ses lèvres tremblèrent.

— Je n'ai pas envie de les laisser, mais je dois croire qu'elles vont s'en sortir sans moi.

— Elles vont s'en sortir. Tu sais qu'Eli veut se marier avec ta mère, et même s'il ne le fait pas, elles iront bien. Elles sont fortes. Tout le monde va les aider.

David observa le visage d'Isaac, faisant courir ses doigts sur la joue de son amant.

— Tu n'as pas changé d'avis à propos de moi ? À propos de nous ?

Isaac secoua la tête.

— J'ai un plan… June va m'aider. Et Aaron. Je l'ai retrouvé, et il va nous aider tous les deux.

David se mit à rire, incrédule.

— Tu as retrouvé ton frère ? J'ai hâte d'entendre ça. Oh, Isaac ! Merci de ne pas avoir renoncé à moi.

Il embrassa David encore une fois.

— Jamais. Tout ira bien. Nous serons ensemble. C'est tout ce qui importe.

La fossette apparut sur la joue de David.

— Oui, Eechel. Juste toi et moi.

Il pressa leurs fronts l'un contre l'autre.

— Tu m'as tellement manqué. J'aimerais pouvoir dire à ma famille… j'aimerais leur faire comprendre.

Isaac effleura les lèvres de David des siennes avant de reculer.

— Je sais. Mais si nous leur disons la vérité sur nous, nous serons bannis. Aucun de nous n'a rejoint l'église, donc, au moins, si nous partons maintenant, nous pouvons leur envoyer des lettres ? Peut-être même revenir et leur rendre visite.

David acquiesça.

— Tu as raison. Ce serait quelque chose, au moins.

— Ils seront si déçus, mais tant qu'ils ne connaîtront pas toute la vérité, nous ne serons pas bannis. Si Aaron n'avait pas été baptisé avant qu'il ne soit parti, il aurait toujours pu écrire. Cela ne l'aurait pas aidé – seulement pour savoir qu'ils allaient bien.

— Tu as raison. Nous ne serons pas bannis, et nous sommes redevables à nos familles. Nous perdre pour le monde extérieur va être assez difficile sans savoir notre péché.

— J'allais attendre jusqu'à demain pour partir, mais je pense que nous devrions y aller maintenant. Une rupture nette. Après ce qui s'est passé à l'église, il va y avoir tant de questions. Des questions auxquelles nous ne pouvons répondre sans briser leurs cœurs.

David hocha la tête.

— June peut s'assurer que Mère prenne l'agent que j'ai économisé.

Il ferma les yeux.

— Cela va blesser Mère de savoir que je lui ai menti toutes les fois où j'allais chez June. Que j'enfreignais l'Ordre depuis si longtemps.

— Oui, répondit Isaac en frottant les bras de David. Mais peut-être que ça va l'aider à voir que ce n'était pas un coup de tête. Même s'ils ne peuvent connaître toute la vérité, une partie d'elle peut aider. Nous pourrons écrire une fois que nous serons installés. Leur faire savoir que nous allons bien. Que nous prendrons bien soin l'un de l'autre, même s'ils pensent que nous sommes seulement des amis.

— Nous devrions y aller maintenant avant que quiconque ne vienne chercher par ici. Nous resterons hors des routes et nous prendrons Kaffi pour aller chez June, et tu peux me dire ton plan. Je vais nous prendre quelques vêtements. Va mettre Silver dans la grange.

Isaac conduisit sa jument dans l'une des stalles avec des mains engourdies, bien que son corps chantonne d'anticipation. Cela allait vraiment arriver.

— C'est bien, ma jolie. Merci de m'avoir amené ici, et de ne pas m'avoir jeté.

Il prit un sucre glacial dans sa bouche pour le réchauffer avant de le lui tendre. Il caressa son museau tandis qu'elle léchait sa paume, la chaleur de sa langue et son souffle chatouillant sa peau.

— Tu vas me manquer, Silver.

Il pensa à sa maison. Laisser sa famille sans dire au revoir le faisait souffrir au plus profond de lui-même. Comprendraient-ils un jour ? Éphraïm serait-il heureux pour lui ? Liraient-ils seulement ses lettres ? Fermant ses yeux, Isaac pria qu'il prenne la bonne décision. Même si c'était mal, il savait sans aucun doute que c'était la seule chose qui lui restait à faire.

À l'extérieur de la grange, la neige tomba. Frottant ses bras, Isaac frissonna.

David s'avança avec Kaffi et jeta à Isaac un manteau et des gants. Il tendit la main, ses yeux étincelants.

— Prêt ?

Nous allons partir.

Pendant un instant, la poitrine d'Isaac se serra violemment. Il pensa qu'il pourrait tomber à genoux et pleurer, ou retourner à la maison où il avait sa vie, même s'il s'y sentait piégé. Au lieu de cela, il bondit sur le dos de Kaffi et entoura la taille de David de ses bras, se sentant déjà réchauffé.

Le monde les attendait.

FIN

Bonjour ! Je vous remercie d'avoir lu ce livre et j'espère qu'il vous a plu. Je vous en serais très reconnaissante si vous pouviez prendre quelques minutes pour laisser votre avis sur Amazon, Goodreads, BookBub, sur les réseaux sociaux, ou vous le voudrez. Juste quelques petites phrases qui pourront aider d'autres lecteurs à découvrir le livre. Je vous souhaite beaucoup de fins heureuses !

Keira
<3

Ps : Continuez l'aventure avec Isaac et David dans le prochain tome !

Lisez un extrait de *Un Nouveau Départ*

Le monde se réveillait.

Un petit oiseau qui chantait au-dessus de la fenêtre était le seul son familier que David pouvait distinguer parmi le bourdonnement des moteurs et le bruit distant d'une cloche. Son estomac papillonna alors qu'il ouvrait les yeux et réalisait que c'était toujours réel… Isaac était avec lui dans le lit de la chambre d'amis à San Francisco. *San Francisco* !

De sa place alors qu'il étirait son dos, David pouvait s'apercevoir au-dessus d'Isaac dans le miroir de la porte du placard, en entier, et si vaniteux. Dans le reflet, il pouvait voir le visage d'Isaac, détendu avec ses lèvres entrouvertes alors qu'il respirait profondément, l'épaisse couverture presque tirée sur épaules nues. David résista à peine à l'envie de caresser les cheveux châtains et ébouriffés d'Isaac.

Ils s'étaient endormis dans les bras de l'autre, nus et humides de leur douche rapide. David se demanda s'il pouvait attirer Isaac près de lui à nouveau sans le réveiller. Probablement pas, et son amant avait besoin de se reposer. Cependant, il ne put s'empêcher de faire planer sa main sur la tête de son amant.

Cela n'avait pas été un rêve. Ils l'avaient vraiment fait. Ils avaient laissé Zebulon derrière eux.

Ici, dans la maison d'Aaron, c'était si délicieusement chaleureux. David s'était toujours réveillé après minuit pendant les hivers afin de rajouter du bois au feu. Il détestait dormir avec des chaussettes, et il parcourait le sol froid dans la nuit, ajoutant plus de bois dans le poêle-cheminée, acceptant les étincelles qui effleuraient ses orteils.

Alors que plus de lumière grise pénétrait à travers les persiennes qui couvraient la fenêtre au-dessus du lit, David regarda la grande photo en noir et blanc qui représentait le Golden Gate, et qui était accroché sur l'élégant dressing. Le cadre d'argent de la photo brillait.

Le lit en lui-même était ce que les Anglais appelaient queen-size, et il avait l'impression que le matelas était épais de cinquante centimètres. David n'avait jamais rien connu d'aussi confortable. Ils n'avaient aucune chaise, ou siège avec un sommier à Zebulon, et pourtant ici, la tête de lit était rembourrée.

De l'excitation bourdonna en David avec chaque battement de cœur. Il était en *Californie* ! C'était un endroit qu'il avait vu dans les films quand il faisait ses balades secrètes au drive-in. Il se demanda s'ils pouvaient aller voir le pont, et il savait qu'Isaac voudrait plonger dans l'eau. Ils étaient finalement près de l'*océan*. Après tous ces rêves sans espoir, et désespérés, ils l'avaient enfin fait.

En fin de compte, Isaac et lui étaient partis avec seulement ce qu'ils avaient sur le dos. Un sifflement fit écho dans sa tête, lui rappelant qu'il n'avait pas seulement quitté l'église. Il avait laissé Mère, et les filles seules. La douce Mary, Anna, Sarah, et…

Stop ! Ce qui est fait est fait.

Pendant une minute, David pouvait seulement se concentrer sur sa respiration alors que la vague de panique refluait. À côté de lui, Isaac murmura quelque chose et remua avant de se rendormir, toujours en boule sur son côté. David écouta la berceuse qu'était la respiration de son amant.

Bus après bus, du Minnesota à la Californie, Isaac et lui s'étaient assis pressés l'un contre l'autre, des épaules aux genoux, leurs doigts entrelacés alors qu'ils parcouraient les kilomètres. Les étendues plates avaient laissé place à des collines et des montagnes, et puis au désert. David n'avait jamais vu à quel point le monde était réellement vaste, et l'Amérique n'était juste qu'une petite partie.

Le temps avait passé, et il avait imaginé que c'était à cela que ressemblait le purgatoire. Ils avaient regardé la route défiler à travers les vitres sales, s'arrêtant seulement quand ils entraient dans les stations de bus, étouffées par les gaz d'échappement et le bourdonnement des engins. Dans les ténèbres de longues nuits, brisées seulement par la dure lueur des lampadaires de stations, David avait eu l'impression qu'ils n'allaient jamais arriver à San Francisco. Cela lui avait paru être comme une sorte de rêve. Mais maintenant, ils étaient là. C'était *réel*.

Isaac ronfla et roula vers lui avant de devenir silencieux à nouveau, ses lèvres toujours entrouvertes. Avec un sourire, David replia ses mains derrière sa tête, et le contempla. Il voulait tracer de ses doigts les taches de rousseur qui parsemaient le nez d'Isaac, et le haut de ses joues, et embrasser les coins de ses yeux pour sentir le papillonnement de ses jolis cils. Frotter son menton contre le léger chaume sur son visage tandis qu'ils s'embrasseraient, et voir l'ambre des yeux d'Isaac alors qu'ils s'ouvriraient.

David jeta un coup d'œil à l'horloge électrique avec des chiffres brillants et rouges sur la table de chevet à côté de lui. Il était sept heures passées, mais ils n'avaient pas beaucoup dormi. Même si David voulait Isaac tout contre lui, avoir simplement la liberté de le regarder dormir était plus qu'il n'avait pensé possible. La seule autre fois où ils avaient partagé un lit, ils n'avaient pas eu le temps de se reposer.

Aussi rapide qu'une morsure de serpent, la culpabilité familière fut de retour, des images de ce jour-là défilant dans son esprit. *Les feuilles rêches et des draps jaunes au Wildwood Inn, Isaac et lui, en sueur et collants, dans leur propre monde. La blancheur aveuglante de la neige, et le sang rouge. L'hôpital austère, et...*

Il ferma les yeux. Peu importait ce que tout le monde disait, l'accident avait été de sa faute. S'il avait résisté à l'envie égoïste de passer un moment seul avec Isaac, sa mère n'aurait jamais été blessée. Même s'il lui avait donné toutes ses économies pour l'hospitalisation, comment allait-elle se débrouiller avec les filles, seule ?

Cela faisait trois jours maintenant. Il essaya d'imaginer ce qu'elles faisaient en ce moment même. Passaient-elles leurs journées normalement, en lavant, cuisinant et nettoyant ? Et si Mary et Anna avaient besoin d'aide avec le verrou rouillé sur la porte du garde-manger ? Et la grange, et les chevaux ? Kaffi pouvait être difficile, tôt le matin quand il était tout grincheux et têtu.

David repensa à la note inappropriée qu'il avait écrite sur un bout de papier, et qu'il avait laissée sur la table de cuisine.

Isaac et moi allons dans le monde extérieur. Je vous écrirai bientôt, et s'il vous plaît, dîtes à ses parents qu'il le fera également. June Baker a de l'argent pour vous. Kaffi est là-bas. Je suis désolé.

Il savait que Mère ne comprendrait pas son choix. Il pourrait écrire des milliers de lettres, que cela n'aurait jamais d'importance. Il entendait encore l'écho de son gémissement dans l'église, le dimanche avant qu'Isaac et lui ne quittent Zebulon.

«—Pourquoi Dieu me punit-il de la sorte ? »

C'était la seule fois où sa mère avait montré une quelconque émotion, même quand son frère et son père étaient morts. L'avoir entendu remettre en question le Seigneur le faisait toujours frissonner.

Elle méritait une explication, mais David ne pourrait jamais lui avouer la vérité à propos de son amour pour Isaac. Il était une abomination aux yeux du Seigneur et de l'église. Il repensa au monde Anglais dont il avait entendu parler dans les films… gays. Mère ne pourrait jamais le comprendre. Qu'il ait rejeté la vie simple était déjà un déchirement pour sa famille. S'il leur disait qui il était vraiment…

Sa poitrine se serra. Elles ne pourraient jamais comprendre. C'était impensable. Il l'imaginait, ayant deux réactions… soit elles allaient tout faire pour le convaincre de se repentir et de vivre une belle vie Amish, ou elles l'auraient évité. Même s'il n'était pas officiellement *Meidung* à Zebulon puisqu'il n'avait pas suivi l'église, sa famille l'aurait tout aussi bien chassé.

À côté de lui, Isaac marmonna et bougea avant de se rendormir avec un petit bruit qui n'était pas vraiment un ronflement. De la bave s'écoula sur son oreiller. David sourit, résistant à nouveau à l'envie de l'étreindre.

Nous sommes vraiment là.

Contemplant Isaac, David refoula profondément ses pensées. Peu importait à quel point il se détestait d'avoir abandonné Mère et les filles, il aurait été obligé de partir. Il n'avait aucun doute qu'il irait en enfer, puisque sans avoir rejoint l'église, le paradis serait hors de sa portée. Peu importait ses autres péchés. Mais c'était la seule voie qu'il pouvait prendre.

Pendant longtemps, il avait essayé d'être un bon Amish. Mais quand le temps était venu pour lui de prêter serment à Dieu, et de rejoindre l'église, il s'était retrouvé face à la vérité. Sur ses genoux, devant l'évêque Yoder et tout Zebulon, David avait dit la seule chose qu'il pouvait : *non*. Dire oui aurait été une trahison, pas seulement envers son cœur et son honneur, mais envers Isaac.

Et il ne trahirait jamais son Isaac. Le regardant, David résista à l'envie de l'attirer à lui et de l'embrasser jusqu'à le réveiller afin qu'il puisse le voir sourire. Après l'accident, David lui avait causé tellement de souffrance alors qu'Isaac ne méritait que du bonheur.

Même avant qu'ils ne deviennent amants, travailler côte à côte, chaque jour avait donné à David une nouvelle sensation de paix. Une autre forme d'appréciation de la charpenterie. Isaac avait été le seul qui lui avait montré ce qu'étaient le vrai bonheur et l'amitié. Un sentiment d'euphorie l'emplit à la pensée que, bientôt, ils allaient travailler ensemble. Il ne savait pas comment ni où, mais ils le feraient. Ils se construiraient une vie avec de nouveaux outils, pièce par pièce.

Alors qu'il étirait ses bras au-dessus de sa tête, David se demanda si Aaron était déjà réveillé. La maison était silencieuse, donc, il ne le pensait pas. Le bus n'était pas arrivé avant une heure trente du matin, mais Aaron était quand même venu les chercher à la gare. Isaac et son frère s'étaient étreints l'un l'autre pendant un long moment près de la voiture, sous la pluie froide.

La ville leur avait paru fantomatique dans les petites heures du matin, presque vide, mis à part les lumières des vitrines et des bâtiments. David s'était assis à l'arrière de la voiture, étirant le cou afin de voir toutes les ombres représentant les structures qui se profilaient au-dessus du brouillard. Il pouvait à peine croire que cet endroit soit réel. C'était de loin bien différent des petites villes du nord du Minnesota.

Ils n'avaient pas beaucoup parlé sur le chemin vers la maison d'Aaron – qu'il avait appelé maison de ville – située dans un endroit appelé Bernal Heights. Il y avait tellement à dire, et David avait supposé qu'ils ne savaient pas par quoi commencer. C'était toujours dur d'imaginer qu'Aaron les acceptait, les bras grand ouverts, sans même connaître la vérité sur leurs péchés.

Alors que la chambre d'amis s'illuminait petit à petit, David se demanda ce que ce serait de voir son frère à nouveau. Pendant une minute, il se laissa à imaginer que Joshua avait été perdu pour le monde extérieur tout comme Aaron. Il pouvait toujours entendre les derniers mots que son frère avait dits quand il était sorti par la fenêtre de leur chambre, cette nuit-là, avec un clin d'œil et un sourire.

« Ne m'attends pas ! »

David ne l'avait pas attendu, et il s'était dit que cela ne ferait aucune différence… que même s'il était entré dans la chambre de Père et Mère pour murmurer la vérité, Joshua et ces pauvres filles seraient déjà morts, emportés par le courant la rivière Ragman. Il s'était dit qu'il n'avait pas failli à son devoir envers son frère avec sa loyauté déplacée et sa lâcheté.

Il aurait voulu avoir une photo de Joshua pour se souvenir de lui. Cela faisait plus de sept ans, et le sourire brillant de son frère faiblissait dans l'esprit de David. Le souvenir de sa mère et ses sœurs disparaîtrait-il aussi ?

Après un autre long regard à Isaac, David se leva et marcha sur la pointe des pieds, se dirigeant vers le grand miroir. Il ne s'était pas rasé depuis des jours, et il frotta ses joues rêches de sa main. Il supposait qu'il pouvait se laisser pousser la barbe s'il voulait. Une moustache, même. Il n'y aurait aucune barbe Amish sous son menton maintenant qu'il avait refusé son baptême. Ou il pourrait simplement se raser chaque jour comme il l'avait toujours fait.

Il avait le choix et il sourit faiblement à son reflet. Ses yeux bleus lumineux avaient été rouges, la dernière fois qu'il s'était regardé dans un miroir – sale avec une fissure dans le coin – dans les toilettes d'une station de bus à Reno. David fixa son reflet à présent. Il était pâle, et ses cheveux marron foncé étaient ébouriffés après les avoir laissés humides quand il avait sombré dans le sommeil. Il les arrangea inutilement. Ils étaient longs sur ses oreilles dans le style Amish, mais il était libre de les couper aussi court qu'il le voulait. Peut-être qu'il pourrait aller dans un vrai salon de coiffure.

Son regard continua vers le bas de son corps. Bien qu'il ait vu son visage plusieurs fois dans le miroir de la salle de bain de June, il ne s'était jamais vu sans habits. Cela lui procura un étrange frisson alors qu'il passait un doigt sur sa poitrine et sur les poils sombres qui clairsemaient ses tétons roses.

Il y avait plus de poils qui foisonnaient de son ventre jusqu'à son sexe, qui était à moitié dur, comme à chaque réveil. Il tira sur son prépuce pour regarder légèrement le bout, et un frisson parcourut sa colonne vertébrale. Après quelques coups, il poursuivit son exploration.

Plus de poils parsemaient ses cuisses, et lorsqu'il tourna son dos vers le miroir, et jeta un coup d'œil par-dessus son épaule, il fut content de voir que ses fesses étaient rondes et fermes, et dans l'ensemble, il était musclé et mince. Le fait d'admirer son propre corps était diaboliquement vaniteux, et contre les règles Amish, bien sûr. Mais il n'y avait personne pour l'arrêter ou le ridiculiser ici. Ni sur les miroirs, la vanité ou *quoi que ce soit.*

Maintenant qu'il pouvait faire tout ce qu'il voulait, David ne savait pas par quoi commencer. Il regarda le reflet d'Isaac à nouveau, souriant alors que son amant faisait un petit bruit de bouche et s'étendait sur le dos. Chaque fois que David s'était réveillé dans le bus, Isaac regardait par la fenêtre avec son front appuyé sur la vitre. Il aurait voulu prendre l'un des trains qu'aimait Isaac pour la Californie, mais le bus avait été plus facile.

Il avait mémorisé tous les noms de tous les endroits qu'ils avaient traversés sur leur chemin pour San Francisco… Fargo, Bismarck, Miles City, Butte, Rexburg, Idaho Falls, Salt Lake City, Battle Mountain, Sacramento, et une douzaine d'autres petites villes et avant-postes. Il voulait y retourner et les voir tous un jour. Il voulait tout voir.

« Va voir le monde. »

La poitrine de David se serra au souvenir de June, qui les conduisait à Grand Forks, cette nuit-là. Elle n'avait posé aucune question et avait souri largement, le soutenant sans jugement comme elle l'avait fait quand ils s'étaient rencontrés. Il avait toujours remercié le Seigneur qu'une si bonne chose lui soit arrivée en ce jour terrible.

Courant à travers les champs vers son père, les tiges de maïs le frappant. Serrant Kaffi de ses cuisses alors qu'ils galopaient à travers les bois pour aller chez June. Le porche baigné de soleil de la maison de June sous lui tandis qu'il luttait pour essayer de respirer, sa voix calme parlant à la personne qui avait répondu au 911, sa main posée fermement sur l'épaule de David.

Il ne savait pas comment ses visites à June étaient passées de prendre une limonade à installer un atelier là-bas et emprunter son pick-up pour connaître le monde extérieur. Pendant des années, il avait réfréné sa curiosité, surtout après Joshua. Mais petit à petit, plus il rendait visite à June, plus quelque chose en lui se relâchait. Elle ne l'avait jamais poussé ni jugé.

Et à présent, il était là, à des kilomètres de la maison, plus qu'il ne l'avait cru possible. Dans le miroir, il aperçut la valise violette de June sur le sol. Il avait eu quelques vêtements Anglais dans son atelier secret à la ferme de son amie, qu'il avait revêtus avant de partir.

Ils avaient laissé leurs chapeaux à l'église quand ils étaient partis, mais à l'intérieur de la valise se trouvaient leurs vêtements simples. Habits que leurs mères avaient faits. David se regarda, nu et libre. Non. Ils ne pourraient jamais y retourner.

Alors que le bus s'engageait dans le vent froid de janvier, June l'avait serré contre elle et lui avait dit qu'elle l'aimait. De toute sa vie, il n'avait jamais entendu ses parents le lui dire, ni son frère ni aucune de ses sœurs de toute sa vie. Ça ne se faisait pas de parler de ce genre de choses. Il savait que Mère l'aimait, mais l'entendre de la part de June l'avait réchauffé, même si la neige leur était tombée dans les yeux.

Il cilla en regardant son reflet. Il s'attendait toujours à ce qu'il se retrouve seul, dans son lit, à Zebulon... sa mère et ses sœurs discutant en bas, allumant les lanternes. Il y avait deux heures d'avance au Minnesota, et à cet instant, il serait dans la grange, à sa table de travail, et une des filles lui aurait amené un petit en-cas… une tarte aux pommes ou des cookies au sucre.

Le vieux Eli Helmuth aiderait-il avec le travail réservé aux hommes dans la maison ? Allait-il épouser Mère et prendre soin des filles ? Comment feraient-ils pour avoir assez d'argent ? Auraient-ils tout ce dont ils auraient besoin ? David devait demander à Aaron un stylo et du papier pour leur écrire. Mais quand il pensait à ce qu'il leur dirait, son esprit se vidait.

Il entendit un bruit étouffé qui était étrangement familier et après un moment, il réalisa que c'était de l'eau qui coulait dans les conduits. À travers une porte, à côté des placards avec les miroirs, se trouvait la salle de bain. Dans la baignoire, il y avait un pommeau de douche en argent que vous pouviez lever dans votre main et le bouger tout autour de votre corps pendant que l'eau coulait en continu comme une cascade. Plus besoin de réchauffer l'eau de pluie dans la grange, ou trébucher dans la nuit pour aller aux dépendances.

Souriant, David écouta le bruit distant de l'eau qui coulait et pensa aux matins qu'il avait l'habitude de passer dans leur maison à Red Hills, quand Joshua était jeune et heureux. Quand un *rumspringa* était une notion lointaine, et que leur famille était entière.

En tant que les deux seuls garçons, Joshua et lui avaient dormi dans des lits étroits dans la plus petite des chambres. Les conduits étaient du côté de la tête de David, et chaque matin – avant même que le coq ne chante – il se réveillait au son de l'écoulement de l'eau alors que ses parents entamaient une nouvelle journée. Joshua restait enfoui sous la couverture aussi longtemps que possible, pouvant dormir même si un troupeau de vaches avait brisé leur clôture et tonnait.

Après qu'ils aient déménagé à Zebulon et que leur monde ait changé au point d'utiliser des dépendances et des baignoires remplies d'eau pour se laver dans la cuisine, pendant des mois, le clapotis de l'eau lui avait manqué les matins. Finalement, il avait arrêté d'y penser. C'était comme avec chaque chose, supposa-t-il. Avec le temps, on l'oubliait.

Très vite, des pas firent craquer les marches, et David mit un jean et un tee-shirt. Il allait devoir porter des sous-vêtements, s'il mettait des pantalons avec des fermetures éclairs, tous les jours.

Après un autre long regard en direction d'Isaac, il ferma silencieusement la porte de la chambre derrière lui et s'arrêta sur le palier. Il pouvait entendre quelqu'un dans la cuisine, et l'odeur du café frais embaumait déjà l'air. Il n'y avait aucun bruit à l'étage du dessus, là où Aaron et sa femme dormaient. Jen avait travaillé tard à l'hôpital, et David ne savait pas si elle était rentrée ou pas.

Il fit un pas et s'arrêta brusquement. *Je n'ai pas dit mes prières.* Les prières du matin étaient une partie tellement automatique de sa routine à Zebulon… s'agenouiller devant son lit avant qu'il soit complètement réveillé. À présent, il se tenait debout en haut des marches, ne sachant pas où il devait se tourner.

Le Seigneur allait-il même l'écouter maintenant que David avait tourné le dos à l'église ? Au Seigneur Lui-même ? Pire encore, il venait juste de se réveiller à côté de son amant. Bien qu'il sache qu'il devait implorer le pardon pour leurs péchés, il ne pouvait pas. Il ne s'était pas vraiment repenti dans son cœur, et il allait pécher à nouveau – volontiers – avant la fin de la journée. Alors, à quoi bon ?

Pourtant, c'était mal de ne pas prier du tout. Après avoir jeté un coup d'œil autour de lui, David s'agenouilla rapidement sur le sol. Fermant les yeux, il pria pour l'avenir, et le bien-être de Mère, des filles, d'Isaac et de la famille de celui-ci.

David faisait attention à ne pas faire de bruit sur les marches de bois poli sous ses pieds nus. Le soleil était haut à présent, bien que la journée soit grise et humide. Il jeta un coup d'œil à travers la grande fenêtre à côté de la porte, et vit un peu de brouillard. Un petit escalier menait vers la rue, et les lumières rouges d'une voiture illuminèrent l'obscurité.

Le rez-de-chaussée de la maison avait le même parquet pâle, et les meubles l'étaient également, avec des coussinets verts et violets ici et là. De grandes fenêtres constituaient un côté du salon, avec une énorme télévision accrochée sur le mur tout près.

La plus grande partie de la pièce était dominée par un divan magnifique, dont il pensait, qu'on appelait canapé, d'un beige clair. Il avait des repose-pieds similaires nommés ottomanes, supposa David. Il fit courir ses doigts sur la large table, qui était constituée de ce que les Anglais appelaient du bois recyclé. Du bois de pin, peut-être ?

— C'est rustique.

David sursauta, puis se tourna, pour trouver Aaron de l'autre côté du comptoir blanc qui séparait la salle à manger de la cuisine. Il sourit nerveusement, son cœur ratant un battement.

— Ça me plaît.

Il savait qu'Aaron avait dit à Isaac qu'il se fichait bien qu'il soit gay et que David était le bienvenu. Mais c'était encore dur à croire. Aaron n'avait-il *vraiment* rien contre le fait que David pèche avec son frère ? Alors qu'il essayait désespérément de penser à quelque chose d'autre à dire, il aurait souhaité avoir réveillé Isaac après tout.

— Merci. Nous voulions ajouter une touche moderne. Tu pourrais sûrement faire quelque chose comme ça, j'en suis sûr.

Il leva ensuite son mug.

— Café ?

— Oui, je vous remercie.

David le rejoignit dans la cuisine, regardant les appareils électroménagers en acier immaculé et les placards blancs. Des carreaux verts couvraient le mur près du grand évier sous la fenêtre qui offrait une vue sur un jardin étroit, et une terrasse en bois avec une table ronde et quatre chaises empilées les unes sur les autres. Il toucha timidement les carreaux. Du verre, pensa-t-il.

Aaron se mit à rire alors qu'il versait le café.

— C'est probablement la cuisine la plus vaniteuse que tu n'as jamais vue, pas vrai ?

— Oui, répondit David. Mais ça me plaît.

Il prit le mug qu'Aaron lui tendait, et essaya de ne pas trop le regarder. La nuit dernière, il avait fait sombre et tard, et il avait été trop fatigué pour prêter attention. Mais maintenant, il examina Aaron à la lueur du jour.

David se souvenait vaguement de lui durant ses années à Red Hills, et il ne l'aurait pas reconnu si ce n'était son large sourire qui lui rappelait tant Isaac. Aaron était blond et plus vieux que dans ses souvenirs – probablement un mètre quatre-vingt-dix ; un peu plus grand que David – et il paraissait si… *Anglais.* Il portait un pantalon gris avec une chemise boutonnée et une cravate rose qui s'accordait avec des petits points sur ses chaussettes. Sa ceinture brillait autour de sa taille mince.

David devait dire quelque chose.

— Euh… comment avez-vous fait le café si vite ?

— Il y a un minuteur. Là, je vais te montrer.

Aaron hocha la tête vers une machine sur le comptoir où il avait posé la tasse en verre à sa place.

— Tu vois ces boutons ? demanda Aaron. Tu peux les régler pour qu'il infuse à l'heure que tu veux. C'est agréable de se lever, et le trouver prêt.

— Je suppose que je suis habitué à ce que Mère se lève tôt pour le préparer. Je ne sais rien faire dans une cuisine. J'ai vu des choses dans les films, mais…

Aaron sourit.

— Ouais, il y a beaucoup à apprendre. Mais tu y arriveras. Oh, tu veux l'essayer avec du lait ou du sucre ? Je le bois toujours noir.

— Non… ça va.

David prit une gorgée, soupirant alors qu'il avalait le liquide amer. Il était frappé de voir combien Aaron paraissait heureux et rayonnant à présent. Après avoir rejoint l'église, le frère d'Isaac avait été si sombre. Il entendait encore la voix de Joshua dans sa tête.

« *Si je finis aussi misérable qu'Aaron Byler, écrase-moi avec la charrue* ».

Puis Joshua avait éclaté de rire devant son expression scandalisée.

— J'ai pensé que vous dormiriez la plus grande partie de la matinée après ce voyage. Je dois aller travailler jusqu'au déjeuner, mais j'ai trouvé un remplaçant pour mes classes de cette soirée et de demain.

— Je ne sais pas pourquoi je me suis réveillé. Mais Isaac dort encore.

Il avala une gorgée de son café. *Aaron sait qu'il n'y a qu'un seul lit, là-dedans.*

Mais Aaron poursuivit comme si tout était normal.

— As-tu faim ? Sers-toi ce que tu veux.

Il ouvrit une boîte en bois sur le comptoir.

— Il y a des bagels et du pain là, et ça, c'est le grille-pain. Sais-tu comment l'utiliser ? Il est déjà branché, donc, tu dois juste mettre le pain dans la fente, et presser ce bouton, là, indiqua Aaron.

— Ça me paraît assez facile. J'en sais quelque chose, je suppose. J'utilisais un réfrigérateur chez mon amie June.

— Je lui ai parlé l'autre nuit après qu'elle vous ait déposés à la station de bus. Je suis si content qu'elle ait pu vous aider, les gars. Tu peux l'appeler si tu veux. Je lui ai envoyé un mail ce matin pour lui faire savoir que vous êtes arrivés sains et saufs.

Pour une raison quelconque, David hésita. Ce serait génial d'entendre la voix de June, mais la pensée de parler à quelqu'un se trouvant près de Zebulon fit accélérer son pouls.

— Je vais le faire, bientôt. Je veux juste m'installer avant.

— Prends tout le temps dont tu as besoin. Crois-moi, je sais que c'est une dure transition, dit Aaron, puis il prit une autre gorgée de son café. Donc, tu aimes les films ?

— Euh… oui. Il y a un drive-in près de Zebulon dans lequel j'allais souvent. J'ai emmené Isaac une fois.

David fit courir sa main sur le comptoir brillant en pierre, ses oreilles rougissant alors qu'il se remémorait comment cette nuit-là avait fini.

Isaac était sous lui, sur le sol, David se trouvant entre ses jambes comme si c'était là qu'il était supposé être. La chaleur humide des baisers d'Isaac le brûlait et ses doigts se serraient sur les cheveux de David, son murmure chaud.

— Oui…

Aaron sourit.

— Je vais te montrer comment utiliser Netflix, et tu pourras voir tous les films que tu veux. Si tu as des questions, demande. Je sais à quel point c'est écrasant au début.

Il jeta ensuite un coup d'œil sur l'heure affichée sur le micro-ondes.

— Jen est rentrée, il y a quelques instants. Elle va dormir jusqu'au soir, mais ne t'inquiète pas à propos du bruit. C'est l'avantage d'avoir une maison de ville. En plus, je jure qu'elle pourrait dormir même s'il y avait une guerre nucléaire. Les médecins ont tellement l'habitude de rester éveillé durant l'internat que dès qu'ils en ont l'occasion, ils sombrent comme une masse.

— D'accord. Merci.

Il ne savait pas ce qu'était l'internat, et il ne pouvait s'empêcher d'être émerveillé par le fait que la femme d'Aaron soit médecin. Non seulement elle allait travailler, mais à temps plein également. Il se demandait si cela dérangeait Aaron, mais il supposait que non. Quand il essaya d'imaginer Mère ou ses sœurs travaillant quelque part, il échoua complètement.

— Isaac dort toujours ?

Les joues rougies, David fixa son mug.

— Euh… il n'a pas beaucoup dormi durant le voyage.

— Tu n'as pas à être embarrassé. Que vous dormiez ensemble Isaac et toi ne me dérange nullement. Ou Jen. Je t'assure.

David risqua un coup d'œil vers le visage d'Aaron.

— Mais comment cela ne peut-il pas vous déranger ? Je sais qu'Isaac est votre frère, mais vous me connaissez à peine, et lui et moi sommes… et c'est…

— Quoi ? demanda Aaron en appuyant sa hanche contre le comptoir, sa voix tranquille. Qu'y a-t-il ?

David essaya en vain de penser au mot juste, mais tout ce qu'il put trouver fut :

— … mal.

— Tu le penses ?

Aaron prit une autre gorgée comme s'il parlait du beau temps.

— Non, répondit David en rougissant, regardant ses orteils nus sur le bois pâle. Je sais que c'est un péché, mais je ne peux m'en empêcher.

— Je ne crois pas du tout que c'est un péché, dit Aaron en riant sèchement. Et je pense que la Bible n'a aucun sens et que les hommes l'utilisent pour dominer les autres.

Cillant, David ouvrit la bouche et la ferma à nouveau, s'attendant presque à ce qu'un éclair lumineux les frappe là, dans la cuisine. *N'a aucun sens ?*

— Désolé… je ne voulais pas te bouleverser, dit Aaron en souriant tristement. Je sais qu'Isaac et toi êtes croyants, et il n'y a pas de mal. Jen croit en Dieu aussi. Donc, ne sois pas mal à l'aise.

David essaya de trouver ses mots.

— Que voulez-vous dire ?

— Je ne crois pas en Dieu. J'avais la foi en grandissant bien sûr. Je n'ai jamais pensé que ça pouvait être autrement.

— Je…

David ouvrit la bouche et la referma comme un poisson.

— Comment pouvez-vous ne pas croire en Dieu ?

— Je n'y crois pas, dit Aaron, comme si ce n'était rien. C'était un processus. Je suis allé à d'autres églises ici et là après, quand j'ai quitté Red Hills. J'ai beaucoup lu. Une introspection, je suppose. Finalement, j'ai réalisé que la religion n'avait aucun sens pour moi. Le fait qu'il y ait un être omniprésent là-haut qui contrôlerait nos vies et nous jugerait ? Je n'y crois pas.

— Mais…

David s'interrompit alors que sa tête se mettait à tourner.

— Je suppose que je n'y ai jamais réfléchi. J'ai réfléchi à propos de l'église Amish, et les choses qui n'avaient aucun sens. Mais de là à penser qu'il n'y a aucun Dieu…

Il frissonna, serrant le mug en céramique. C'était impossible. Même s'il savait qu'il irait en enfer, la pensée que Dieu puisse ne pas exister le faisait se sentir vraiment mal.

— Hey, ça va aller, dit Aaron en serrant l'épaule de David. Chacun doit faire son propre chemin avec sa foi, ou leur manque de celle-ci. Je n'essaie pas de te convaincre de quoi que ce soit. C'est personnel, et vous avez du temps Isaac et toi pour explorer vos croyances.

Il grimaça.

— Je ressemble à un manuel sur le bien-être. Désolé. Et c'est une conversation bien compliquée à avoir autour d'une seule tasse de café après le voyage en bus que vous venez juste de faire.

— Cela ne me dérange pas, dit David en s'efforçant d'inspirer à nouveau. Je suppose que je n'ai jamais connu quelqu'un qui n'avait pas la foi.

Il ne pouvait s'empêcher de se sentir triste par le manque de foi d'Aaron.

— Nous pourrons en parler plus tard. Ou pas… Aucune pression.

Aaron versa plus de café dans son mug, et souffla dessus.

— Et je ne voulais pas vous en parler avant de vous être reposés, mais peux-tu me dire ce qui s'est passé ? Isaac a dit que tu ne voulais pas partir de Zebulon, mais apparemment quelque chose a changé.

David suivit le contour du mug de son doigt.

— J'avais peur. Je savais que je devais rester et prendre soin de ma famille. C'était égoïste de partir, mais quand le moment est venu, je ne pouvais pas le faire. Je ne pouvais pas vivre sans Isaac. Et même s'il ne me voulait plus, je ne pouvais pas me marier avec n'importe quelle fille avec laquelle je n'aurais jamais pu être un véritable mari.

L'estomac de David se crispa alors qu'il imaginait ce que la gentille et douce Grace pensait de son départ pour le monde extérieur. Bien sûr, il l'avait conduite chez elle que deux fois… ils n'étaient même pas fiancés selon les Amish, sans parler du mariage. Mais elle l'aimait depuis longtemps, et il s'en était servi.

Je n'aurais jamais dû lui donner de l'espoir.

Il avait su au fond de lui-même qu'il se leurrait. Il s'était convaincu qu'une fois qu'il aurait prêté serment au Seigneur et à sa communauté, tout rentrerait dans l'ordre en quelque sorte, comme un tour de magie Anglais. S'il avait continué, ils auraient été tous les deux misérables.

— Ce n'est pas égoïste, David. Tu n'aurais aidé personne si tu l'avais fait. Crois-moi. J'ai imaginé que je pouvais le faire aussi. Si la vie simple n'est pas ce que tu veux dans ton cœur, toutes les prières du monde ne le changeront pas.

Aaron sourit faiblement.

— J'ai pensé que si je pouvais juste le faire sortir de mon corps en rejoignant l'église, Dieu m'aurait aidé à m'y adapter. Qu'Il m'apporterait la paix. Ça ne marche pas comme ça.

— Vous n'avez jamais regretté d'être parti ?

Aaron soupira.

— Seulement parce que ça voulait dire me couper de ma famille. Je ne vais pas mentir… c'est dur. Puisque j'ai rejoint l'église avant de partir, je suis banni. Si quelqu'un découvre que ma sœur Abigail à Red Hills m'écrit toujours, elle aurait de sérieux problèmes. Abigail garde le secret même à son mari. Notre sœur Hannah est là-bas aussi, mais elle ne briserait jamais les règles.

— Ma sœur Emma est aussi là-bas. Je devrais lui écrire. Bien qu'elle soit plus âgée, elle pourrait tout aussi bien être une étrangère.

— Est-elle l'aînée ?

David hocha la tête.

— Après elle, je pense qu'il y a eu un bébé qui est mort. Je ne sais pas vraiment, mais il y a eu presque cinq ans avant que Joshua arrive. Ce n'est pas la coutume. Mais je n'ai jamais demandé. Emma a une demi-douzaine d'enfants à présent.

— J'aurais voulu connaître les enfants d'Abigail. J'ai l'impression de les connaître d'après ce qu'elle me raconte dans ses lettres.

Aaron déglutit difficilement.

— J'ai détesté laisser mes frères et sœurs. Surtout Isaac. Il était toujours… nous étions proches. Je ne peux pas te dire, ce que cela signifie pour moi, de le revoir. Quand il m'a appelé, je ne pouvais croire que j'entendais vraiment sa voix. Il est si adulte maintenant.

— Je n'ai jamais été éloigné de ma mère et sœurs. J'aurais voulu qu'il y ait un moyen de leur parler.

— Tu ne peux pas être excommunié si tu n'as pas rejoint l'église. Si personne ne sait que tu es gay, tu pourrais leur écrire. Même leur rendre visite si elles t'accueillent. Bien sûr, tu sais qu'elles feront tout pour que tu te sentes coupable afin que tu reviennes. Ta mère va te dire qu'être Amish, c'est le seul chemin vers le paradis. Si tu leur écris, ça sera la même chose : des supplications pour rentrer à la maison.

— Ma sœur Anna m'écrirait, cependant. Je sais qu'elle le ferait. Mary...

Il grimaça.

— Quoi ? demanda Aaron.

— Même si Mary ne connaît pas toute la vérité, je suis certain qu'elle ne me pardonnera jamais d'avoir pris Isaac avec moi. Elle l'aime depuis des années.

Il passa une main sur son visage.

— Je suis un frère horrible.

— Mais tu aimes Isaac, n'est-ce pas ?

Encore une fois, il n'y avait aucun jugement dans le regard d'Aaron. C'était tellement bizarre de parler si simplement de ses sentiments avec lui. Mais David dit les mots.

— Plus que tout.

Aaron sourit.

— C'est tout ce qui importe. Gay ou hétéro, l'amour est le même. Hétéro veut dire des hommes et des femmes ensemble. Il y a tellement de mots différents à ce sujet... c'était comme apprendre l'Anglais encore une fois.

Il eut un regard lointain.

— J'avais l'habitude d'alterner entre l'allemand et l'anglais avec une telle facilité. Mon allemand est un peu rouillé maintenant. Je me demande quel était ce mot qu'ils utilisaient à la place de gay. Non pas que les Amish en parlent, de toute façon.

David secoua la tête.

— Vous le dites à haute voix si facilement. Je peux le faire quand je suis seul ou avec Isaac. Quand je peux oublier que c'est un péché. Mais vous faites comme si ce n'était rien. Et je pense que le mot qu'ils avaient l'habitude d'utiliser était abomination.

Sauvage. Impur. Imposteur.

Aaron grimaça.

— Sans aucun doute. Mais ce n'est pas une abomination. C'est comme ça que tu es né. Il n'y a aucun mal à être gay. Je sais qu'Isaac et toi ne le croyez pas encore, mais vous y viendrez. Et il y a plein de chrétiens qui ne pensent pas que c'est un péché non plus.

Pendant un moment, David ne put que fixer Aaron.

— Des chrétiens ? Mais… comment ?

— La Bible peut être interprétée de différentes manières. Ce sont des gens religieux qui ne sont pas homophobes.

David soupesa ce mot. *Homophobes.*

— Ça ne vous dérange *vraiment* pas ? Que nous soyons…

Il agita la main pour terminer sa phrase.

Aaron se mit à rire.

— Pas même un peu. Je suis heureux que tu sois là, David. Tu n'as pas à cacher tes sentiments maintenant. Tu n'as plus à dissimuler ta vraie nature.

David prit une gorgée de café de peur de commencer à pleurer. Il prit une profonde inspiration.

— Je ne sais pas quoi dire. J'ai un peu d'argent que j'ai économisé, mais je dois m'assurer que Mère en reçoive une partie. Le reste, je vous le donnerai et…

— Non, tu ne le feras pas. Du moins, pas avant qu'Isaac et toi soyez installés et que vous ayez envisagé ce que vous voulez faire de votre vie. Rien ne presse. Jen et moi nous sommes mis d'accord.

Aaron sourit doucement.

— J'ai toujours espéré que l'un des enfants essaierait de me trouver. J'ai pensé que ce serait Éphraïm, cependant. Isaac avait toujours suivi les règles sans broncher, et avec assiduité.

— Jusqu'à ce qu'il me rencontre. Je ne veux pas m'imposer.

— Je me suis assuré d'avoir deux chambres d'amis quand nous avons acheté cette maison, juste au cas où. Nous voulons avoir des enfants un jour, mais même si je n'avais jamais revu mes frères ou mes sœurs, je devais m'assurer qu'ils aient une place ici. Nous sommes heureux que vous soyez là, d'accord ? S'il te plaît, ne t'inquiète pas à propos de l'argent pour l'instant. Jen et moi en avons assez. Ses parents ont pratiquement payé toute notre hypothèque comme cadeau de mariage.

— Waouh…

Aaron éclata de rire.

— Jen dit qu'ils étaient si heureux qu'elle ait finalement décidé de se marier qu'ils m'auraient probablement payé aussi.

David sourit.

— Elle m'a l'air sympathique.

— La meilleure, renchérit Aaron en vidant son mug. Bon, je dois y aller. Je vous verrai plus tard. Entre-temps, fais comme chez toi.

Ne sachant pas quoi faire d'autre, David accompagna Aaron vers la porte d'entrée et le regarda mettre ses chaussures en cuir, et fermer son manteau. Il agita la main et se tint debout devant la fenêtre, regardant Aaron se diriger vers sa voiture et quitter l'allée pour rejoindre la route avant de disparaître dans le brouillard.

La maison fut silencieuse, et David imagina Isaac toujours endormi et paisible. Il fit rouler le mot dans son esprit comme si c'était nouveau.

Chez lui.

Également par Keira Andrews

En Français

Rumspringa Interdit
Un Nouveau Départ
Trouver son Chez-soi
Le Vœu de Noël

Par-delà l'océan
Si ce n'est qu'en rêve
Passion en Arctique
Vaincre les Ténèbres
Combattre la Marée
Au Pied du Sapin
Transfert à Ottawa

En Anglais

Gay Amish Romance Series
A Forbidden Rumspringa
A Clean Break
A Way Home
A Very English Christmas

Contemporary
Merry Cherry Christmas
The Christmas Deal
Ends of the Earth
Flash Rip
Swept Away (free read!)
Santa Daddy
Honeymoon for One
Valor on the Move
Test of Valor
Cold War
In Case of Emergency

Eight Nights in December
The Next Competitor
Arctic Fire
Reading the Signs
Beyond the Sea
If Only in My Dreams
Where the Lovelight Gleams
The Chimera Affair
Love Match
Synchronicity (free read!)

Historical
Kidnapped by the Pirate
The Station
Semper Fi
Voyageurs (free read!)

Paranormal
Kick at the Darkness
Fight the Tide
Taste of Midnight (free read!)

Fairy Tales (with Leta Blake)
Levity
Rise
Flight

À propos de l'auteur

Après avoir écrit pendant des années, et n'avoir jamais vraiment trouvé la juste inspiration, Keira a découvert sa voie dans la romance gay, qui est devenue une passion. Elle écrit du contemporain, de l'historique, du paranormal et de la fiction fantasy, et – bien qu'elle aime angoisser ses lecteurs tout au long du roman – Keira croit fermement aux fins heureuses. Comme Oscar Wilde l'a dit une fois : « Le bien finit bien, et le mal finit mal. C'est ce que veut dire la fiction ». Vous pouvez trouver Keira et ses livres sur son Site, sur Facebook et sur Twitter.